KB058848

전생했더니 검이었습니다 7
타나카 유 지음
Llo 일러스트
신동민 옮김
“I became the sword by transmigrating” Story by Yuu Tanaka, Illustration by Llo

MEAT

전생했더니 검이었습니다 7

"I became the sword by transmigrating" Story by Yu Tanaka, Illustration by Llo

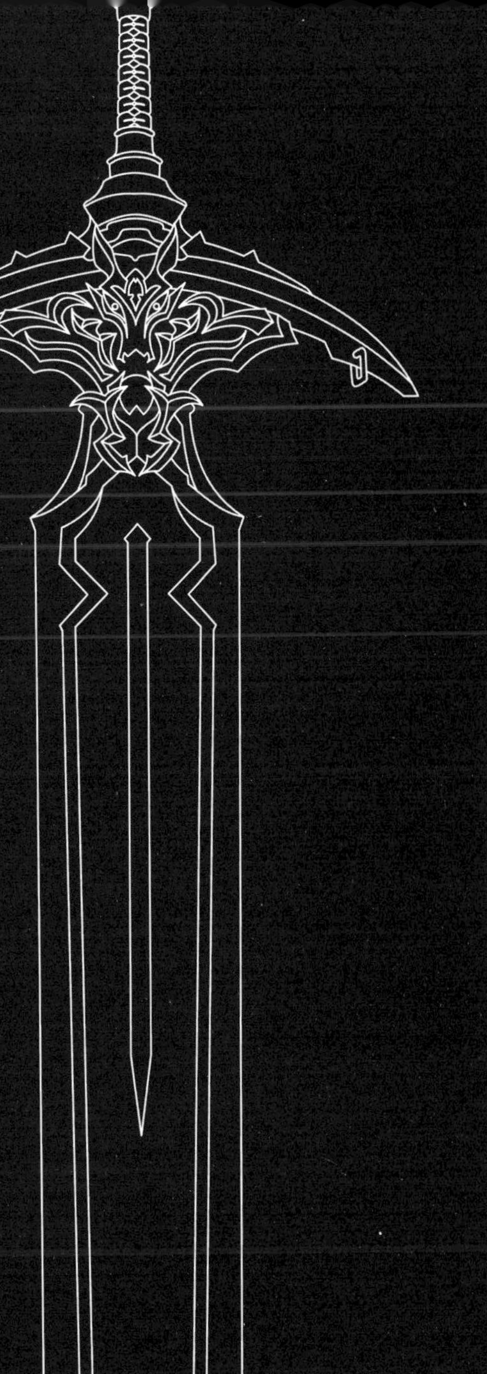

타나카 유 지음
Llo 일러스트
신동민 옮김

CONTENTS

"I became the sword by transmigrating"
Volume 7
Story by Yuu Tanaka, Illustration by Llo

제1장 가르스의 행방

땡! 땡! 땡! 땡!

깜깜한 밤에 요란한 경종 소리가 울려 퍼졌다.

수많은 사람이 뛰어다니는 기척도 느껴졌다.

그것도 당연하다. 사형이 선고된 중죄인이 감옥을 부수고 도망쳤으니까.

"밀리엄 님! 녀석의 목격 정보가 들어왔습니다!"

"뭐라고?! 어디서냐!"

"구, 군항 안입니다!"

"말도 안 돼!"

병사를 평소의 두 배는 배치했다! 그 군항에 침입했다는 거냐!

"카라! 바로 항구로 향한다!"

"넷!"

경계가 엄중한 중범죄자용 감옥을 탈옥했다는 건 확실하게 내통자가 있다는 뜻이다.

"녀석은 혼자 있나?"

"그게, 복수의 인간이 행동을 같이하는 듯합니다. 그 살인광 형제도 같이 있다고 하더군요."

"뭐라고?! 아니, 녀석들은 같은 중죄인용 감옥에 수감되어 있었을 텐데……."

"같이 도망친 듯합니다. 이미 병사의 피해가 상당합니다."

"녀석들의 목적은 명백하군."

"수룡함입니다."

"그래. 수룡 발사와 녀석의 계약은 아직 해제되지 않았다. 빼앗아 도망칠 생각이겠지."

현재 시드런 해국의 최고 전력인 수룡함은 두 척만이 온전히 운용되고 있다. 중요한 수룡이 없기 때문이다.

온전히 움직일 수 있는 것은 언니의 월네이트와 나의 아큐스뿐이었다.

이전까지 숙부가 타던 위슈칼은 현재 시험 항해 중.

그리고 망나니 오라버니가 타던 발사는 프란에게 입은 부상을 치료하기 위해 요양 중이다.

원래는 당장이라도 녀석들에게서 발사를 빼앗고 싶었지만, 그 후계자를 고르는 데 난항을 겪는 바람에 아직도 녀석과 발사의 계약을 해제하지 못했다.

다만 망나니 오라버니는 가장 엄중한 감옥에 수감되어 있다. 문제는 없다. 그럴 터였는데…….

"녀석이 발사에게 도착하는 건 반드시 저지해야 한다."

하필 지금 발사에는 배가 연결되어 있다. 조만간 망나니 오라버니에게서 새로운 수룡함 함장에게 계약이 옮겨지기 때문이다.

하필이면 최악의 시기에 탈옥하고 말았다.

아니, 아니다. 이 시기이기 때문인가. 발사를 되찾을 타이밍을 노렸던 거겠지.

그렇다. 녀석이 발사에게 도착한다는 것은 수룡함이 녀석의 손에 떨어진다는 뜻이다.

"반드시 망나니 오라버니——수아레스에게 수룡함이 넘어가는 사태는 저지해야 한다!"

*

울무토를 출발한 우리는 바르보라를 목표로 쉼 없이 달리고 있었다.

뭐, 달리는 것은 울시이고 나와 프란은 그 등 위에 타고 있을 뿐이지만.

이미 한 번 왔던 길이다. 저번에는 나흘이 걸렸지만 이번에는 더 단축할 수 있겠지.

그렇게 생각했는데 말이야.

아니, 실제로 둘째 날에 70퍼센트 정도 되는 여정을 소화했다.

하지만 우리의 눈앞에는 그냥 지나칠 수 없는 광경이 펼쳐져 있었다.

"사, 살려줘!"

"히이익!"

"크아아아아아아아!"

상인으로 보이는 남자들이 레서 와이번 무리에게 쫓기고 있었던 것이다. 지금의 우리에게는 대단한 상대가 아니지만, 상인들 입장에서 보면 무시무시한 괴물이리라.

막 전생했을 무렵에 마랑의 평원에서 레서 와이번과 사투를 벌였던 기억이 떠올랐다. 지금은 좋은 추억——은 아니지만 그립기는 하다.

그때는 무시무시한 상대로 보였으니 상인들은 더 무시무시하게 느끼겠지.

게다가 수가 많다. 열 마리 이상 날아다니고 있었다.

"울시."

"웡."

프란의 중얼거림에 반응한 울시가 전속력으로 달려서 단숨에 상인들을 따라잡았다.

"히, 히이이익!"

"나는 도마뱀뿐만 아니라 마랑까지!"

"끝장이야!"

갑자기 나타난 거대한 늑대를 보고 더욱 혼란에 빠지고 말았다. 얼핏 봐서는 구조라고 생각지 못했을 것이다.

직후에 상인들이 달리는 속도가 눈에 띄게 떨어졌다.

절망해서 기력이 사라진 모양이다.

그런 상인들에게 프란이 말을 걸었다.

"적 아냐."

"어? 어라? 어린애?"

울시의 등에 탄 프란을 겨우 알아본 듯했다.

"아, 아가씨의 늑대니?"

"그보다 흑뢰희잖아!"

"응."

프란에 대해 아는 모양인가 보다.

희망이 생긴 상인들의 달리기 속도가 단숨에 올라갔다. 타산적인 녀석들이지만 싫지는 않다. 울부짖으며 주저앉는 것보다 편하기 때문이다.

"도움은 필요해?"

"꼭!"

"부탁드립니다!"

"사, 살려줘!"

뭐, 보수는 기대할 수 없겠지만 죽게 내버려두면 꿈자리가 사나우니까.

"소재는 전부 받을게."

"물론이지!"

"보수도 낼게!"

"대단한 액수는 아니지만……."

"아, 멍청아!"

"그러다 돌아가면 어쩌려고!"

"하지만 상대는 고위 모험가잖아! 나중에 보수가 부족하다고 하면 어쩌려고!"

"그, 그야 고위 모험가에게 줄 만한 물건은 없지만……."

산다는 희망이 생긴 탓인지 이런 때 말다툼을 시작했군. 아니면 동정을 사서 보수를 깎기 위한 연기인가? 뭐, 어느 쪽이든 상관은 없지.

사실은 공짜라도 상관없지만, 그러면 나중에 우습게 보일지도 모른다.

흑뢰희는 무료로 약자를 도와준다는 소문이 퍼지면 그것을 노리고 몰려드는 녀석들이 있을지도 모른다.

하지만 문제가 하나 있다. 시세를 모르는 것이다.

'스승, 어떡해?'

『변변찮은 액수를 제시하면 여러모로 귀찮아질 것 같은데…….』
일단 대충 말해볼까.
"보수는 나중에 따져도 상관없어. 목숨을 구해준 상대에게 걸맞은 액수를 내면 돼."
"어? 그건──."
"말려들지도 모르니까 아무튼 떨어져."
보조 마술을 사용해 달리는 속도를 올려줬다. 상인이 무슨 말을 하려 했지만 프란과 울시는 그것을 무시하고 뛰어올랐다.
"잠깐 기다려──."
"이봐, 어쩌려고──."
"보수를 더 구체적으로──."
상인들이 왠지 당황하고 있었다. 아무래도 보수가 문제였던 모양이다.
시세를 모르니까 그들에게 적정 액수를 내게 하자고 생각했는데…….
아니, 잠깐만. 지금 한 말이 꽤나 골치 아픈 소리였던 건가?
요약하자면 랭크 C 모험가가 구해준 자기 목숨의 적정 가격을 내라고 한 것이다.
내는 돈이 너무 적다면 불성실하다든가 쩨쩨하다는 소문이 퍼져서 상인으로서 평판에 흠이 생길지도 모른다. 시세대로 내라고 말하는 편이 나았을지도 모르겠다.
뭐, 뭐어, 그건 나중에 생각해도 된다. 지금은 레서 와이번들 처리가 먼저다.
하급이라 해도 야생 마수. 순식간에 프란과 울시의 위험성을 감지한 모양이다. 상인 추격을 멈추고 공중에서 호버링하며 이쪽을 멀리서 포위하며 노려봤다.

돌진해도 죽고, 등을 보여도 죽는다는 사실을 알고 있는 것이리라.

"스승."

『왜?』

"잠깐 시험해보고 싶어."

『뭐를?』

"칸나카무이."

『흐음, 그렇군…….』

실제로 던전 안에서 시험은 해봤지만 이렇게 일반적인 환경에서 쏜 적은 없다. 무투 대회에서는 결계가 있었으니 평지에서 시험하는 것도 중요하겠지.

그렇다면 한 발 날려도 상관없으려나.

『그러네. 그럼 나는 준비할 테니까 녀석들이 도망치지 않도록 감시해줘.』

"응."

실은 뇌명 마술 레벨 10에서 습득하는 칸나카무이는 제어가 엄청나게 어려웠다. 영창 중에 조금이라도 집중이 흐트러지면 발동하지 않았다.

그 탓인지 나와 프란이 사용한 경우에는 위력에 상당한 차이가 있었다.

내가 사용하는 편이 압도적으로 강력하다. 프란이 사용하는 것보다 위력이 배에 가까웠다.

게다가 사용하기까지 필요한 시간이 절반이었다. 고속 사고와 나열 사고와 마법사 스킬 덕분이리라.

그 밖에도 문제가 있었다.

프란이 칸나카무이를 쓰려고 하면 머리에 격통이 느껴진다고 했다. 처음이 이 술법을 쐈을 때는 코피가 났을 정도다. 아무래도 뇌에 엄청난 부하가 걸리는 듯했다.

솔직히 나는 이 술법을 프란이 사용하지 않았으면 좋겠다. 코피가 날 만큼 뇌를 혹사하다니, 딱 봐도 몸에 나빠 보인다. 수명이 깎이는 거 아닐까?

그렇다면 마술이 특기인 내가 써야 한다. 프란과 울시가 위압해 레서 와이번을 놓치지 않도록 조치하는 동안 나는 마력을 집중했다.

『……좋아! 준비 완료야.』

“응. 상인은 떨어졌어.”

좋아, 이 거리라면 그들이 휘말릴 우려도 없겠지.

나는 안심하고 마술을 날렸다.

『——칸나카무이!』

내 말에 따라 희고 아주 굵직한 번개가 하늘에서 레서 와이번들에게 내리쳤다. 이렇게 개방된 장소에서 쓰니 술법의 위력이 확연하게 보이는군.

공간을 태우는 듯한 하얀 섬광이 주변을 뒤덮었다. 잠시 후 엄청난 천둥소리가 울려 퍼졌다.

똑바로 볼 수 없는 번개와 귀청을 때리는 굉음.

배 속의 심지를 떨리게 하는 듯한 묵직한 진동을 동반한 그 번개는 마치 사납게 날뛰는 번개신이 강림한 듯했다.
프란과 울시는 알고 있으니 귀를 막았지만, 소리를 고스란히 들은 상인들은 귀를 누르며 비명을 지르고 있었다.
이런, 도망치라고 충고는 했지만 이래도 아직 가까웠던 건가.
나, 나중에 힐을 걸어줄 테니까 좀 봐줘.
그리고 흰 번개가 잦아든 직후, 프란과 울시가 똑같이 고개를 갸웃거렸다. 내게 고개가 있다면 똑같이 행동했을 것이다.
"어라?"
"웡?"
『엥?』
그곳에 레서 와이번의 자취가 없었기 때문이다.
『……너무 심했나.』
숯덩이로 만들기는커녕 완벽하게 소멸시켰나 보다.
동시에 직경 15미터 정도의 크레이터가 생겼고, 중심 부분의 땅은 유리로 변해버렸다.
게다가 넓은 범위에 걸쳐 숲에 피해가 일어나 있었다.
크레이터와 가까운 나무들은 사라졌고, 먼 나무들도 불타거나 쓰러져 있었다. 사방으로 뿌려진 폭풍과 전격과 충격파가 한 짓이리라. 도시 안에서 사용하면 그야말로 몇 백 채나 되는 가옥에 영향이 생길지도 모른다.
『……이건 함부로 쓰지 않는 게 나을 것 같군.』
자칫하면 동료도 말려들게 한다. 그보다 상인들에게 도망치라고 하지 않았다면 확실하게 휘말렸을 것이다.
아니, 조금 휘말렸다.

폭풍에 밀려 쓰러진 끝에 굉음에 고막이 손상됐나 보다. 아직도 넘어져 비명을 지르고 있었다.

프란이 서둘러 다가가 회복 마술을 걸어줬다.

『게다가 소재도 마석도 소멸했어.』

"아까워."

"웡."

고기도 사라져서 울시도 아쉬운 듯했다.

"괜찮아?"

"…………."

"…………."

힐을 건 뒤에 일으켜 세웠지만, 그들은 눈앞의 참상을 확인하고 멀거니 서 있었다.

"아, 저기……."

"감사, 합니다……."

"그게, 보수 말인데요……."

잠시 기다리니 겨우 정신이 돌아왔지만, 그 얼굴은 창백했다.

일반인에게는 충격이 너무 큰 듯했다.

그리고 이 참상을 보고 난 뒤라 값을 깎을 수도 없을 것이다. 아까 했던 보수는 스스로 생각하라는 말과 합치면 어지간한 협박이 됐을지도 모른다.

"저기, 지금 수중에는 셋이 합쳐도 5만 골드 정도밖에 없는데요……."

의외로 꽤나 가지고 있었다. 하지만 상인이니 그 정도는 당연한 건가? 그리고 지금 말투로 미루어보아 5만 골드라도 싸다고 생각하는 듯했다.

고위 모험가를 고용하게 되면 확실히 더 비쌀 가능성은 있었다.

프란은 그야말로 랭크 A 모험가에게 승리한 실적도 있으니 같은 랭크 C 모험가보다 보수가 비싸도 이상하지는 않으리라.

하지만 프란은 쉽게 승낙의 뜻을 밝혔다.

"그럼 그거면 돼."

"네? 괜찮나요?"

"응. 마술에 휘말리게 했잖아."

힐을 걸어 고쳐줬지만 우리 탓에 부상을 입었고, 경우에 따라서는 목숨마저 위험할 뻔했다. 그것을 이유로 싸게 해주기로 했다.

"가, 감사합니다."

"사, 살았습니다!"

"정말로요!"

있는 돈을 전부 빼앗았는데 감사 인사를 받았다. 시세는 훨씬 비싼가 보다.

그 후, 우리는 상인과 헤어져 일부러 가도를 따라가기로 했다. 애프터서비스는 아니지만, 그 상인들이 다시 습격받지 않도록 가도를 청소하며 나아가자고 생각했기 때문이다.

그런데 한동안 나아가니 수많은 사람이 가도를 막고 있는 모습이 보였다.

아무래도 바르보라 방면에서 울무토를 향해 가고 있는 듯했다. 기사단이라고 하기에는 차림이 가볍지만, 모험가 집단이라고 하기에는 장비에 통일감이 있었다. 도적치고는 규율이 지나치게 바른 것처럼 보이기도 했다.

정체불명의 무장 집단이었다.

게다가 상당한 살기를 띠고 있어서 멀리서 봐도 위험한 분위기가 전해져왔다.

그럼 어떻게 할까.

이대로 아무 일 없이 지나치면 좋겠는데……. 괜히 시비가 붙어봐야 귀찮기만 하다.

"돌아서 갈까?"

『아니, 그것도 오해를 살지도 몰라.』

저쪽에서도 이쪽이 보일 터다. 굳이 돌아가려 해도 도망친다고 생각할지도 모른다. 저 집단의 목적이 무엇인지는 알 수 없지만, 우리에게 떳떳하지 못한 구석이 있다고 추측할 가능성도 있었다.

『언제든지 싸울 수 있도록 준비해둬.』

"응."

"웡."

울시가 속도를 조금 줄이면서 의문의 집단을 향해 걸음을 걸었다. 그러자 집단이 일제히 무기를 뽑아 자세를 잡았다. 개중에는 활에 화살을 메기고 있는 자도 있었다.

그래도 우리가 선제공격을 하지 않은 것은 저쪽에서 살기가 느껴지지 않기 때문이었다.

더욱이 한 사람 한 사람이 그렇게 강하지 않은 점도 여유를 가질 수 있는 이유였다. 힘의 평균은 랭크 E 모험가 정도일까. 선두에 선 남자만은 아슬아슬하게 랭크 D 정도는 될지도 모른다.

그들의 시선은 프란보다 울시에게 쏠려 있었다. 그야 그런가. 이만큼 강력한 마수가 자신들에게 곧장 온다면 경계하지 않을 리가 없다.

우리에게는 귀여운 애완동물 같은 존재라서 전혀 신경 쓰지 않았는데, 모르는 녀석에게는 흉악한 거대 늑대 마수로 보이리라.

『프란, 일단 울시한테서 내려서 걸어가는 게 나을 것 같아.』

"응. 알았어."

『울시는 그림자로 들어가.』

"웡."

울시가 작아져 그림자에 숨자 집단에서 놀라는 목소리가 솟아나왔다.

그런 남자들을 향해 프란은 계속 걸었다.

나는 언제든지 전이를 쓸 수 있도록 준비하고 있었다. 여차하면 전이해 상공으로 도망쳐서 마술로 섬멸한다.

프란이 성큼성큼 걷자 서로의 거리가 점점 가까워졌다. 천천히 걷는다고 할 정도는 아니지만 빠르지도 않았다. 보통 속도다.

50, 40, 30, 20미터——. 그리고 피아의 거리가 더욱 가까워졌을 때, 가장 선두에 있던 남자가 프란에게 소리를 질렀다.

"이, 이봐! 너는 누구냐!"

"응?"

"방금 사라진 늑대는 뭐냐! 애, 애초에 우리한테 인사도 안 하는 거냐!"

"안녕, 그럼."

"기다려라, 계집!"

으음, 어쩌지. 역시 시비를 걸었는데.

약한 녀석만 있으니 무시하고 따돌려도 상관없을 것 같지만……. 이 녀석들의 정체가 뭔지 모르겠군.

"우리가 '디믈 용병단'이라는 걸 알고 그러는 거냐?!"

아니, 알 리가 없잖아. 용병단은 이런 것들밖에 없나?

울무토에서 적대했던 청묘족 용병단 '푸른 긍지'가 떠올랐는지 프란이 희미하게 얼굴을 찌푸렸다. 지금까지도 그랬지만, 용병이라고 밝힌 인간치고 제대로 된 인간을 거의 본 적이 없다.

뭐, 각지에서 배척당한 질 낮은 인간들이 마지막에 다다르는 직업이니 어쩔 수 없을지도 모르기는 하다.

모험가도 마찬가지지만, 그쪽은 나름대로 많이 접해봤다. 그렇기 때문에 제대로 된 인간끼리 친분을 쌓았다.

남자는 프란의 신원, 울시는 어디로 갔는지, 그리고 이 가도 앞이 어떤 상태인지를 연달아 질문했다.

그리고 완전히 무시 상태인 프란의 태도에 차츰 화가 나기 시작한 듯했다. 목소리가 조금씩 커졌다.

'스승, 어떻게 해?'

『으음, 그냥 무시하고 갈까?』

그렇게 생각하고 있는데 집단 뒤쪽에서 뭔가 소란이 일어났다. 아무래도 후속 부대가 온 모양이다. 이로써 남자들의 수가 더욱 늘어났다. 조금 성가실지도 모르겠다.

나는 은밀하게 마력을 모으면서 사태의 추이를 지켜보기로 했다.

최악의 경우 이 녀석들을 쓰러뜨리게 될 것이다.

"이 녀석. 뭐 하는 거냐, 바스크."

"아, 아버지――아니, 분대장. 수상한 자를 심문 중이야."

"심문? 우리 임무는 가도에 나타난 레서 와이번 무리를 쫓는 건데? 아니면 도적단의 척후라도 잡은 거냐?"

후속 부대를 이끌던 장년 남성 쪽의 수준이 나은 듯했다.

게다가 부자지간인 듯했다. 부친에게 혼나자 무례남 바스크가 황급히 변명했다.

"아니, 그건 아니지만……."

"뭐냐 그건? 놀러온 게 아니란 말이다!"

"지, 지금부터 좀 더 압박해 실토하게 할게! 조금만 더 기다려줘!"

압박해? 프란을? 호호오. 어떻게 해줄까.

우선 눈앞의 남자를 때려눕히고 주위 녀석들은 뇌명 마술의 연습 대상으로 삼을까?

프란도 보아하니 의욕이 생긴 듯했다. 그 눈이 가늘어지고 언제든지 움직일 수 있도록 중심을 앞으로 살짝 기울인 것을 알 수 있었다. 전투가 개시된 순간, 눈앞에 있는 바스크의 목이 물리적으로 날아가게 되겠지. 처음에 지휘관을 해치우는 건 집단전에서 철칙이니 말이다.

나와 프란이 일으킨 투기를 분대장이라는 남자가 민감하게 감지한 듯했다.

아들과 부하를 물리고 프란의 앞으로 나왔다.

적대하고 있는 상대의 얼굴을 봐두려는 건가?

그리고 프란을 보자마자 순간적으로 얼굴이 창백해지더니 아들의 얼굴을 느닷없이 후려쳤다.

"컥! 뭐, 뭐 하는 거야, 아버지!"

"멍청한 놈아! 멍청한 놈아!"

분대장은 무릎을 꿇은 아들을 가차 없이 계속 후려갈겼다.
"크헉! 케헥!"
마지막에는 얼굴을 힘껏 걷어차여서 바스크는 의식을 잃고 쓰러졌다.
갑작스러운 사태에 다른 용병들도 멍하니 서 있었다.
그야 우리도 멍하니 서 있기는 했지만. 누군가 대단한 귀족과 착각이라도 한 건가?
"죄, 죄송합니다! 이것은 멍청한 부하가 폭주했을 뿐이지, 저희의 진의는 아닙니다! 부디 용서해주십시오!"
갑자기 무릎을 꿇고 목숨 구걸과도 비슷한 변명을 시작한 분대장을 바라보며 용병들은 멍청히 서 있었다. 역시 누군가와 착각하고 있군.
"너흰 뭐 하고 있어! 무릎 꿇고 머리를 숙여라! 지금 당장! 명령을 듣지 않은 녀석은 그 자리에서 죽여버리겠다!"
터무니없는 명령이지만 박력에 밀렸으리라. 다른 남자들도 마지못해 무릎을 꿇고 머리를 숙이기 시작했다.
그런 불만스러운 얼굴로 머리를 숙여봐야 기쁘지는 않은데 말이야.
"부하가 무례한 태도를 보여서 정말 죄송했습니다. 흑뢰희 님."
착각이 아니었다. 그렇군, 프란을 알고 있었던 건가. 그리고 적으로 돌리면 끝장이라는 것을 이해하고 용서를 구한 것이다.
적어도 자신들이 일제히 덤비면 이길 수 있다고 생각할 만큼 무능하지는 않았던 모양이다.
"저, 저게 소문의?"

"적대하는 녀석한테는 가차 없다던……."
"거스르면 숯덩이가 되는 모양이야……."
머리를 숙이고 있는 부하들도 흑뢰희의 이름에 반응해 순간 웅성댔지만, 분대장의 눈길에 바로 입을 다물었다.
다만 프란은 이 녀석들에게 흥미를 완전히 잃은 듯했다.
"이제 가도 돼?"
"네!"
"그럼 갈게."
"조심해서 가십시오!"
깍듯하게 전송하는 용병들. 뭐, 실질적인 피해는 없었으니 용서해줄까.
그건 그렇고 저 두려워하는 모습은 뭐지? 강한 상대를 앞에 둔 것만으로도 저렇게 되는 건가? 어떤 소문이 퍼졌는지 살짝 신경 쓰이는군.

용병들에게 큰절을 받은 다음 날.
『오랜만에 오는 바르보라로군.』
"응."
"웡!"
우리는 한 달 만에 바르보라로 돌아와 있었다.
모두의 전송을 받으며 나선 정문을 다시 지나 도시 안을 걸었다.
원래는 한 달 만에 큰 변화가 있을 리가 없지만 바르보라는 달랐다.
여행을 떠났을 때는 사인들에게 파괴된 집 등이 아직 눈에 띄었는데, 지금은 이제 거의 보이지 않았다.

매우 서둘러 수복을 진행했을 것이다.

얼핏 보기에 수많은 사인이 날뛰어 커다란 피해가 났던 곳 같지 않았다.

『우선 지인에게 얼굴을 비추러 갈까.』

우리의 목적지는 바다 건너에 있는 수인국이다.

하지만 분초를 다투는 여행은 아니다. 바르보라의 지인들을 만날 정도의 시간은 충분히 있었다.

"응!"

프란도 어딘가 기쁜 기색으로 승낙했다.

처음에 향한 곳은 가장 가까운 요리 길드였다.

『메캠 영감은 있으려나?』

"으."

『이봐, 아직도 영감이 싫어?』

가장 처음으로 카레에 대한 엄격한 의견을 말한 탓에, 프란은 메캠 영감을 적대시하고 있었다. 만화에 나오는 음식 전문가 캐릭터 같아서 나는 싫지 않은데 말이다.

마지막에 카레빵이 맛있다고 말해줬으니 이제 섭섭한 마음은 사라졌다고 생각했는데, 프란은 아직도 화가 나 있는 건가?

"……언젠가 스승의 카레가 세계에서 제일 맛있다는 걸 알게 해줄 거야."

아무래도 강적의 범주에 넣었다고 할까, 언젠가 쓰러뜨려야 할 상대라고 인식한 모양이다.

하지만 아쉽게도 메캠 영감은 자리를 비웠다.

아니, 있었으면 프란이 시비를 걸었을 테니 없는 편이 성가신 일이 줄어서 다행이었을지도 모른다.

『할 수 없지.』

"응……."

숙적이 부재중이라는 소리를 듣고 어딘가 아쉬운 듯한 프란. 할 수 없이 그대로 돌아가려고 하는데 접수원 여성이 말을 걸었다.

"저기, 프란 님. 잠시 시간 괜찮으신가요?"

"응?"

"실은 프란 님과 스승님의 랭크업 조건이 충족되어서 길드 카드를 갱신하고 싶습니다만."

그러고 보니 요리 길드에 등록했었지. 요리 콘테스트에 출장하기 위해 등록했을 뿐이라서 완전히 잊고 있었다.

그런데 랭크업? 이유는 모르지만 콘테스트의 순위로 랭크를 올릴 수 있다면 저번에 바르보라에 있었을 때 랭크업 이야기가 나왔으리라. 하지만 달리 뭔가를 한 기억은 없었다.

프란도 의문스럽게 생각했는지 고개를 갸웃거리고 있었다.

"어째서?"

"두 분이 보급을 허락하신 카레 레시피가 현재 폭발적으로 확산했습니다. 이대로 가면 조만간 국내 전역에 퍼질 겁니다."

"오오!"

그거 기쁘군. 어디를 가도 먹을 수 있게 된다면 프란도 기뻐할 테고, 다양한 파생 레시피도 생겨나리라. 그렇게 되면 돌고 돌아 내 레시피도 늘어날 것이다. 즉, 프란을 위해 만들 수 있는 카레가 늘어난다는 뜻이다.

카레 레시피를 루실 상회에 팔길 잘했다.

"경제적, 문화적인 공적을 감안해 두 분의 랭크를 실버로 올리기로 했습니다."

카레라는 새로운 요리를 개발하고 보급한 공적을 인정한다고 한다. 지구의 레시피를 유용했을 뿐이라서 미묘하게 뒤가 켕기지만, 설명을 듣는 한 랭크가 오르는 데 따른 단점은 없는 것 같으니 여기서는 감사히 랭크업을 받아들이자.

"그럼, 이거."

"아, 두 분의 카드를 가지고 계셨군요."

"스승의 카드를 맡고 있어."

"그러면 새 카드는 프란 님께 드리면 될까요?"

"응."

프란이 둘의 요리 길드 카드를 내밀자 이미 준비해둔 은색 테두리 카드로 교환해줬다. 요리 길드의 카드는 아날로그라고 할까, 마술적인 요소가 전혀 없는 듯했다. 아니, 모험가 길드 카드가 특별할 뿐인가.

"이 도시에서 장사하실 때는 요리 길드에서 지원을 받을 수 있습니다."

"알았어."

"다만 장기간 눈에 띄는 활동이 없거나 일정 기간 갱신이 없을 때는 랭크가 내려가는 경우가 있으니 주의해주십시오."

호호오. 그거 그냥 넘길 수 없군.

요리 길드의 랭크가 내려가도 특별히 문제는 없지만, 기껏 올라갔는데 내려가는 건 왠지 분했다.

'스승, 어떡해?'
『으음, 그러네. 뭔가 레시피를 넘길까.』
카레처럼 진귀한 레시피라면 공적으로 인정받을지도 모른다.
그럼 어떤 레시피가 좋을까?
『프란은 뭐가 괜찮을 거 같아?』
프란이 좋아하는 음식의 레시피를 넘기면 틀림없으리라. 이쪽 세계 사람의 입맛에도 맞을 테고, 그 레시피가 카레처럼 퍼진다면 새 레시피의 개발도 기대할 수 있다.
'응……? 돈가스 덮밥?'
『그렇군, 돈가스 덮밥이라.』
프란이 좋아하는 음식 중 하나였다.
카레만큼은 아니지만 일주일에 한 번은 요청한다.
이 세계에서는 드문 튀김에다 계란을 입히는 요리다. 게다가 간장 등 이 부근에서는 희귀한 조미료를 쓰므로 맛도 비슷한 음식이 없으리라.
적어도 바르보라에서 비슷한 요리를 본 적은 없었다.
나는 프란의 의견을 채용해 돈가스 덮밥의 레시피를 요리 길드에 제출하기로 했다. 이거라면 돈가스의 내용물이나 양념으로 다양하게 각색도 될 테니 파생 레시피가 카레보다 많이 탄생할지도 모른다.
접수원 여성에게 받은 레시피 제출용 서류에 프란이 내용을 적어갔다.
요리 길드의 접수원답게 요리에 해박한지 그 내용에 눈을 크게 뜨고 있었다.

"이건…… 굉장하네요. 정말 새롭고 각색의 폭도 넓을 것 같습니다. 게다가 이 부근에서는 아직 수가 적은 쌀이나 간장을 메인으로 한 요리……. 역시 대단하세요. 이것도 프란 님과 스승님의 성함으로 제출하시겠습니까?"

기발할 뿐만 아니라 이 부근에서는 쓰이는 빈도가 적은 쌀이나 간장을 메인으로 삼은 점도 높은 평가를 받았다고 한다. 지금은 마이너한 식재료가 누구나 원하는 재료로 바뀌면? 그렇게 되면 새로운 장사 기회가 생겨서 커다란 이익을 기대할 수 있다고 했다.

"응. 부탁해."

"그러면 수리했습니다. 즉시 공개하겠습니다. 아마 이 레시피도 인수자가 다수 나올 겁니다."

"그래?"

"네. 두 분께는 카레라는 대단한 공적이 있으니까요. 그런 두 분이 고안하신 새로운 레시피라면 수많은 요리인이 원하실 겁니다. 순식간에 바르보라 전역에 퍼질지도 몰라요."

그러면 좋겠다. 이건 가르쳐주지 않았지만, 상상력 있는 요리사라면 돈가스 카레도 만들지도 모른다.

우리는 접수원에게 웃음 가득한 전송을 받으며 요리 길드를 뒤로했다.

『자, 꽤 시간을 잡아먹었는데, 다음에는 어디 갈래?』

"고아원."

『그렇지. 한 번 상황을 보러 갈까.』

아만다가 개입했다고는 하나 그 뒤에 어떻게 됐는지 우리 눈으로 확인하지 않았다. 아이들 생활은 제대로 개선됐을까?

그리고 고아원에 온 우리는 놀란 나머지 그 자리에 우두커니 서고 말았다. 고아원은 외양부터 크게 바뀌었기 때문이다.

낡았던 외관이 새것처럼 깔끔한 모습으로 변해 있었다. 건물만이 아니다. 고아원을 둘러싼 외벽도 빈틈없이 다시 칠해지고 마당에는 커다란 화단이 꾸며져 있었다. 과일나무 등도 심어져서 이전과는 몰라볼 만큼 달라졌다.

"아, 울시다!"

"모험가 언니!"

다행이다, 아이들은 달라지지 않았다. 명랑한 웃음을 띠며 프란과 울시에게 달려왔다.

아니, 입은 옷이 조금 좋아졌나? 말쑥해서 초라함이 전혀 느껴지지 않았다. 역시 아이를 사랑하는 아만다. 아이들이 가난하게 살게 할 리가 없었다.

"또 와준 거야?"

"프란! 놀자!"

"울시! 쓰다듬게 해줘!"

프란과 울시를 기억하는 모양이다.

정원에서 놀던 아이들이 왁자지껄 프란과 울시에게 모여들었다.

"어머, 프란 씨!"

"이오."

그 소동이 안에 들렸는지 고아원 안에서 한 여성이 나왔다.

아이를 돌보는 이오 씨였다. 굉장한 실력의 요리사이자 아이들의 다정한 누나다.

"그때는 정말 고마웠어요. 덕분에 고아원 경영도 크게 좋아지고 아이들도 웃음이 늘었어요."

이오는 고개를 깊숙이 숙였지만, 우리는 대단한 일을 하지 않았다. 고아원을 구한 것은 아만다다.

"아니요, 아만다 님에게 들었어요. 프란 씨가 그분에게 고아원의 궁핍한 상황을 호소했다고요."

"하지만 그것뿐이야."

"그리고 받은 카레 레시피도 아이들에게 대호평이에요. 지금은 일주일에 한 번 있는 카레의 날을 다들 기대하고 있답니다."

"이오 선생님. 카레, 좋아!"

"엄청 맛있어!"

자투리 야채만으로 엄청난 수프를 만든 이오 씨다. 아만다 덕분에 좋은 식재료를 쓸 수 있게 된 그녀가 어떤 요리를 만들고 있는지 흥미가 생겼다.

이야기를 들어보니 내일이 카레의 날이라고 한다.

부탁하니 프란과 울시의 몫도 준비해준다고 했다. 이거 기대되는군.

프란이 맛있는 요리를 먹을 기회를 놓칠 리가 없었다.

"그럼 내일 올게."

"네, 기다리고 있을게요."

"또 봐!"

"안녕, 울시!"

"응."

고아원을 나선 프란이 깡충깡충 걸었다. 어지간히 기대되나 보다.

'빨리 내일이 안 오려나.'

『아직 오전이야.』

그럼 다음에는 어디를 갈까. 루실 상회에는 배를 찾을 때 갈 예정이고, 다른 지인은 모험가뿐이다. 무투 대회에서 만나기도 했고, 애초에 그들은 아직 울무토에 있을 것이다.

"가르스."

『그렇지. 그럼 가르스 영감을 찾으러 갈까.』

울무토에서 만날 약속을 했던 가르스 영감과는 결국 재회하지 못했다.

바르보라를 구원하러 갔다고 했으니 아직 이 도시에 있을 가능성은 높을 것이다.

만약 가르스 영감이 바르보라에서 울무토로 다시 이동했다면 도중이 만났을 터다. 바르보라와 울무토 사이에는 길이 하나밖에 없기 때문이다.

『문제는 어떻게 찾느냐로군.』

"……모험가 길드?"

『그거 괜찮을지도 모르겠어.』

실력 좋은 대장장이의 가장 큰 단골은 모험가다. 모험가 길드가 뭔가 정보를 가지고 있을 가능성은 높다.

남은 건 대장장이 길드다. 바르보라에서 일을 한다면 대장장이 길드에 얼굴을 비췄을 것이다.

『우선 모험가 길드에 가자.』

"알았어."

프란에게는 집 같은 곳이다. 정보를 묻는다 해도 모험가 길드 쪽이 묻기 쉽다. 길드 마스터인 검드와도 안면이 있고 무투 대회에서 이름을 날렸다. 문전박대는 당하지 않겠지.

모험가 길드를 목표로 걷는데 프란과 울시가 묘하게 주위를 두리번댔다.

뭐지? 뭔가를 느낀 건가? 안절부절못하고 침착함이 사라졌다.

『왜 그래?』

"카레 냄새가 나!"

"웡!"

아아, 그런 건가. 바르보라는 현재 카레가 유행한다고 했으니 이 주변에 늘어서 있는 노점 중에도 카레 요리를 내는 가게가 있을 것이다.

프란과 울시는 그 포장마차를 골라낸 모양이다.

꽃향기에 이끌리는 꿀벌처럼 흐느적대며 포장마차로 다가갔다. 이미 본능 수준으로 카레를 원하고 있군.

카레 냄새로 사냥감을 끌어당기는 함정이 있다면 걸려들지 않을까?

"어서 옵쇼!"

프란이 찾은 포장마차에서는 확실히 카레 같은 것을 팔고 있었다.

다만 신기하게도 스푼이 없었다. 대신에 젓가락이 놓여 있었다. 냄비 안에 들어 있는 갈색 액체는 틀림없이 카레로 보이는데…….

"이건 뭐야?"
"아, 이건 카레를 베이스로 내가 고안한 카레 누들이다!"
놀랍게도 카레라이스가 아니었다. 이미 카레 풍미의 면 요리까지 등장한 모양이다.
자세히 보니 누들이라는 이름이 어울리게 카레와 면이 같이 졸여지고 있었다. 맛있어 보이지만 이렇게 졸이면 순식간에 면이 불지 않을까?
하지만 흥미가 조금 생겼다. 그건 프란도 마찬가지였는지, 망설임 없이 자신과 울시의 몫을 구입했다.
"자, 울시."
"웡!"
그대로 둘이 동시에 카레 누들을 허겁지겁 먹었다.
"후룩후룩."
"우물우물."
매운 맛은 조절했는지, 프란은 사레가 들리는 일도 없이 면을 집어삼켰다. 그리고 마지막까지 젓가락이 멈추는 일 없이 순식간에 먹어치웠다.
아아, 진짜! 입 주위에 묻은 카레 핥아먹지 마! 저기 냅킨이 놓여 있잖아! 울시의 입도 카레로 끈적끈적해! 아아, 너는 핥아도 상관없어.
물어볼 필요도 없다고는 생각하지만 일단 맛에 대한 감상을 확인했다.
『어땠어?』
"맛있어."

"웡웡!"

『면은 안 불었어?』

"응."

그렇다면 뭔가 연구를 한 면인 건가? 프란에게 이것저것 물어보게 하니, 아무래도 곤약이나 녹두가루처럼 잘 불지 않는 계열의 면을 쓴 듯했다.

이거 대단하군. 이렇게까지 재미있는 요리가 만들어졌을 줄이야!

다른 카레 요리도 기대할 수 있을 것 같군.

우리는 그렇게 포장마차에서 군것질하면서 모험가 길드로 향했다.

역시 요리사가 많은 도시답게 평범한 포장마차 요리라도 수준이 상당히 높았다. 프란도 울시도 대만족한 듯했다.

일반적으로 걸으면 30분도 걸리지 않는 곳을 한 시간 이상 걸려 도착했다. 그만큼 포장마차 요리에 빠졌다는 뜻이겠지.

『겨우 길드에 왔나. 빨리 정보를 수집하자.』

"응."

모험가 길드 안에 들어가니 수많은 모험가가 있어서 활기가 굉장했다.

어린아이인 프란을 의아한 눈으로 보는 자도 많았지만, 프란은 그들의 시선을 무시하고 카운터로 향했다.

"좀 묻고 싶은 게 있어."

"네, 뭔가요?"

오, 프란을 아는 것 같지도 않은데 정중한 대응. 역시 대도시 길드의 접수원이로군.

"사람을 찾고 있어."

"사람을 찾고 계시는군요……."

접수원이 희미하게 고민스러운 얼굴을 했다. 모험가 길드의 일이라는 느낌이 아니기 때문이라.

그러나 거기서 매몰차게 거절하지 않고 대안을 제시해줬다.

"그러면 그런 정보를 잘 아는 모험가를 소개할까요? 나머지는 그 사람과 교섭하는 건 어떠실까요?"

정보 상인 같은 모험가라는 건가? 소개해준다면 고맙지.

조금 수상쩍은 기분도 들지만, 길드의 소개라면 신원도 확실할 것이다.

"그거면 돼. 바로 만날 수 있어?"

"네. 바로 거기에 있거든요."

접수원의 시선 끝에는 한 모험가가 서 있었다.

프란과 접수원의 얘기를 듣고 있었는지 자신에게 화제가 쏠릴 것을 예측한 듯했다. 씩 웃으면서 경례하는 듯한 동작으로 가볍게 인사를 했다.

감정해보니 척후 계열 직업의 중년 모험가였다. 전투력은 대단치 않지만 탐지 계열이나 은밀 계열, 교섭 계열 스킬이 얼추 갖춰져 있었다.

그렇다. 정보 상인이라는 칭호에 어울리는 남자였다.

"여, 사람을 찾는다고?"

"응."

"나는 도시 안에서 하는 일이 메인인 피라미이지만, 그만큼 바르보라 안에서 일어나는 일은 그럭저럭 자세히 알아. 나한테 맡겨줘."
도시 안이 메인? 그런 모험가도 있는 건가. 바르보라 만큼 큰 도시라면 그래도 충분히 생계를 꾸려갈 수 있을지도 모른다.
"일단 그쪽에서 얘기해볼까. 나는 렉스야."
"프란."
"잘 부탁해."
렉스라고 밝힌 모험가와 함께 길드 구석에 있던 테이블에 앉았다. 태도는 가볍지만 렉스에게 프란을 깔보는 태도는 보이지 않았다.
"그래서 누구를 찾고 있지?"
"대장장이 가르스."
"호오. 명예 대장장이 나리인가."
"알아? 지금 있는 곳을 알고 싶어."
이름만으로 누구인지 전해진 모양이다.
이러면 생각보다 빨리 가르스 영감과 재회할 수 있을지도 모르겠다.
나머지는 보수 책정이로군.
"정보료는 낼게."
"아니, 그건 필요 없어."
"응? 어째서?"
"우선 첫째. 나는 가르스 나리에 관한 변변한 정보를 가지고 있지 않아. 이 정도 정보로 돈을 받을 수는 없어. 그리고 어중간한 돈보다 흑뢰희와 안면을 트는 쪽이 훨씬 가치가 있어."
그렇군, 프란을 알고서 이런 태도를 보인 건가. 역시 정보 상인이야. 소문 입수가 빠르군.

렉스는 자신이 알고 있는 가르스의 정보를 들려주었다.

"열흘 전에는 확실히 바르보라에 있었을 거야."

"틀림없어?"

"그래. 길드 마스터의 무기를 관리했을 거야."

"그렇구나."

모험가 길드에 관계된 일을 맡았다고 했으니 확실성이 높은 정보이리라.

하지만 그 뒤의 경로를 알 수 없다고 한다. 렉스도 바르보라를 완전히 떠났다고 생각했던 듯하다.

"하지만 울무토에 안 돌아왔어."

"연락도 없어?"

"응."

"그런가――. 생각할 수 있는 패턴은 몇 가지 있어."

렉스가 손가락을 접어 숫자를 세면서 가능성을 열거해갔다.

하나가 바르보라와 울무토 사이에서 뭔가 사건에 휘말렸을 가능성. 마수에게 습격받거나 도적에게 붙잡힌 경우 등을 생각할 수 있다.

"다만 무투 대회의 영향도 있어서 가도를 오가는 사람도 많았고 순찰도 늘어났어. 거기서 목격 정보가 하나도 없다고는 생각하기 힘들어."

그리고 가르스는 망치술과 불 마술의 레벨이 높았다. 전투에서 밀릴 가능성도 적었다.

그것 외에도 바르보라 내부에서 어떤 사건에 휘말렸을 가능성도 충분히 있었다. 가르스의 실력에 눈독을 들인 노예상인이나 뒷세계 조직이 그를 노렸을 가능성도 없지는 않으리라.

또한 뭔가 비밀 의뢰를 받은 것도 생각할 수 있었다. 기본적으로 자신이 납득하는 일밖에 받지 않는 가르스지만, 왕족이나 대귀족에게 압력을 받아 일을 거절하지 못했을 가능성은 있다. 그런 경우에는 기밀을 유지하기 위해서 연락 등을 끊는 사례가 있다고 한다.

아니면 작업에 지나치게 빠져서 연락을 완전히 잊어버렸을 가능성도 있다. 장인 기질이 있는 가르스라면 그럴 가능성이 없다고는 할 수 없을 것이다.

어느 일이나 있을 법하군.

"하루 정도 시간을 줘. 조사해보지."

"부탁해. 나는 어떻게 하면 돼?"

"으음, 괜히 요란하게 움직여도 곤란한데…… 우리 길드 마스터와는 아는 사이인가?"

"응."

"길드 마스터와 대장장이 길드에 탐문을 부탁해도 될까? 딱히 뒤를 캐지 않아도 돼. 그냥 듣고 오면 되니까."

프란이 인맥을 이용해 표면을, 렉스가 이면을 조사한다는 뜻이겠지.

"알았어."

"그래. 그럼 내일 보자."

"응."

렉스와 최종적인 협의를 마치고 일단 헤어졌다.

그에게 지불할 의뢰비는 어떤 정보를 얻어도 3만 골드로 하기로 했다. 시세보다 조금 비싼 것 같지만, 그 부분은 열심히 해주기를 바라는 마음으로 받아들였다.

손을 흔들면서 떠나가는 렉스의 등을 전송했다.

『우선 검드한테 얘기를 들으러 가자.』

“응.”

길드의 접수대에서 길드 카드를 꺼내 길드 마스터를 면회하고 싶다고 부탁하자 아까 봤던 접수원이 바로 대응해줬다.

아무래도 아까 렉스와 나눈 대화로 프란이 흑뢰희라는 것을 안 모양이다.

길드 관계자에게는 그 이명이 벌써 퍼진 듯했다. 아까도 정중했지만 더 정중하게 대응해줬다. 나타난 비서 같은 사람의 안내를 받아 길드 2층으로 향했다.

“여, 오랜만이구나. 울무토에서 활약한 것 같더군.”

“응.”

들어간 방에서 기다리고 있던 것은 바르보라 모험가 길드의 길드마스터이자 전 랭크 A 모험가, 용추 검드였다.

바르보라에서 일어난 사인 사건 때는 포룬드를 비롯한 모험가들과 함께 싸운 사이다.

자기 키 만한 거대한 해머로 린포드의 거구를 날려버린 모습이 인상적이었다. 그때는 정말 간신히 살아났지.

“그 사건 뒤처리가 없었다면 나도 보러 갔을 텐데 말이야.”

“어쩔 수 없지.”

“이것 참, 아가씨와 펠무스의 일전은 꼭 보고 싶었는데! 녀석의 실은 정말 성가시거든!"

같은 도시에서 랭크 A 모험가로 활약했던 사이다. 단순히 안면이 있을 뿐만 아니라 같이 의뢰를 처리한 적도 있을지도 모른다. 이명도 용잡이와 용추이니 파티를 맺기도 한 건가?

"펠무스를 알아?"

"그야 당연하지. 원래 같은 파티였으니까."

놀랍게도 정말로 파티를 맺었던 사이였다. 랭크 A 파티 '용살단'이라면 전설적인 파티라고 한다. 다른 모험가가 스스로 전설적이라고 하면 썰렁하겠지만, 랭크 A 모험가가 말하면 오히려 멋있게 들리니 신기하다.

프란도 얘기를 듣고 눈을 빛냈다.

"그래서 오늘은 무슨 일이지? 내 얼굴을 보러 온 건 아닐 텐데?"

얘기가 빨라서 좋군.

프란은 가르스 영감을 찾는다는 걸 전하고, 그가 있을 곳을 아느냐고 물었다.

"그렇구먼, 가르스 님이 있는 곳인가……."

"지금 어디 있어?"

"미안하군. 나도 몰라."

검드가 미안하다는 듯이 고개를 저었다.

"열흘 전에 내 무기를 관리해줬어. 그날까지 바르보라에 있었던 건 틀림없지."

하지만 검드도 그 뒤의 행방은 모른다고 했다.

"울무토로 간다는 말은 확실히 했지만……. 언제 떠났는지는 모른다."

"그래?"

길드 마스터라도 모르는 건가.

할 수 없다. 이 이상의 정보는 없는 것 같으니 대장장이 길드로 가자. 그렇게 생각하고 자리에서 일어서려 하는데 검드가 그 전에 입을 열었다.

"그렇지. 너, 용병에게 뭔가 원한이라도 있는 거냐?"

"응?"

"그게, 이상한 소문을 들어서 말이야."

"어떤 소문?"

"흑뢰희는 용병을 아주 싫어해서 적대한 용병은 몰살시킨다든가, 마음에 들지 않는 용병단은 없앤다든가, 용병이 시야에 들어오면 다짜고짜 마술을 날린다든가 하는 소문이야."

뭐? 왜 그런 소문이 났지?

"이 도시에도 용병단이 몇 개 있는데, 완전히 겁을 먹어서 말이야. 그 녀석들에게 문의가 들어왔어."

문의라니, 혹시 "흑뢰희는 용병을 싫어합니까?"라고 직접 물었다는 건가?

"딱히 용병이라고 해서 그렇지는 않아."

"오, 그런가?"

"적이라면 해치울 뿐."

"……그, 그렇군."

"응."

하지만 이래저래 생각을 돌이켜보니 과거에 몇 번인가 시비를 걸어온 용병을 해치운 적이 있었다. 그렇지, 기념해야 할 첫 실랑이도 상대가 전 용병이었을 터다.

그리고 울무토에서는 청묘족 용병단 '푸른 긍지'와 한바탕 소동도 있었다. 녀석들을 직접 처리한 건 수왕 일행이지만, 모르는 사람에게는 프란이 무슨 짓을 한 것처럼 보일 가능성이 있을지도 모른다.

바르보라에 오는 도중에 만났던 디믈 용병단이라는 녀석들이 그렇게 겁을 냈던 것도 그 소문 탓이었겠지.

그들 입장에서 보면 프란은 자신들을 순식간에 죽일 수 있는 강자에, 용병을 싫어한다는 소문이 있으며, 마음에 들지 않는 녀석은 용서하지 않는 폭군인 것이다. 그야 겁먹겠지.

"그럼 용병단에는 그렇게 전해두지."

"그렇게 해."

"그리고 한 가지 의뢰가 있는데."

"의뢰?"

"그래. 랭크 A 모험가와 호각으로 싸운 그 실력을 감안한 거다."

그렇다면 뭔가 성가신 마수를 토벌하는 건가? 오랫동안 묶여 있으면 곤란한데.

그렇게 생각했는데 아무래도 아닌 듯했다.

"우리 길드에 몇 명인가 내가 아끼는 녀석들이 있는데, 그 녀석들한테 위쪽의 대단함을 보여주고 싶어서 말이야. 모의전을 부탁하고 싶군."

"검드가 하면 되지 않아?"

솔직히 말해서 우리 역시 검드에게 이길 수 있을지 알 수 없었다. 동격으로 짐작되는 펠무스에게는 간신히 이겼지만 검드는 모험가 길드의 마스터다. 린포드와의 싸움을 봐도 현역 당시의 힘이 아직 남아 있었다.

굉장함을 보여준다면 검드로 충분할 터였다.

하지만 검드는 고개를 저었다.

"녀석들이 어릴 때부터 뒤를 봐줘서 말이야. 나나 포룬드에게 지는 건 당연하다고 생각하고 있어. 이제 와서 내가 때려눕힌다고 분하게 여기지도 않아."

압도적으로 뛰어난 스승 같은 상대라면 지는 게 너무나도 당연해서 아무런 생각도 들지 않을지도 모른다.

"시간은 그렇게 빼앗지 않을 거야. 내일 아침은 어떤가?"

'스승? 받아도 돼?'

오? 프란은 할 마음이 있나? 검드가 아끼는 모험가들에게 흥미가 생겼나 보다.

『괜찮을 거 같아. 검드에게 점수도 딸 수 있고.』

"응. 상관없어."

"좋았어! 그럼 꼬맹이들을 불러올 테니까 부탁하지! 그 녀석들의 코를 납작하게 만들어줘! 뭐, 아가씨보다는 연상이지만 말이야! 크하하하하."

"응."

프란은 검드와 내일 모일 시간 등을 상세히 의논하고 이번에야말로 모험가 길드를 나왔다.

『다음에 갈 곳은 대장장이 길드로군.』

"응."

장소는 모험가 길드에서 똑똑히 들었다.

여기보다 항구에 가까운 구획에 있다고 한다. 배로 옮겨온 광석이나 석탄을 더 운송하기 편한 장소에 지었을 것이다.

뭐, 대장장이 길드에 가기 전에 들러야 하는 장소가 있었다.

『술을 살 곳을 찾자.』

"어디로 가?"

『양조장이지. 그리고 술집에서 직접 살 수 있으면 편할 테고.』

대장장이 길드로 간다고 검드에게 얘기하니 선물을 들고 가는 편이 좋다고 가르쳐줬다. 대장장이 길드의 마스터나 간부에는 드워프가 많아서 맛있는 술을 가져가면 반드시 환영받을 수 있다는 것이다.

드워프는 판타지 작품의 이미지대로 술을 아주 좋아하는 종족인 모양이다.

가능하면 상대가 놀랄 만큼 좋은 술을 들고 가고 싶다.

『대장장이 길드에 가는 도중에 술을 취급하는 가게가 있으면 좋겠는데.』

"있잖아, 펠무스 가게는?"

『그러고 보니 용선옥은 어디 근처에 있었지?』

프란의 말에 생각났다. 전 랭크 A 모험가이자 실력 뛰어난 요리사, 펠무스가 경영하는 가게가 바로 근처에 있을 터였다.

식당이니 술을 들여놨을지도 모른다.

『일단 점주에게 직접 받은 우대권도 있으니 얘기 정도는 들을 수 있을지도 몰라.』

"응!"

우리는 식사도 겸해서 용선옥에 가보기로 했다.

"기대돼."

"웡웡!"

펠무스가 한 요리가 맛있다는 것을 아는 프란과 울시는 통통 튀는 발걸음으로 걸어갔다.

하지만 울시는 문제가 있을 것이다. 적어도 식사를 제공하는 가게에 늑대를 데리고 들어갈 수 있다고는 생각할 수 없다. 주로 위생 문제로.

자칫하면 프란까지 입점을 거절당할지도 모른다. 모르는 사이가 아니라고는 하나 펠무스가 그런 부분을 타협할 것 같지 않았다.

그렇게 말하자 프란은 비정한 결단을 내렸다.

"울시는 그림자."

"워웅?"

『안 돼. 가게가 좁고 애완동물을 데리고 들어갈 수 있는지도 확실하게 몰라.』

"끼잉……."

울시는 눈물을 글썽이며 약삭빠르게 프란에게 다가갔다. 하지만 그런 귀여움이 프란에게 통한다고 생각하지 마라!

"안 돼."

"워웅……."

상처를 받은 기색의 울시는 시간을 들여 천천히 그림자로 들어갔다. 마지막에는 프란이 떠밀기까지 했다. 나중에 맛있는 거라도 먹여서 기분을 풀어줘야겠군.

울시의 작은 저항은 신경 쓰지 않고 프란은 망설임 없이 용선옥에 도착했다.

맛있는 요리를 내는 가게가 있는 장소를 프란이 잊을 리가 없었다.

『호호오. 여전히 지나치게 화려하지도 않고 지나치게 남루하지도 않은 차분한 느낌의 가게로군.』

은신처 같은 분위기의 세련된 가게 구조였다.

솔직히 지구에 있던 무렵의 나였다면 들어가기 힘든 느낌이었으리라. 주택가 일각에 있는 프랑스 요리점 같은 느낌이다. 뭐, 내가 멋대로 품은 이미지였지만 말이다.

가게에는 '용선옥'이라는 작은 간판이 걸려 있었다. 그 옆에 있는 작은 창문으로 가게를 들여다보니 가게 안은 여전히 북적이고 있었다.

프란은 그대로 문을 밀어 열고 가게 안으로 발을 들였다.

"어서 오세요. 한 분이신가요?"

"응."

"그러면 이쪽 자리에 앉으세요."

"고마워."

"실은 현재 점장님이 외출 중이셔서 만들 수 있는 메뉴가 한정되어 있는데, 괜찮으신가요?"

점원이 건넨 메뉴에는 요리 다섯 개 정도의 이름이 적혀 있을 뿐이었다. 이전의 메뉴에는 서른 개 정도는 실려 있었다고 생각한다.

『그러고 보니 펠무스는 없나 보군.』

울무토에서 프란과 격투를 벌였다. 당연히 우리 이상으로 빨리 이동하지 않은 한 바르보라에 아직 돌아오지 않았을 터다.

그래서 어떻게 영업을 하고 있나 했더니, 펠무스가 없는 동안에는 그의 제자가 가게를 맡고 있다고 한다. 하지만 아직 수행 중이어서 손님에게 제공하는 것이 허락된 요리가 이것밖에 없다고 했다.

용선옥의 상징이기도 한 용뼈 수프는 미리 만들어놓은 것을 제공하고 있는 모양이다.

"그럼 전부 줘."

"네? 전부요?"

"응. 전부."

"저희 요리는 양이 상당히 많은데, 정말 전부 내와도 괜찮으시겠어요?"

"문제없어. 전에도 먹었거든."

"아, 알겠습니다."

"그리고 이거."

프란이 펠무스에게 받은 우대권을 여점원에게 건넸다. 그러자 그 눈이 경악스럽게 뜨였다. 우대권을 쥔 손이 떨리고 있었다.

기껏해야 우대권인데 왜 그렇게 놀라는 거지?

"이, 이건……."

"펠무스한테 받았어."

"역시! 전설의 최중요 고객용 우대권! 통칭 슈퍼 VIP권!"

어엉? 그렇게 굉장한 물건이었어? 단순한 할인권 정도로 생각했다.

"어, 어어, 어떡해! 점장님은 안 계시고 요리를 만드는 건 그 멍청이이고! 그그, 그 녀석 요리는 어차피 점장님에게 못 미치고! 이 일로 손님 기분이 상하면 나중에 점장님에게 벌을 받을 거야!"

갑자기 허둥대기 시작했군. 게다가 은근히 심한 말을 하기 시작했다.

그 멍청이는 아마 펠무스의 제자를 말하는 거겠지? 조금 불쌍해졌다.

"딱히 아무것도 안 해도 돼."

"아니요, 이 우대권을 지참하신 손님을 상대로 평범한 요리를 드릴 수는 없어요!"

아! 이건 기회가 아닐까? 약점을 파고들어서 죄책감은 좀 들지만 딱히 가혹한 짓을 하려는 건 아니다. 여기서는 아까 생각한 볼일을 부탁해보자.

『프란, 이건 술을 나눠받을 기회야.』

"그럼 술을. 이 가게에서 제일 좋은 술을 양도해줘."

"알겠습니다! 술 말이죠?! 기다려주세요!"

점원은 주문을 팽개치고 달려갔다. 이편이 훨씬 혼나지 않을까? 펠무스에게 말할까 말까는 가져올 술의 품질에 달렸다.

5분 후. 여성이 숨을 헐떡이며 돌아왔다.

가져온 것은 나뭇결이 아름다운 나무 상자에 든 조금 비싸 보이는 술이었다. 병 밑에 깔린 붉은 비로드 천이 그 고급스러운 느낌을 더욱 높이고 있었다.

"이건 크란젤 왕국에서도 유명한 와인 산지에서 만들어진 최고급 일품이에요! 그중에서도 특히 풍년이라 하는 120년 전 물건을 마술로 보관하던 것입니다!"

생각보다 굉장한 술이 나왔다!

"저희 가게에서는 원래 이렇게 좋은 술을 취급하지는 않습니다만……."

"어떻게 준비했어?"

"점장님이 취미로 모으는 비장의 와인에서 한 병 빌렸습니다!"

아니, 그러면 안 되지. 나중에 펠무스에게 혼날 텐데? 이 점원만 혼나면 상관없지만 그 분노의 방향이 이쪽까지 향하면 최악이다.

일단 점원을 설득해 이 와인을 다시 돌려보냈다. 그리고 가게에서 제공하는 것 중에 가장 좋은 와인을 가져오게 했다.

한 명에 천 골드. 괜찮은 수준 아닌가? 일단 고급품이라 해도 좋은 가격이고, 와인을 좋아하는 펠무스가 엄선한 만큼 맛도 좋다고 한다. 처음 만나는 상대에게 줄 선물로는 딱 좋으리라. 이것을 다섯 병 준비하게 했다.

"정말 이것으로 괜찮으신가요? 점장님의 와인 셀러 안에는 그 밖에도 여러 가지가 있는데요."

"괜찮아. 그보다 배고파."

"아아아앗! 죄죄, 죄송합니다! 바로 준비하겠습니다!"

겨우 프란을 내버려둔 걸 떠올린 모양이다. 점원은 큰절을 올릴 기세로 잇달아 머리를 숙이고 황급히 주방에 주문을 전하러 갔다.

『저 점원, 괜찮나?』

"응."

프란에게도 걱정을 사다니, 상당한데? 뭐, 덕분에 괜찮은 가격의 술을 얻기는 했다.

그 후, 제공된 식사를 먹어치우고 프란은 차로 입가심을 했다.

『어땠어?』

'맛있었어.'

그건 먹는 모습을 보면 안다. 다만 어딘가 만족하지 않은 것처럼도 보였다.

그때 셰프가 프란의 앞에 나타났다. 누가 보아도 성실해 보이는 풍모의 대머리 남성이었다.

머리가 없는 데다 원래 생김새가 투박해서 상당히 나이 들어 보이지만 실제 나이는 20대 정도인 청년이다.

여성 점원에게 그 바보라고 불렸던 인물이다.

VIP권을 가져온 손님에게 인사하러 왔나 보다.

"어, 어떠셨습니까?"

그 우락부락한 외모와 반대로 아주 저자세였다.

"펠무스 쪽이 맛있었어."

"그, 그렇습니까……."

말해버렸나. 하지만 프란이 입에 발린 말을 하는 건 절대 무리다.

실망해서 이다음 요리에 영향이 가면 안 되는데.

"어디가 안 좋았습니까?"

그러나 남성은 나의 상상 이상으로 강인했다. 성실한 얼굴로 프란에게 물었다. 그뿐만이 아니라 그 자리에서 메모지를 꺼내 무언가를 적기 시작했다. 단순한 바보가 아니라 요리 바보로군.

원래는 돌려 말하는 편이 좋다고 생각했지만, 여기서는 그를 위해 확실하게 문제점을 지적해주는 편이 나을 것이다.

뭐, 나는 먹지 않았으니 지적하는 건 프란이지만 말이다.

프란은 노예였기 때문에 대부분의 음식은 맛있게 먹는다. 하지만 맛을 몰라서 그러는 건 아니다.

평범한 인간이 맛있다, 그럭저럭 맛있다, 보통, 미묘하게 맛없다, 맛없다의 다섯 단계로 나누는 것을 프란은 아주 맛있다, 맛있다, 그럭저럭 맛있다, 보통, 못 먹겠다의 다섯 단계로 나눈다.

프란이 셰프 청년에게 어디가 부족했는지 냉정하게 전했다. 우리의 요리 스킬은 레벨 맥스. 그 지적은 정확했다.

그리고 프란이 가게를 나설 무렵에는 완전히 기가 죽은 청년만이 남겨졌다. 처음에는 냉정하게 지적을 받아들였지만 너무 많이 지적받은 모양이다.

여기에 굴하지 말고 강하게 살아가게나.

"스승? 왜 그래?"

『아니, 아무것도 아냐. 다음에 갈 곳은 대장장이 길드로군.』

"응!"

청년의 마음을 꺾은 프란은 그 길로 대장장이 길드로 향했다.

장소는 검드에게 들었다.

검드가 가르쳐준 지구로 가니 대장장이 길드가 어떤 건물인지 바로 알 수 있었다.

한층 거대한 건물과 부지에 연기를 피우는 공방 같은 건물. 드나드는 자는 우락부락한 남자들뿐. 틀림없겠지.

『저 건물이네.』

다가가 보니 망치가 교차된 문장이 그려진 간판이 눈에 들어왔다. 역시 대장장이 길드다.

중후한 철문을 밀어 열고 안으로 들어가니 그곳 역시 압박감 있는 분위기를 자아내고 있었다.

어둑한 데다 천장이 낮아서 마치 동굴에라도 있는 듯했다. 게다가 안쪽에서는 철을 두드리는 날카로운 소리가 끊임없이 울려 퍼지고 때때로 남자들의 고함소리가 들려왔다.

그야말로 남자의 작업장이다.

"음, 뭔가 볼일 있나?"

접수대도 모험가 길드의 평온한 접수대와는 전혀 달랐다. 날카로운 눈빛의 마초 드워프가 협박한다고 생각할 만큼 낮은 목소리로 물었다.

"사람을 찾고 있어."

"그건 우리 일이 아니야. 모험가 길드에서 맡고 있지."

오오, 쌀쌀맞아. 주점에 들어온 주인공이 우유를 주문했다가 무표정한 댄디 마스터에게 "없네"라는 말을 듣는 장면이 떠올랐어.

평범한 소녀——아니, 이건 남성도 마찬가지인가? 배짱 없는 사람이라면 겁먹고 도망치겠지.

하지만 프란은 전혀 신경 쓰는 기색 없이 접수원 드워프에게 다시 말을 걸었다.

"찾고 있는 건 대장장이 가르스야."

"모른다. 이러면 됐나?"

"안 돼."

이런 정석적인 하드보일드 전개를 체험하게 되다니……. 살짝 감동하고 말았다.

하지만 이래서는 이야기가 진행되지 않는다. 나는 그 선물을 꺼내라고 조언했다.

"더 잘 아는 사람을 불러줘. 이건 선물."

"호오오?"

역시 드워프. 술을 보는 것만으로 표정이 변했다.

"이것 참…… 아아!"

카운터에 놓인 와인 병으로 손을 뻗으려 했던 드워프였지만, 프란이 그 눈앞에서 술병을 집어 들었다. 드워프는 원망스러운 눈으로 술병을 바라봤지만, 프란은 무시하고 술병을 차원 수납에 넣었다.

"가르스와 친했던 사람이나 행방을 알 것 같은 사람을 불러줘."

"……잠깐 기다려라."

접수원 드워프가 안쪽으로 들어갔다. 그대로 방치되기를 10분.

"따라와."

"응."

겨우 돌아온 접수원 드워프의 안내를 받아 프란은 지하에 있는 방으로 들어갔다.

커다란 문을 지나니 그곳은 의외일 만큼 좁은 방이었다. 문의 크기와 방의 크기가 어울리지 않았다. 게다가 방을 밝히는 불빛이 네 구석에 있는 간접조명뿐이라서 무척 어두웠다. 마치 작은 바에라도 잘못 들어온 듯이 선반에 진열된 각종 술병이 분위기를 더 강하게 만들고 있었다.

"길드장, 데려왔수다."

"그래, 수고했다."

놀랍게도 길드장의 방이었던 모양이다. 이름도 안 밝혔는데, 술의 효과인가? 아니면 가르스의 이름을 댔기 때문인가?

물러나는 접수원 드워프에게 그 술을 한 병 건넸다.

"응? 괜찮은 거냐?"

"또 있어."

"그렇군, 그러면 고맙게 받지."

방금 전까지 무뚝뚝했던 얼굴이 순식간에 빙긋 웃음을 띠었다. 드워프는 얼마나 술을 좋아하는 거야.

"호오? 술인가?"

"응. 선물. 자."

"이거 착실하게 얘기할 만한 상대로군. 게다가 소문의 흑뢰희는 화를 내게 만들면 무섭다고 하지."

역시 프란에 대해 알고 있는 듯했다. 하지만 흑뢰희라는 이명과 흑묘족 여성이라는 정보밖에 몰랐던 모양이다.

그래도 프란이 흑뢰희라고 특정할 수 있었던 것은 몇 가지 이유가 있었다. 지금 모험가나 그에 가까운 사람들 사이에서는 흑뢰희가 바르보라에 들어왔다는 소문이 자자하다고 한다.

그리고 프란을 직접 보고 실력을 측정한 결과, 이렇게 강한 흑묘족은 그렇게 있을 리가 없다고 생각한 듯했다. 대장장이이면서 프란의 힘을 파악할 수 있는 수준의 전사이기도 한 것이다.

프란이 가르스를 찾고 있다고 전하자 길드장이 심각한 얼굴로 생각에 잠겼다. 이 반응. 길드 장은 가르스를 알고 있는 것 같군.

"혹시 흑뢰희 님의 이름은 프란이라고 하지 않나?"

"몰랐어?"

"그래, 우리한테는 이명밖에 안 전해졌거든."
"응. 내 이름은 프란이야."
"전에는 마검 소녀라고 불렸나?"
"응."
어째서 그걸 확인하는 거지?
"그런가……. 가르스 님의 행방에 대해서는 나도 자세히 모르네."
'스승?'
『사실이야.』
거짓말은 하지 않았다. 대장장이 길드의 장도 모르는 모양이다.
그러나 이야기는 거기서 끝나지 않았다.
"하지만 어느 정도 사정은 알고 있어. 이제부터 이야기하는 건 전부 기밀이야. 부디 아무한테도 얘기하지 말아주게."
"응. 입은 무거워."
"그러면 다행이군. 가르스 님은 지금 귀족의 극비 의뢰를 맡고 있어."
"극비 의뢰?"
"그래, 내용은 나도 모르지만……. 대귀족이 직접 한 의뢰라서 아무리 그래도 거절할 수 없었던 모양이야. 마지막까지 싫어했지만."
가르스라도 대귀족의 의뢰는 무시할 수 없는 건가. 거절하면 가르스뿐만 아니라 대장장이 길드 등에까지 피해가 갈지도 모르니 어쩔 수 없을지도 모른다.
"유괴됐다는 거야?"
"아니, 상당히 강제적이었던 건 확실하지만 그렇게까지 심하지는 않아. 정식 의뢰이기도 했고."
"그렇구나."
거짓은 아니었다. 가르스는 아무래도 거절하기 어려운 극비 의뢰를 받은 탓에 연락을 취할 수 없게 된 듯했다.
"실은 말이야, 가르스 님에게 네게 주라는 편지를 맡고 있어. 마검 소녀 프란이 나타나면 건네주라더군. 일단 마검 소녀가 나타나면 내게 즉시 기별이 오도록 준비해놨는데 말이야……."
마검 소녀는 오지 않았다고 한다. 가르스도 설마 짧은 기간에 이명이 바뀐다고는 생각하지 못했으리라.
이명이 바뀐 데다 단숨에 흑뢰희의 이름이 퍼졌다. 그 바람에 마검 소녀와 흑뢰희가 연결되지 않은 듯했다.
"이거다. 내용은 나도 몰라."
"응."
내용을 모른다는 말은 진짜였다.
"아아, 여기서는 읽지 말아줘. 애초에 나라에서 한 극비 의뢰에 대해 떠들었다는 게 알려지면 이쪽의 입장도 난처해지거든. 이 이상은 관여하고 싶지 않아."
가르스의 편지를 맡은 것만으로도 상당히 위험한 다리를 건넌 모양이다.
그래도 빈틈없이 편지를 보관하고 프란에게 건네줬으니 의리 있는 남자라고 할 수 있을 것이다.
"가르스 님을 만나면 잘 말해줘."
"알았어."
프란은 편지를 받아들고 선물인 술을 건넨 후 대장장이 길드를 뒤로했다.

어떤 내용이 적혀 있는지 신경 쓰이지만 사람이 없는 장소에서 펼치는 편이 나을 것이다.

『어차피 하룻밤 묵을 거니까 숙소를 잡고 그 방에서 열어보자.』

"응."

길드 근처에 있는 숙소를 이용하기로 했다. 내일도 길드에 가야 하고 종마를 데리고 다니는 것도 문제이기 때문이다.

"응, 좋은 방이야."

"웡웡!"

『나름대로 돈을 냈으니까.』

1박에 만 5천 골드다. 욕조가 딸린 가장 좋은 방을 잡아봤다.

프란은 싼 방이라도 상관없다고 했지만 흑뢰희를 싸구려 방에 묵게 할 수는 없잖아? 뭐, 내 허세다. 이만큼 이명이 널리 퍼졌으니 우습게 보이지 않도록 해야지.

『그럼 얼른 편지를 열어볼까?』

"응."

『아아, 그렇게 북북 뜯지 말고. 더 깔끔하게 해야지.』

프란이 난폭하게 봉인을 찢자 안에서 둘로 접힌 종이가 나왔다.

펼쳐보니 가르스의 서명이 든 편지였다. 급하게 적었는지 글씨는 그다지 깔끔하지 않군.

처음 부분에는 대귀족에게 의뢰를 받도록 명령을 받아서 아무래도 거절할 수 없었다는 것. 극비 의뢰이기 때문에 공연히 연락할 수 없었다는 것이 적혀 있었다.

지금은 연락을 취할 수도 정확한 거처를 밝힐 수도 없다. 다만 이 편지를 읽고 있을 무렵에 자신은 왕도에 있을 것이다. 가능하다면 경매에 맞춰서 왕도로 와주기를 바란다. 무구 경매에는 온갖 무구가 출품되니 분명 마음에 들 것이다.

그리고 새로운 칼집을 만들 예정이니 그것도 꼭 받아주기를 바란다. 왕도에 오는 것을 즐겁게 기다리고 있겠다.

그런 내용이었다.

왕도라. 뭐, 어차피 경매에는 갈 생각이었으니 그건 상관없다.

『이미 바르보라에는 없는 것 같군.』

"응. 왕도에 갈 이유가 늘었어."

『그러네.』

바르보라에 온 큰 목적 중 하나인 가르스 영감과의 재회는 더 미뤄진 듯했다.

제2장 코를 납작하게 만드는 일

바르보라에 귀환한 다음 날. 우리는 렉스와 정보를 교환하기 위해 모험가 길드로 향했다.

가르스 영감의 행방은 어느 정도 알았지만 그 밖에도 뭔가 정보가 있을지도 모른다.

예를 들어 가르스 영감을 억지로 데려간 귀족의 이름 등이다. 딱히 보복할 생각은 없다. 다만 경계 정도는 해야 할 것 같다.

"기다렸어?"

"아니, 나도 지금 온 참이야."

글자만 보면 연인끼리 나누는 대화 같지만 상대가 히죽대는 얼굴의 아저씨라서 그림이 안 되는군.

"정보도 몇 가지 입수했지."

그게 편지에 적힌 정보와 겹치지 않기를 바랄 뿐이다.

"위에 방을 빌렸어. 이동하지."

"알았어."

남에게 들려주고 싶지 않다는 뜻인가? 그렇다면 꽤나 기대할 수 있겠군.

프란이 모험가 길드의 개인실에서 렉스와 마주 앉았다.

"사일런스."

"오오, 역시 흑뢰희. 바람 마술도 일류로군."

거리낌 없이 얘기를 듣기 위해서 사일런스로 소리를 차단했다.

이로써 얘기가 들릴 염려도 없다.

"그럼, 가르스 님의 행방 말인데…… 정확히는 알 수 없었어."

"응, 어쩔 수 없지."

우리 역시 모른다. 그 뒤에 렉스가 들려준 것은 우리도 알고 있는, 나라에서 한 의뢰를 받아 극비에 도시를 떠났다는 정보였다.

"여기까지는 알고 있는 것 같군. 하지만 이 정보는 어때? 우선 가르스 님은 국가의 의뢰를 받았다고 되어 있지?"

"응."

"그 의뢰를 위해 가르스 님에게 접촉한 건 아슈트너 후작가의 사람이야. 후작가가 국가의 명령을 받은 건지 후작가에서 주도하는 의뢰인지는 알아내지 못했지만……. 아슈트너 후작가가 의뢰주일 가능성이 크다고 생각해."

당연히 극비로 의뢰를 하기 위해 후작가의 사람도 은밀하게 행동했을 테지만, 정보 상인의 정보망은 빠져나가지 못한 듯했다. 몸에 걸친 후작가의 문장이 들어간 소품이나 바르보라에 있는 아슈트너 후작가의 별장에 출입하고 있다는 정보로부터 관계자라고 판단했다고 한다.

실은 린포드가 일으킨 사인 발생 사건 이후로 도시 밖에서 온 수상한 인간들에 대한 경계심이 높아져서, 몰래 행동하던 후작가의 가신은 오히려 나쁜 의미로 눈에 띄었던 모양이다.

"아슈트너? 어디서 들은 적 있어."

『세르디오의 아버지가 아슈트너 후작이야.』

'신검을 찾고 있다는 대귀족?'

『그래.』

세르디오는 울무토의 미궁에서 나를 노리고 프란을 공격한 귀족 모험가다.

그 아버지인 아슈트너 후작에 대해 나도 프란도 좋은 이미지를 품을 수 없었다. 애초에 아들인 세르디오에게 마약을 투여해 인형처럼 조종했다는 것을 알고 있다. 게다가 초병기인 신검을 극비리에 찾고 있기도 하는 등 명백하게 뒤가 구린 면이 있는 귀족이다.

그런 상대에게 끌려간 가르스 영감은 괜찮을까…….

"확실하지는 않지만……. 가르스 님의 행방이 사라진 날에 아슈트너 후작가의 별장에서 마차가 나왔어."

"그 마차에 타고 있었어?"

"그 가능성이 있다는 정도야."

"가르스는 무사해?"

"그렇다고 생각하는데? 그 실력을 눈여겨보고 있으니까. 오히려 환대를 받고 있겠지."

그건 그런가. 기분을 상하게 하거나 부상을 입히면 일의 효율이 떨어질 것이다. 세뇌하려 해도, 그러다 대장 일에 관한 지식을 잃거나 대장 일 실력이 떨어지지 않는다고 할 수 없다.

가르스에게 만전의 상태로 일을 시키기 위해서는 사지가 멀쩡한 것이 최저 조건이다. 모종의 이유로 협박한다 해도 말을 들을지 알 수 없으니 말이다.

"무엇보다 가르스 님은 크란젤 왕국 명예 대장장이의 칭호를 얻었어. 그건 왕에게 인정받은 인물에게만 주어지는 칭호야. 그 인물에게 무리한 짓을 하면 국가에 대한 반역으로 간주될 가능성도 있어."

"입을 막을 가능성은?"

"없어. 입을 막았다 해도 가르스 님 정도 되는 인물의 흔적이 오랫동안 끊기면 국가에서 본격적으로 나서서 찾기 시작해. 설령 완벽하게 은폐 공작을 했다 해도 끝까지 숨길 수 있을지는 알 수 없어. 탄로 나면 모든 것을 다 잃는다고. 아무리 바보라도 그런 위험은 무릅쓰지 않지."

그래도 귀족이라면 그런 멍청한 짓을 태연하게 저지를 것 같은 이미지가 있는데 말이야.

"무엇보다 신급 대장장이에 가장 가깝다고 하는 가르스 님의 실력은 만금보다 귀중해. 잃는 어리석은 짓을 저지를까?"

뭐, 렉스의 말대로일지도 모른다.

그리고 우리는 멋대로 가르스가 억지로 끌려갔다고 상상했지만, 편지를 읽기에 강제로 의뢰를 맡았을 뿐 상대 쪽에서 완력을 썼다는 느낌은 들지 않았다.

특히 경매 시기에 오라고 했으니 그때 왕도로 가면 연락이 될 것이다. 반대로 말하자면 지금은 있는 곳도 모르므로 움직일 방법이 없다.

"그리고 아슈트너 후작가에 관한 정보가 조금 있어."

"어떤 거?"

"아무래도 부하가 사건을 일으킨 모양이야. 자세히는 모르지만, 최근 이 도시에 있는 아슈트너 후작의 별장에 국가의 사찰이 있지 않았느냐는 얘기가 있더군."

세르디오 건으로 역시 국가에서 뭔가 의심이 생긴 모양이다.

모험가 길드에서 강하게 항의하면 국가도 무시는 할 수 없을 터다. 가르스에게 의뢰를 한 것과 그 일이 관련 있을까?

정보가 너무 적어서 잘 모르겠군.

"그리고…… 부하 기사를 마랑의 평원으로 재조사를 보낸 모양이야. 뭐, 도착하기 전에 고갈의 숲에서 궤멸해 몇 명만 도망친 듯하지만."

"마랑의 평원? 고갈의 숲? 어째서?"

"그것까지는 역시 조사할 수 없었어. 게다가 그 뒤에 모험가를 고용해 마랑의 평원을 다시 조사하려 했다더군."

꽤나 집착하고 있다는 건가. 하지만 랭크 B 마수가 확인된 마경인데? 의뢰를 받을 모험가를 찾을 수 있을 것 같지 않았다.

"결국 의뢰를 받은 게 하위 모험가여서 대단한 성과는 없었다고 하더군."

역시 그런가.

아슈트너 후작은 이 의뢰도 큰일로 만들고 싶지 않았는지, 후작가의 이름도 드러내지 않고 지명 의뢰도 하지 않았다고 한다. 그 바람에 오히려 쓸 만한 모험가가 모이지 않았으리라.

"정보는 이상이야. 대단한 얘기를 못 모아서 미안하군."

"아니야. 귀중한 정보였어."

가르스가 무사하다고 확신할 수 있었다. 그리고 아슈트너 후작가가 관련되어 있다는 것도 알았다. 이건 꽤나 큰 정보일 것이다.

우리는 약속대로 3만 골드를 지불하고 렉스와 헤어졌다.

『결국 가르스 영감이 있는 곳은 못 알아냈네.』

"응……."

『뭐, 경매에 맞춰 왕도로 가면 연락이 올 테니 그때까지 기다리자.』

“알았어.”

프란도 이 이상은 어쩔 방법이 없다는 것을 이해했으리라. 잠시 동안 가르스를 걱정하는 표정을 지었지만 바로 평소 표정으로 돌아왔다. 마음 정리가 된 모양이다.

『가르스는 우리보다 훨씬 튼튼해. 괜찮을 거야.』

“응.”

『다음 할 일은 검드에게 받은 의뢰로군. 시간도 마침 됐으니 가자.』

“응.”

『젊은 모험가와 모의전이라…….』

“팔이 근질거려.”

『아니야! 근질거리지 않아도 돼!』

“응?”

오히려 힘을 얼마만큼 조절할 수 있는지가 중요해! 프란은 상당히 의욕을 보이고 있지만, 지나치게 하면 상대의 몸과 마음에 상당한 상처가 남을지도 모른다.

검드가 아낀다고 했지만 본 실력을 보이는 프란과 맞서 싸울 수 있는 수준은 아닐 것이다.

하지만 검드 역시 그건 알고 있을 텐데? 그렇다면 상상 이상으로 그 모험가들의 레벨이 높은 건가? 프란과 제대로 모의전을 치를 수 있을 만큼?

아니면 어린아이를 천 길 낭떠러지에 떨어뜨리는 타입의 교육

방침일지도 모른다. 절벽에서 떨어지는 정도의 대미지로 끝나지 않을지도 모르지만 말이다.

뭐, 만나보면 알겠지.

우리는 렉스와 대화하던 회의실을 나와 모험가 길드의 1층으로 향했다. 길드 마스터의 방으로 직접 가도 상관없을 것 같기도 하지만 의뢰이니 제대로 접수대를 통하는 편이 낫다고 생각했기 때문이다.

"검드 있어?"

말투는 적당했지만.

"프란 님, 이야기는 들었습니다. 이쪽으로 오십시오."

접수원이 안내해준 곳은 집무실이 아니라 길드 안쪽에 있는 작은 방이었다. 안에 들어가니 벽과 바닥이 꽉 차게 무구가 진열되어 있었다. 무기고인 듯했다.

그 무기고 안에 무장을 갖춘 검드가 프란을 기다리고 있었다. 검드가 몸에 걸치고 있는 것은 마력이 깃든 최상위 무구들이었다.

저 모습의 검드를 린포드 전에서도 본 기억이 있다. 그가 본 실력으로 싸울 때 입는 장비이리라.

어라? 젊은이와 모의전을 한다고 들었는데, 드래곤이라도 사냥하러 가는 건가?

"잘 왔다!"

"응. 왜 갑옷 입었어? 모의전에 참가해?"

프란이 기대에 가득 찬 목소리로 물었다. 어미가 살짝 올라갔다. 이거 완벽하게 검드와의 전투를 기대하고 있군. 이 전투광 녀석! 하지만 검드는 고개를 가로저었다.

"아니, 심판을 보니까 휘말려도 상관없도록 방어구를 걸쳤을 뿐이다. 나는 전투에는 참가 안 해."

"그렇구나."

아쉽다는 듯이 중얼거리는 프란이었지만, 바로 모험가를 상대로 힘내자고 마음을 고쳐먹은 듯했다. 의욕 가득한 표정으로 고개를 끄덕였다.

"음."

『프란, 적당히 해도 돼.』

"응. 열심히 할게."

이런……. 주먹을 불끈 쥐고 상당히 의욕을 보이고 있군…….

음, 모험가 제군의 명복을 빌자.

"준비는 됐나?"

"언제든지 죽일 수 있어."

죽이지 마!

"그럼 갈까. 꼬마들은 이미 뒤쪽 훈련장에 모여 있을 거다."

검드에게 안내받은 훈련장은 상당히 컸다. 끝에서 끝까지 30미터는 될 것이다. 벽도 두꺼워서 내부에서 장난을 조금 쳐도 바깥으로 영향이 미치지 않는 구조로 이루어져 있었다.

그 훈련장에 생각했던 것보다 많은 모험가가 모여 있었다.

"여, 꼬마들아! 다 모였냐!"

"안녕하심까."

"안녕하세요!"

"안녕하쇼."

"예이!"

기껏해야 두세 명이라고 생각했는데 아홉 명이나 있다니. 어떻게 봐도 지구의 양아치로밖에 보이지 않는 태도 나쁜 녀석들부터 이건 이것대로 숨이 막히는, 등줄기를 꼿꼿하게 세우고 정렬한 녀석까지 개성도 다양했다.

감정을 해보니 전원이 의외로 강했다.

그중에서도 두 명쯤 발군인 녀석들이 있었다. 레벨 27의 환검사와 레벨 26의 화염술사다. 랭크 D 모험가와 동등한 능력이리라.

이 두 사람은 예외로 쳐도 평균 레벨이 22 정도는 됐다. 랭크 E의 상위 실력이었다. 전투력이 가장 낮은 녀석이라도 레벨 20의 척후직이었다. 그렇군, 젊은데 이만한 능력을 가졌다니. 역시 길드 마스터가 아낄 만한 이유는 있었다.

"오늘 훈련은 모의전을 한다."

검드가 그렇게 말하자 모험가들은 시끄럽게 소란을 피우기 시작했다.

"또요?"

"포룬드 씨 쪽이 좋은데."

"검드 씨는 힘도 조절 못 하시고."

검드가 우습게 보이고 있다기보다는 우스갯소리를 주고받는 친한 사이이리라.

"시끄러워! 입 다물어!"

검드의 고함에 모험가들의 소란이 뚝 끊겼다.

"이봐, 자기소개를 해줘."

"응. 프란."

프란이 앞으로 나서자 모험가들의 시선이 일제히 프란에게 향했다. 그리고 그 시선이 그대로 한 모험가에게 향했다.

뭐지? 모두가 그 남자를 쳐다보고 있는데? 하지만 감정해보고 그 이유를 알 수 있었다.

그 레드라는 이름의 방패사는 레벨 7의 감정을 가지고 있었던 것이다. 아마 프란의 실력을 잘 모르니 레드의 감정 결과에 의지하는 거겠지.

하지만 그건 소용없는데? 어차피 감정 위장 스킬로 엉터리 데이터를 표시하고 있으니까.

신출내기치고는 나은 정도의 실력으로만 보일 터였다.

이건 우리도 지나온 길인데, 감정 결과가 전부는 아니다. 우리처럼 위장한 상대도 있고 감정으로 분별할 수 없는 부분도 있다. 그건 경험이나 사고의 부분이다.

그것을 이해하지 못하고 감정 결과에만 의지하면 언젠가 험한 꼴을 당할 것이다. 아니, 언젠가가 아니라 오늘이 그날일지도 모른다.

하지만 이 정도 모험가들에게 비전투 때의 프란을 보고 진짜 실력을 파악하라는 것은 가혹한 주문이리라.

레드는 바로 프란을 무시하는 듯한 표정을 띠더니 모두에게 어깨를 으쓱거렸다. 대단한 건 없다고 가르쳐준 모양이다.

그러자 모험가들의 분위기도 어딘가 풀어졌다. 자신들의 후배가 되는 소녀의 첫선 같은 자리라고 생각한 듯했다.

“오늘은 프란과 모두가 모의전을 실시한다.”

“……괜찮아요?”

모험가 중 한 사람이 프란을 완전히 무시한 표정으로 되물었다.

"그래. 프란, 봐줄 필요 없다. 한 수 가르쳐줘라."

"응."

검드의 말에 프란이 고개를 끄덕이자 모험가들이 히죽히죽 웃기 시작했다.

웃지 않는 건 그 성실해 보이는 모험가뿐이었다.

한 수 가르쳐주라는 검드의 말이 자신들에게 한 것이라고 착각한 모양이다. 아마 살짝 우쭐해진 프란에게 뜨거운 맛을 보여주기를 원한다는 의미로 받아들였겠지.

"알겠습다."

"그래."

검드도 성격이 고약하군. 일부러 모험가들이 착각할 말을 골랐다. 이로써 프란이 실력을 보이면……. 자존심은 산산조각 나겠어.

뭐, 내가 봐도 젊고 재능이 있는 모험가들이고, 조금 우쭐해진 것도 알 수 있었다. 여기서 프란에게 호되게 당해 코가 납작해지는 편이 이 녀석들을 위해서도 나을지도 모르겠다.

"우선 듀포부터다."

검드가 가장 중앙에 있던 남자를 지목했다.

"갑자기 저인가요?"

"불만이냐?"

"아니요……."

프란이 검드를 힐끗 보자 히죽 웃으면서 윙크했다. 아저씨의 윙크라니, 재수 없어! 뭐, 처음부터 세게 나가라는 뜻이겠지.

『너무 심하게 하지 마.』

'응. 그레이터 힐로 고칠 수 있을 정도로 할게.'

『아니, 그건 인정사정없이 하는 거잖아!』

적어도 미들 힐 정도로 해줘! 하지만 프란은 나를 뽑아 들뜬 표정으로 훈련장 중앙으로 걷기 시작했다.

위험해, 이건 확실하게 인정사정없이 공격하는 흐름이야!

자신의 몸에 닥친 위기를 알아차리지 못하고 듀포라고 불린 환검사 청년이 느릿한 발걸음으로 다가왔다. 그 얼굴에는 불만스러운 표정을 띄고 있었다.

검드에게 불려온 모험가 중에서 가장 강한 자신이 이런 계집애를 상대해야 하는 거냐. 그런 생각이 훤히 보였다.

검드가 심판처럼 두 사람 사이에 섰다.

"너희한테는 프란과 적어도 두 번 싸울 기회를 주마."

"흐음? 그때까지 버티면 좋겠네요."

"그건 너희가 하기에 달렸지."

검드의 말을 어떻게 받아들였는지 어깨를 가볍게 으쓱거리는 듀포.

"그리고 회복술사도 제대로 불렀다. 이봐, 들어와."

"알았어. 이런 때만 부른다니까."

검드에게 불려 들어온 것은 평범한 아줌마였다. 어디든지 있는 수수한 옷을 입은, 마을 사람 A라는 느낌의 풍채 좋은 아줌마다. 자리에 어울리지 않는다는 느낌이 엄청 든다.

하지만 감정해보고 알았다. 상당히 강하다. 적어도 여기 있는 젊은 모험가들보다 강할 것이다. 특히 눈길을 끄는 것이 치유 마술 3이었다. 즉, 그레이터 힐을 쓸 수 있는 수준의 고위술사라는 뜻이었다.
“전 랭크 B 모험가인 베스다. 지금은 결혼해서 살림을 하고 있지.”
“은퇴했다고 했는데도 가끔 의뢰에 끌어들여.”
“그만큼 보수를 더 쳐주잖나.”
“그 대신 엄청 부려먹잖아! 뭐, 우리 집 재정에 크게 도움 되기는 해. 우리 남편 벌이가 안 좋거든! 아하하하.”
어디를 어떻게 봐도 평범한 아줌마로밖에 안 보이지만, 실력을 속인다는 의미에서는 최고의 명수일지도 모른다.
모험가들이 다시 얕볼 줄 알았는데, 전원이 착실한 얼굴로 정렬해 있었다. 역시 같은 도시에서 활동하던 전 고 랭크 모험가는 알고 있는 듯했다.
그런데 아줌마를 보고 모험가들이 노골적으로 안심한 얼굴을 했다. 이어서 프란에 대한 멸시가 늘어났다. 이로써 조금 부상을 입혀도 괜찮다고 생각하기라도 한 거겠지.
프란이 같은 생각을 하고 있다는 것도 모르고……. 아줌마가 치유 마술을 쓸 수 있다는 것을 알고 프란의 눈이 틀림없이 희미하게 웃었다고 생각한다.
“서로 인사.”
검드의 호령을 신호로 마주 섰다.
“듀포다.”
“프란.”
“그러면 모의전 시작!”
서로 이름을 밝힌 직후, 검드가 모의전을 개시했다.
하지만 두 사람은 그대로 움직이지 않고 서로 응시했다. 각자 상대에게 선수를 양보하고 있는 것이다.

행동은 똑같다. 그러나 프란과 듀포가 움직이지 않는 이유에는 큰 차이가 있었다.

프란은 처음에 상대를 평가했다. 그 결과 크게 강하지 않다고 판단하고, 자신을 여전히 우습게보고 있는 듀폰이라면 한 방에 승부가 난다는 것을 알았다. 그러므로 듀포에게 선수를 양보하는 편이 낫다고 생각해 움직이지 않는 것이다.

반면에 듀포는 완전히 동료의 감정을 믿고 처음부터 프란을 우습게 보았다. 이 녀석의 레벨이라면 마주 서면 프란이 어느 정도 강한 것을 알 텐데…….

눈앞의 소녀가 자신보다 강하다고 꿈에도 생각지 않았고, 그 바람에 그런 감각도 움직이지 않는 듯했다. 확신은 참 무서운 거구나. 그리고 약하다고 믿고 있는 프란에게 선수를 양보하기 위해서 공격을 시도하지 않는 듯했다.

"왜 그래? 안 올 거냐?"

"괜찮아?"

프란의 물음은 검드에게 한 것이지만 듀포는 자신에게 한 것이라고 생각했으리라.

"이런 때는 실력이 떨어지는 쪽에서 오는 게 예의야."

비웃음 담긴 목소리로 그렇게 내뱉었다.

호호오. 그렇게 말했겠다. 살짝 웃을 뻔했다.

"응?"

『아니, 아무것도 아니야.』

"그래?"

"이봐, 뭘 중얼대고 있어. 얼른 덤벼. 이쪽도 한가하지 않으니까. 얼른 끝내고 일하러 가고 싶다고."

"하지만 실력 떨어지는 쪽에서 오는 게 예의잖아?"

"뭐?"

"그러면 그쪽에서 오는 게 예의. 그쪽이 떨어지니까."

오오, 도발했다. 뭐, 프란은 도발할 마음도 없이 사실을 말했을 뿐이지만. 하지만 프란의 그 말은 듀포의 자존심을 몹시 자극한 듯했다.

"이봐, 꼬마. 허세 부리지 마."

"허세가 뭔데?"

"건방 떨지 말라는 거다! 자기 실력이 더 낫다니, 어떻게 생각하면 그런 결론이 나오는 거냐!"

"보면 알아. 사실이야."

"이 자식……!"

이 녀석, 흥분을 쉽게 하는데? 동료의 감정 결과를 쉽게 믿는 것도 그렇고, 엄청나게 애 같다.

아니, 생각해보면 실력은 있어도 나이는 아직 스물두 살. 프란보다는 연상이어도 세상에서 보면 아직 풋내기라고 불릴 나이다.

검드나 포룬드의 지도로 전투력은 늘어도 세파에 부대끼거나 위기에 빠지는 것과 같은 인간적인 경험이 부족할지도 모른다.

검드가 프란과 모의전을 치르게 하려고 생각한 것도 그런 경험을 쌓게 하기 위해서겠지.

"야, 이제 됐으니까 네가 가."

"그래그래. 어린애를 상대로 말싸움을 하다니, 꼴사납지도 않냐?"

“얼른 한 수 가르쳐줘서 연극을 끝내게 해.”

동료 모험가들이 듀포를 놀려댔다. 이 녀석들도 듀포가 진다고는 조금도 생각하지 않는 얼굴이다.

“시끄러워! 격 떨어지는 상대로 선수를 칠 수 있겠냐!”

하지만 동료에게 놀림받아도 고집을 부리는 모양이다. 절대로 공격하지 않겠다는 말을 꺼냈다.

『할 수 없지. 일단 이쪽에서 공격하자.』

‘응. 알았어.’

그리고 프란이 나를 들고 듀포에게 선언했다.

“지금부터 공격할게. 막아.”

“엉? 무슨 소리를 하는 거야?”

“간다.”

“아――?”

방심했던 듀포는 전혀 반응하지 못했다.

정신을 차리고 보니 프란이 눈앞에 있었고, 자신이 어째선지 쓰러져 있었으며, 이어서 오른다리의 격통을 깨달았다. 그런 상태였다.

“으가아아악!”

절단된 오른다리를 누르면서 절규를 내질렀다.

『처음부터 요란하게 했는데?』

몇 발인가는 일부러 가볍게, 막을 수 있는 정도의 공격을 날리면서 듀포가 제 실력을 내기를 기다릴 줄 알았는데.

‘이로써 다른 녀석들이 제 실력을 발휘하면 돼.’

듀포는 본보기라는 뜻이다. 제 실력을 내지 않으면 이렇게 무참하게 패배한다는 의미다.

'그리고 한 번 더 남아 있잖아.'

검드가 적어도 두 번은 싸울 수 있게 한다고 했으니 말이다.

『뭐, 다음번에는 제 실력으로 덤비겠지.』

"다음, 라시드."

아직도 듀포의 고함 소리가 나는 훈련장에 검드의 목소리가 울렸다.

"네? 네에?"

"빨리 나와!"

"아, 네!"

검드의 고함에 떠밀리듯이 다음 희생자가 훈련장 중앙으로 나왔다. 방금 전까지 듀포를 놀리던 창잡이다.

"나는 프란."

"라, 라시드다. 어? 잠깐 기다려!"

아직 이해를 하지 못하는 라시드였지만, 검드는 무시하고 개시 신호를 내렸다.

"시작!"

"응."

"크아악!"

안타깝게도 초고속으로 퇴장했다. 창을 잡은 다음 순간, 프란에게 창끝과 함께 오른팔이 잘려 날아갔다.

모험가들도 겨우 프란이 평범한 소녀가 아니라는 것을 이해했나 보다. 라시드의 비명이 울려 퍼지는 훈련장 안에 긴장이 단숨에 높아지기 시작했다.

하지만 검드는 가차 없이 모의전을 진행했다.

"다음, 나리아."

"으에엑?"

순식간에 진 라시드의 다음 차례로 지명된 것은 역시 듀포를 놀렸던 궁사 여성이었다. 치료를 받고 있는 라시드를 힐끗 곁눈질했다.

"어머나, 단면이 깨끗하네!"

"아프다고~."

"자, 가만히 있어. 남자애잖아!"

"커헉! 때리지 마……!"

"오버하기는!"

아줌마는 지금이라도 "침이라도 바르면 나아"라고 말할 것 같지만 제대로 그레이터 힐을 걸고 있었다.

라시드의 팔에서는 피가 울컥울컥 넘쳐흘러서 상당히 처참한 장면일 텐데도 아줌마는 웃으며 치료를 해갔다. 평범한 아줌마로 보여도 역시 전 랭크 B 모험가답다.

나리아의 매달리는 듯한 시선이 감정을 가진 방패사, 레드에게 향했다.

그 시선을 받은 레드가 경악스러운 표정으로 얼굴을 가로저었다. 프란의 스테이터스는 여전히 약하니 믿을 수 없겠지.

"나는 프란."

"저기……."

"이 녀석은 나리아다. 그럼 시작."

"잠깐! 젠장!"

나리아는 모의전 개시와 함께 뒤로 뛰었다. 아직 혼란스럽지만 역시 희생자 두 사람을 보고 가만히 있으면 안 된다고 느낀 모양이다. 그대로 활에 화살을 메겨 프란을 겨냥하려 했지만──.

프란은 이미 그녀의 눈앞에 있었다.

"젠장, 빨라──꺄악!"

나리아도 라시드와 마찬가지로 오른팔이 잘려 순식간에 패배를 받아들였다.

다음에 불린 미겔이라는 덩치가 진지한 표정으로 걸어 나왔다. 모험가가 처음부터 진지한 얼굴을 하는 건 오늘 처음일 것이다.

그도 레드에게 시선을 보냈지만, 레드는 이미 꼼짝도 하지 않았다.

"나는 미겔이다."

"응. 프란."

"그럼 시작!"

"하아아압!"

오, 미겔은 역시 진심으로 달려드는군. 하지만 아직 공격이 잡스럽다. 감정을 덮을 무언가가 있다고 이해는 했지만 외모로 프란이 힘이 약하다고 예상했던 것이리라. 힘 승부로 몰아가기 위해서 아무런 궁리도 없이 대검을 프란의 머리 위로 내리쳤다.

자, 조금만 이 녀석과 레드를 놀라게 해줄까?

"응!"

"아니?!"

미겔이 우리가 노린 대로 놀라는 소리를 질렀다.

프란이 나를 잡고 미겔의 대검을 정면에서 받아냈기 때문이다.

나와 대검이 부딪쳐 치열한 접전이 시작됐다. 하지만 거구인 미겔이 힘을 실어도 프란이 흔들리는 일은 없었다.

"훗!"

"우오오오오!"

그대로 프란이 정면에서 힘껏 대검을 되밀었다. 그러자 미겔의 거구가 하늘로 떠올랐다. 그대로 균형을 잃고 크게 엉덩방아를 찧는 미겔.

그도 레드도 믿을 수 없다는 표정을 짓고 있었다. 감정에서 보이는 스테이터스로는 프란이 완력에 자신 있는 미겔의 일격을 받아낼 수 있을 리가 없는 것이다. 하지만 실제로는 간단히 받아내고 반대로 밀어냈다.

그리고 이것뿐만이 아니다.

"스턴 볼트."

"크아악!"

"말도 안 돼!"

드디어 레드에게서도 경악의 외침이 나왔다. 스킬에 표시되지도 않은 뇌명 마술을 프란이 썼기 때문이겠지.

"핫!"

"커흑……."

프란의 발차기가 미겔의 안면을 걷어찼다. 전격에 마비됐던 그 몸이 몇 미터의 거리를 날았다.

꼼짝도 하지 않는 미겔을 보고 레드는 멍하니 서 있었다. 그리고 갈라진 목소리로 말을 쥐어짰다.

"어째서……."

"왜 그러냐, 레드."

그런 레드에게 검드가 시치미를 떼고 말을 걸었다. 사실은 이 전개를 바랐을 거면서.

"거, 검드 씨! 뭐, 뭡니까, 이 수인 꼬마는!"

"뭐냐고 물어도 말이다."

"가, 감정이 이상해! 이렇게 강할 리가 없어! 레벨도 낮고 마술도 못 써! 완력 역시……!"

이성을 잃은 레드를 보고 검드가 히죽 웃었다.

"이 녀석이 누구인지 모르냐?"

"몰라요!"

"듀포와 다른 녀석들을 순식간에 쓰러뜨릴 만큼 강하고 희귀한 뇌명 마술을 사용하는 흑묘족 소녀. 그래도 전혀 모르겠나? 아무도?"

"""""…………."""""

검드의 질문에 전원이 입을 다물었다.

상당히 큰 힌트가 나왔으니 한 사람 정도는 흑뢰희의 이름을 말할 거라고 생각했는데…….

그런 모험가들을 보고 진심으로 어처구니가 없었나 보다. 검드가 한결 큰 한숨을 내쉬었다.

"휴우, 너희가 정체된 이유가 그거다."

"…………."

"약간 실력이 붙은 정도로 우쭐해져서 정보도 모으지 않고, 운에 맡겨 되는 대로 사냥을 해. 감정에 지나치게 의지해 상대의 실력을 측정할 안목도 기르지 않고, 전투 개시 신호를 듣고도 임전

태세도 갖추지 않다가 쓰러져."

이때라는 듯이 점점 열을 올리는 검드. 아니, 그들의 코를 납작하게 만들어 자만심을 타이르는 게 목적이니 오히려 지금이 이 모의전의 최대 고비라고 할 수 있을지도 모른다.

거북한 얼굴로 입을 다문 모험가들에게 검드가 다시 프란을 소개했다.

"이 녀석은 랭크 C 모험가, 흑뢰희 프란. 올해 울무토 무투 대회에서는 랭크 A 모험가를 쓰러뜨리고 입상한 기대주지."

프란의 소개를 들은 모험가들은 눈을 크게 뜨며 놀랐다. 흑뢰희라는 이명은 몰라도 무투 대회에서 입상하는 것이 얼마나 어려운지는 알고 있는 모양이다.

"너희가 몇 년인가 전에 다 같이 예선 탈락한 그 대회다."

대회의 높은 수준을 몸소 맛본 듯했다.

"네에?"

"거짓말!"

"하지만 그러고 보니 그런 소문을 들은 것도 같은데?"

"하지만 흑묘족이라고."

"하여간에, 상인들한테 조금이라도 정보를 들었다면 아가씨의 정체를 모를 리가 없는데 말이다!"

기가 막힌다는 검드의 목소리에 모험가들은 다 같이 고개를 숙였다. 자신들의 정보 수집 부족을 통감했겠지. 그 탓에 험한 꼴도 당했고.

"그리고 세상에는 감정을 위장하거나 차단하는 스킬도 있다. 계속 감정에만 의지하면 허를 찔린다."

"네……."

"이 세상에는 위에는 위가 있고──."

그 후 검드의 설교는 끊임없이 이어졌고, 구호반의 베스 아줌마가 하품을 시작했을 무렵 겨우 끝을 맞이했다.

아니, 나는 꽤나 도움이 됐다. 당연한 얘기지만 다시 통감했다. 이 녀석들 한 실수를 언젠가 우리가 저지르지 않는다고도 할 수 없다. 그것을 떠올린 것만으로도 유의미한 모의전이 됐다고 생각한다.

무투 대회에서는 수준 높은 상대의 무서움을 알았는데, 이 모의전에서는 모험가로서 기초를 떠올린 느낌이 든다.

"휴우. 기다리게 했군, 아가씨."

"응. 기다렸어."

"당초 목적은 달성했지만, 강자와 갖는 모의전은 귀중한 경험이야. 마지막까지 어울려줘."

"물론이야."

프란이 사납게 웃었다. 조금 전까지는 그 웃음을 비웃었을 모험가들은 더 이상 웃으려 하지 않았다.

오히려 맹수 앞에 알몸으로 던져진 살아 있는 먹이처럼, 겁에 질린 표정으로 움츠러들어 있었다.

조금 가여워 보였지만 검드는 가차 없이 모의전 속행을 선언했다.

하지만 검드에게 잔뜩 혼난 데다 프란의 무시무시함을 실감한 모험가들은 완전히 위축되어 있었다.

원래 실력조차 발휘하지 못하고 힘을 뺀 프란의 일격에 픽픽 쓰러져갔다. 한 바퀴를 돌 때까지 5분도 걸리지 않았을 것이다.

"너희들…… 한심하구나. 그 정도냐?"

"크……."

"죄송, 합니다."

검드가 독려했지만 모험가들은 어두운 표정으로 고개를 숙이고 있을 뿐이었다.

자신들의 약함과 미숙함을 이해하고, 게다가 프란과 같은 어린 아이에게 참패해서 완전히 자신을 상실한 것이다.

검드는 최근 우쭐해진 제자들의 코를 납작하게 만들고 싶다고 했지만, 코가 납작해질 뿐만 아니라 마음이 모조리 꺾인 듯했다.

프란이 검드를 힐끗 쳐다봤다. 이 이상 할 거냐고.

자칫하면 모험가를 은퇴하거나 의욕이 사라질 듯했다.

하지만 검드에게서 멈추라는 몸짓은 나오지 않았다.

속행의 뜻을 담아 무겁게 고개를 끄덕일 뿐이었다.

"괜찮아?"

"그래. 이 정도 일에 모험가를 그만둔다면 어차피 그 정도 그릇이야. 빠르든 늦든 어딘가에서 좌절해 은퇴하거나 목숨을 잃게 되겠지."

기술은 훈련으로 익힐 수 있어도 마음이라는 것은 그렇게 하지 못한다. 그리고 본인의 적성도 있다. 성격이 모험가에 맞지 않는 사람도 있을 것이다.

그렇다면 목숨을 잃기 전에 자각시켜 포기하게 만드는 것도 검드 나름대로 배려를 베푸는 것일지도 모른다. 그들의 실력이라면 위험한 던전이나 마경에 흥미를 가지는 것도 시간문제다. 그때 자신의 마음이 약하다는 사실을 깨달아도 늦는 것이다.

"그러면 두 번째 모의전을 실시한다. 듀포, 나리아, 미겔. 앞으로 나와라."

"……네."

"힉."

"……오오."

체념한 기색의 표정으로 모험가들이 대답했다. 나리아는 겁먹은 모습이었다.

"그럼 이번에는 3대1이다. 문제없지?"

"응."

모험가들은 문제 있다는 얼굴을 하고 있지만 프란도 검드도 상관하지 않았다.

"그리고, 그렇지……. 초반에 아가씨는 반격하지 않는다. 그동안 한 방이라도 아가씨가 맞으면 거기서 끝내지."

이봐, 멋대로 정하지 말라고. 뭐, 프란은 오히려 의욕이 올라간 것 같지만. 프란의 어린아이 같은 부분이 그런 게임 감각이 있는 편이 즐거울 것이라 느꼈겠지.

모험가들의 눈에도 희미하게 의욕이 돌아왔다. 잘하면 프란에게 날아가기 전에 일격을 먹이는 것도 불가능하지는 않다고 생각했나 보다. 심지어 셋이서 작전 회의를 하고 있었다.

"이제 됐나? 그러면 모의전 개시!"

"으랴압!"

개시 직후, 우선 미겔이 돌진해왔다. 대검을 휘둘러 프란에게 달려들었다. 다만 너무나도 잡스러웠다. 이래서는 미끼라는 게 뻔히 보였다.

예상대로 뒤에서 듀포가 다가왔다. 기척을 지우는 실력은 나쁘지 않았다. 그 듀포가 달려들기 직전, 미겔이 공격하는 틈을 보아 나리아가 화살을 날렸다.

공격을 반복하는 미겔의 겨드랑이 아래나 얼굴 옆을 스치는 듯한, 상당히 아슬아슬한 사격이었다. 위력보다 정확도를 중시한, 기습으로는 충분한 공격이었다.

그 나리아의 화살에 맞춰 듀포가 공격을 시도했다. 역시 평소부터 파티를 맺는 사이답게 호흡이 척척 맞았다.

듀포의 검은 환검사의 스킬에 의해 아지랑이처럼 크게 흔들렸다. 그렇군, 칼솜씨를 숨기는 스킬인 건가. 근접 전투에서는 상당히 유용한 스킬이겠지.

하지만 기척이나 공기의 흐름을 읽는 프란에게는 소용없는 짓이다. 화살을 맨손으로 튕기면서 듀포와 미겔의 공격을 종이 한 장 차이로 피했다. 그대로 가볍게 뛰어올라 포위망을 빠져나온 프란을 세 사람은 놀란 기색으로 응시했다.

그들 입장에서 보면 피할 방법이 없는 공격이었을 것이다. 그것을 믿을 수 없는 몸놀림으로 순식간에 피했다. 놀라는 것도 무리는 아니었다.

그 후 온갖 연계를 시도하는 세 사람이었지만, 마지막까지 프란에게 스치지도 못했다. 검드의 공격 허가 직후에는 프란에게 전원이 차여 날아가 의식을 잃었다.

그것을 보고 있던 모험가들은 아무 소리도 나오지 않는 듯했다. 그 싸움을 보고 자신들이 공격을 성공하는 이미지가 떠오르지 않는 것이리라.

그래도 모의전은 계속됐다.

2조도 듀포 파티와 똑같은 흐름으로 침몰해서 벌써 3조째다.

듀포와 맞먹는 실력을 가진 화염술사 완다에 감정을 가진 방패사 레드, 성실해 보이는 태도의 창잡이 리딕의 3인조다.

레드는 완전히 겁을 집어먹었지만, 리딕은 아홉 명 중에서 유일하게 진지하게 의욕을 보이고 있었다. 완다는 어딘가 자신이 있는 듯했다.

아까 개인전에서 쓰러졌지만 마술사인 자신은 집단전에서 힘을 발휘할 수 있다고 생각하고 있겠지. 개인전에서는 의욕이 없는 게 눈에 훤히 보였다.

다만 그 마음도 이해 못 하는 바는 아니었다. 어느 정도 실력이 있으면 쓸 수 있는 궤도 조종 마술은 피하기 어렵기 때문이다.

레드와 리딕은 완다의 화염 마술이 겨냥하기 쉬운 위치로 프란을 유도하기 위해 필사적으로 노력했다. 프란은 그들의 바람대로 완다의 사선으로 몸을 드러냈다. 그 순간 완다의 화염 마술이 날아왔다.

"——플레어 블래스트!"

오, 진짜 실력을 보이는군. 직격하면 웬만한 랭크 C 모험가는 큰 부상에 그치지 않는 마술이다. 그레이터 힐이라도 후유증이 남을지도 모르는 공격이다.

다만 그것은 지나치게 필사적으로 움직이다 힘을 조절하지 못했다기보다 이렇게까지 멋대로 움직인 프란에 대한 보복 공격이리라. 기분 나쁘게 히죽 웃는 모습이 보였다.

살짝 열 받는군. 근성부터 고쳐줘야겠어. 뭐, 그건 검드에게 맡기기로 하고, 우리는 이 녀석들에게 남은 시시한 자존심을 뿌리째 산산조각내기로 하자.

“플레어 블래스트.”

프란이 날린 마술이 완다의 마술과 정면으로 부딪쳐 폭발했다. 완전히 똑같은 마술을 부딪쳐 상쇄한 것이다.

“말도 안돼! ——플레어 블래스트!”

“플레어 블래스트.”

“이럴 수가……. 파이어 재블린!”

“파이어 재블린.”

“말도안돼말도안돼말도안돼——.”

동일 마술을 부딪쳐 상쇄시키는 이 방법은 사실 단순히 같은 마술을 발동한다고 가능해지는 것이 아니다. 정면으로 부딪칠 수 있는 컨트롤과 상대의 마술을 보고 따라잡는 영창 속도. 그 술법의 위력을 판별하는, 마술에 대한 조예와 같은 위력으로 발동할 수 있는 위력 제어가 있어야만 가능해지는 아주 고도의 기술이었다.

뭐, 모두 다 상대가 완다 정도이기 때문에 가능했지만 말이다.

장황한 영창에 전혀 숨길 생각이 없는 마력. 프란이 아니라도 어느 정도 기술을 가진 마술사라면 같은 것이 가능할 것이다. 프란이 대단하다기보다 완다의 마술 스킬 이외의 기술이 너무 서투른 것이다. 동료의 뒤에 숨어 마술을 날리는 것밖에 하지 않았던 대가다.

그것을 이해했는지 완다는 그 자리에서 무릎을 꿇고 전의를 상실했다.
결국 그도 곧 프란의 발차기에 하늘을 날아서 모의전은 종료——한 줄 알았는데 마지막에 검드가 제안했다.
"아홉 명 전원과 동시에 싸워주지 않겠나?"
"응? 좋아."
더욱 꼼꼼하게 그들의 마음을 꺾으려 하다니, 스파르타로군.
날뛰는 게 부족했던 프란으로서도 그 제안을 거절할 이유가 없었다.
그리고 프란 대 전원이라는 최종전이 결정됐다. 규칙은 아까와 똑같다. 처음에 프란은 공격하지 않는다. 그동안 일격이라도 허용하면 거기서 끝이다.
뭐, 소용은 없었다. 그들은 10분이나 되는 시간 동안 프란을 계속 쫓았지만 붙잡지 못했다.
일방적으로 공격을 가했는데도 불구하고 점점 절망에 물들어 가는 그 모습은 가련함조차 느껴질 정도였다.
마지막에는 살짝 실력을 보인 프란에게 순식간에 전멸됐다.
위력을 줄인 광범위 불 마술에는 검드도 휘말렸지만, 그는 시원한 얼굴이었다. 뭐, 위력은 대단치 않으니 말이다.
그들의 레벨이라면 이를 악물면 견딜 수 있을 정도의 불꽃이었지만, 모험가들은 비명을 지르며 빈틈을 보였다. 그것 역시 멘탈이 약하기 때문이겠지.
기절한 아홉 명을 보면서 검드가 프란에게 인사했다.
"이거 좋은 모의전이었어. 고맙군."
"응."

"이것으로 이 녀석들도 조금은 근성이 생기면 좋겠는데 말이야."

그들의 한심한 모습을 떠올렸는지, 검드가 웃다가 돌변해 깊은 한숨을 내쉬었다.

"하여간에, 이러면서 마경의 심층에 들어가고 싶다고 한다니까."

"마경? 수정 감옥?"

"그래. 간 적 있나?"

"응. 중층까지는."

"아가씨도 중층까지 갔는데 말이야."

수정 감옥은 요리 콘테스트에 쓸 고기를 얻기 위해 한 번 간 적이 있다. 포룬드가 싸우는 모습을 본 것도 그때가 처음이었다. 위협도 B의 마수, 선더 버드를 순식간에 쓰러뜨린 포룬드를 보고 상당히 움츠러들었던 것을 기억하고 있다.

"심층? 중층이 아니라?"

"그래. 중층이라면 멋대로 들어갈 수 있으니 말이야. 그 마경은 장소에 따라서 출입을 제한하고 있는데, 그렇다고 감시가 있지는 않아. 어디까지나 모험가가 자발적으로 지키기 위한 지표지. 뭐, 어긴 녀석은 대개 죽지만."

수정 감옥은 같은 마경 안에서도 출현하는 마수에 따라 설정 위협도가 바뀐다. 당연히 모험가에게 자신의 랭크 이상의 장소에는 들어가지 않도록 지도하고 있었다. 하지만 그 지도를 지키느냐 마느냐는 모험가에게 달렸다.

"위협도가 올라가면 위험도도 올라가지. 그러면 당연히 수입도 올라가. 위험한 장소에 들어가는 모험가는 끊이질 않아."

그야 그렇겠지. 모험가는 죽음을 두려워하지 않는 놈만 있으니까.

그리고 사람이란 자신의 불행만은 상상하지 못하는 존재다. 반대로 행운을 손에 넣은 자신의 모습은 얼마든지 몽상하면서 말이다.

수준 높은 마수를 해치울 수 있을지도 모른다. 진귀한 약초나 소재를 채취할 수 있을지도 모른다. 운 좋게 강한 마수를 만나지 않을지도 모른다. 다른 녀석들에게는 일어나지 않아도 자신에게만 행운이 돌아올지도 모른다.

그런 팔자 좋은 환상에 의지해 위험한 장소로 발을 들인다.

바르보라의 모험가들도 똑같은 듯했다.

"이 녀석들도 중층에서 몇 번인가 사냥에 성공했지."

실력만을 따지자면 중층에서 사냥도 불가능하지 않으리라.

"운 좋게 흉악한 마물 무리를 만나지 않았을 뿐이라는 것도 모르고……. 급기야 심층에 들어가는 허가가 필요하다고 떠들어대더군. 심층만은 결계 마술로 출입을 감시하고 있으니까."

"그렇구나."

"심층에서 채굴할 수 있는 광석류가 목적인 모양이야. 그것으로 도구를 만든다더군."

"그럼 전투할 생각은 없어?"

"그래. 도망치는 것뿐이라면 할 수 있다는 자신이 있다더군."

역시 위협도 B의 마수들에게 이길 수 있다고 생각할 만큼 자만하지는 않았나. 하지만 선더 버드는 멀리서 봐도 엄청나게 빨랐다. 우리 역시 공간 전이가 없다면 도망칠 수 있을지 알 수 없다. 그 밖에도 흉악한 마수가 출현할 테니 죽으러 가는 것이나 마찬가지겠지.

그래서 이번 모의전으로 마음을 꺾어서 멍청한 짓을 막고 싶은 거로군.

"선더 버드한테는 못 도망쳐."

"스톰 이글 무리로부터도 못 도망치겠지."

"울시랑 똑같은 다크니스 울프한테도 도망치기 힘들어."

"그러고 보니 아가씨는 다크니스 울프를 종마로 삼았지? 지금은 어디 있지?"

"그림자에서 자고 있어."

자신이 싸우지도 않는 모의전에 흥미는 없는지 울시는 아침부터 그림자 속에서 자고 있었다.

"……아아, 잠깐 의논하고 싶은 게 있는데――."

그로부터 10여 분 후. 기절했다 깨어난 모험가들이 일렬횡대로 서 있었다.

"어떤가. 자신들의 미숙함을 이해했나?"

검드의 말에 모험가들이 고개를 숙였다. 다만 어딘가 아직 납득하지 못한 듯한 분위기가 있었다. 아무래도 프란을 극소수의 천재라고 인식한 모양이다. 그리고 프란과 같은 특별한 상대에게 진 것도 어쩔 수 없다고 생각하고 있는 듯했다.

검드가 노렸던, 심층행을 포기하게 만든다는 목표까지는 이르지 못한 느낌이 들었다. 그것을 검드 자신이 확인했으리라.

"……좋아. 마지막 모의전을 하겠다."

"에이~."

"또 하는 거야……."

"이제 그만 해요."

"시끄럽다! 입 다물고 들어! 알았냐, 마지막 모의전은 성격이 조금 다르다. 아가씨."

"응. 울시, 나와."

"웡!"

프란의 부름에 대답하자 그림자에서 검은 늑대가 솟아 나왔다. 평상시 모습도 박력이 있는데 그 직후에 거대화했다. 그 위압감은 상당했다.

모험가들이 숨을 삼키는 것을 알 수 있었다.

" 이 녀석은 울시. 아가씨의 종마다. 위협도 C의 다크니스 울프지. 수정 감옥으로 치면 중층에 출현해도 이상하지 않은 레벨이다."

네, 거짓말입니다. 확실히 다크니스 울프는 위협도 C의 마수지만, 울시는 유니크 개체인 데다 우리와 함께 실전 경험을 쌓아서 상당히 강해졌다. 위협도 B에 한쪽 다리를 걸치고 있을 가능성도 있었다. 수정 감옥 중층에는 이렇게까지 흉악한 마수는 출현하지 않는다.

하지만 모험가들은 그런 것을 알 수 없었다. 레드가 울시의 종족을 확인하고 검드의 말이 사실이라고 동료들에게 알리고 있다.

"만약 너희가 이 울시를 피해 끝까지 도망칠 실력이 있다면 심층행을 인정해주마."

"정말이요?"

"그래. 사나이는 두말하지 않는다!"

그렇다, 이것이 검드가 의논한 내용이었다. 할 일은 간단하다. 우선 모험가들은 훈련장 중앙에 선다. 울시는 훈련장 입구와는 반대편 벽 쪽에 대기한다. 그리고 모험가들이 다섯 명 이상 입구에 도착하면 그들의 승리. 다섯 명 이상 격파되면 울시의 승리다.

전원의 도주로 하지 않은 것은 절반이 살아남으면 수정 감옥에서 탈출할 수 있다고 검드가 판단했기 때문이다.

그 조건을 듣고 모험가들의 표정에 희미하게 생기가 돌아왔다.

상대는 한 마리. 반수가 도달하는 조건이라면 낙승이라고 생각했을 것이다.

그리고 울시 대 모험가들의 술래잡기가 시작됐다.

"가라!"

"으랴압!"

"부탁해!"

우선 모험가들 중에서도 특히 발이 빠른 자들이 입구로 달렸다. 남은 대검사 미겔 등이 울시를 막기 위해 맞섰다.

처음부터 네 명을 버림돌로 삼아 다섯 명만 살리는 작전인가. 화염술사 완다가 날린 파이어 애로가 울시에게 날아왔다.

"하하! 아무리 그래도 네 명을 상대로는 못 움직이는 건가!"

"저만큼 크면 움직임 역시 둔할 거야!"

"이제 못 따라와!"

이미 입구는 눈앞이고 울시는 그 자리에서 움직이지도 않는다.

모험가들은 승리를 확신했으리라. 그 얼굴에 웃음이 피어올랐다.

하지만 울시는 움직이지 못하는 게 아니었다. 움직일 필요가 없는 것이다.

미겔 일행의 공격을 단단한 모피로 막고 불화살을 앞발로 순식간에 제거하는 울시.

직후, 크게 숨을 들이마시고 커다란 포효를 내질렀다.

"크르오오오오오오오오오!"

즉시 모험가들의 발이 멈췄다. 마치 돌이 된 것처럼 그 자리에서서 공포에 전율한 얼굴로 떨고 있었다.

포효, 공포, 암흑 마술을 병용한 포효다. 레벨이 낮은 상대를 공포로 위축시키는 효과가 있었다.

"아……."

"힉……."

"웡."

굳어 있는 모험가들을 거들떠보지도 않고 울시는 그림자 건너기로 전이했다.

다시 나타난 것은 입구 바로 앞이었다. 골 앞을 막은 울시를 보고 이미 몸을 움츠린 모험가들의 눈이 흔들렸다.

"웡!"

한계까지 조절한 앞다리 공격과 어둠 마술에 앞선 다섯 명이 훈련장 중앙으로 날아갔다.

시작 지점까지 돌아가서 절망하나 했는데, 모험가들 얼굴에는 아직 의욕이 있었다.

그들은 힘을 조절했다는 것을 알아차리지 못하고 울시의 공격력이 대단치 않다고 생각한 모양이다.

"간다! 다 덤벼!"

"가라!"

이번에는 일제히 공격해 울시를 쓰러뜨리려고 시도했다.

하지만 물리 공격은 울시의 모피에 튕겨나갔고, 마술은 파괴됐으며, 기적적으로 상처를 입혀도 바로 재생했다.
"젠장!"
"한 번 더!"
그래도 모험가들은 작전을 다듬어 몇 번이고 울시에게 도전했다. 그리고 조금씩 후퇴하면서 어떻게든 울시를 입구 앞에서 끌어내는 데 성공했다. 뭐, 울시도 일부러 그들의 작전에 넘어가 준 거지만.
이대로 입구 앞에 진을 치고 움직이지 않으면 울시의 승리지만, 그래서는 훈련이 되지 않는다고 울시가 판단했으리라. 일부러 미끼 역할인 미겔 일행을 향해 덤벼들었다.
그동안 듀포 일행이 우회하듯이 입구로 향했다. 포효 대책인지 귀에는 천 같은 물건을 빈틈없이 끼우고 있었다. 그 얼굴에는 의기양양한 웃음을 띠고 있었다.
이대로 가면 미끼 역할의 네 명이 쓰러지는 동안 입구에 도착할 수 있다고 생각했을 것이다.
하지만 그들은 아직 울시의 힘을 얕보고 있었다.
검드도 떨떠름한 얼굴을 하고 있었다.
"학습을 못 하는군……."
"크르웡!"
울시가 암흑 마술로 미끼 역할의 네 명을 순식간에 기절시켰다. 1초도 시간을 벌지 못했다.
동료가 일격에 쓰러지는 모습을 보고 도주 역할의 모험가들에게서 동요하는 기척이 느껴졌다. 그러나 역시 발을 멈추는 행동은 하지 않았다.

눈앞에 다가온 입구를 향해 필사적으로 다리를 움직였다.

하지만 울시에게서 도망치지 못했다.

울시는 압도적인 속도로 다섯 명을 따라잡아 순식간에 입구를 막았다.

"마, 말도 안 돼……."

"뭐 이렇게 빨라!"

겨우 울시가 봐줬다는 것을 이해했나 보다. 공격력도 속도도 원래의 힘과 동떨어진 실력밖에 발휘하지 않았다고. 그리고 그들은 그런 울시에게 꼼짝도 못 한 것이다.

따돌리는 것은 무리라고 깨달은 모험가들은 자포자기한 기색으로 울시에게 맞섰지만…….

대적할 리가 없었다.

우선 한 명. 울시가 앞다리로 후려치자 10미터 가까이 날아가 벽에 격돌했다. 두 번째 사람 역시 앞다리에 맞아 지면에 대자로 쓰러졌다. 세 번째 사람은 돌진으로, 네 번째 사람은 꼬리로 의식을 빼앗았다. 다섯 번째인 듀포는 암흑 마술에 배를 꿰뚫려 빈사 상태에 빠졌다.

따라잡고 불과 30초. 그것으로 그들은 전멸했다. 이것이 실전이라면 전원이 사망했으리라.

누구의 눈으로 봐도 끝났다.

"승자, 울시!"

"워워워웡!"

울시가 기쁜 듯이 울부짖었다. 오랜만에 날뛰어서 후련해졌겠지.

"모의전은 이것으로 정말 끝이다!"

상처가 나아 의식을 되찾은 모험가들의 모습을 보니 상당히 초췌했다. 마수인 울시에게 져서 자신들이 마경에서 죽을지도 모른다는 사실을 인식했으리라. 이것으로 조금은 의식이 개선되면 좋겠는데.

"프란, 여기는 베스에게 맡기면 돼. 이쪽으로 와."

"알았어."

모험가들이 머리를 식힐 시간을 주기 위해서인지 검드는 그들을 두고 프란과 함께 집무실로 돌아왔다.

모의전 결과에 만족했나 보다. 그 우락부락한 얼굴에는 범행에 성공한 흉악범 같은 웃음을 띠고 있었다.

"오늘은 유익한 날이었어. 시간이 오래 걸려서 미안하군."

"아니야. 괜찮아. 나도 공부가 됐어."

"그런가?"

"응. 감사합니다."

프란이 검드에게 고개를 숙였다.

검드에게 받은 모의전 의뢰는 얼핏 모험가들의 근성을 바로 잡고 설교를 하기 위한 것으로 보였다.

하지만 그의 말은 프란도 새겨들어야 하지 않을까? 자만하지 마라. 강한 녀석은 얼마든지 있다. 자신의 힘을 과신해 위험한 장소에 들어가면 기다리는 것은 죽음이다. 그런 말들을 프란에게도 전했다고 생각한다.

그리고 내가 말하지 않아도 프란은 검드의 마음을 이해한 모양이다.

검드에게 아직도 고개를 깊이 숙이고 있었다.

검드는 부끄러운 듯한 얼굴로 시선을 돌렸다. 역시 이번 모의전은 모험가들과 프란 양쪽을 위한 것이었던 모양이다. 하지만 완고한 검드가 그것을 인정할 리가 없었다.

“이봐, 감사 인사를 받을 일은 안 했어.”

“응. 그래도 인사를 하고 싶어졌어.”

“……너는 아직 젊어. 너무 안달내지 말고 가면 돼.”

“알았어.”

그 후 프란은 다시 검드에게 인사를 하고 보수를 받은 다음 모험가 길드를 뒤로했다.

『다음에 할 일은 드디어 배 수배로군.』

“응. 얼른 찾을래.”

“웡!”

『오? 둘 다 웬일이래? 묘하게 의욕적이잖아.』

모의전의 흥분이 아직도 이어지고 있는 건가?

“오늘 밤에는 이오의 카레를 먹으니까.”

“웡.”

“절대로 늦으면 안 돼.”

“워웡.”

프란과 울시가 얼굴을 마주 보고 호흡도 딱 맞게 크게 끄덕였다. 그렇군, 식욕으로 서로 통한 건가.

배를 찾는 게 늦는다→고아원에 가는 것도 늦는다→이오 씨의 카레를 못 먹을지도 모른다→빨리 배를 찾아야 해! 라는 거겠지.

밤이 되기 전까지 배를 찾고 싶다는 결심은 확실하니 의욕을 보이는 만큼 불평을 부리지는 않겠군.

하지만 안달하다 이상한 배에는 타고 싶지 않으니 오늘 못 찾으면 내일 찾기로 하자. 만약 카레를 못 먹는다면 프란과 울시가 며칠은 침울해할 테니 수배는 일찌감치 일단락 지을 셈이다.

"그럼 항구에 가자."

『수인국 문장을 단 배가 있으면 좋겠는데.』

수왕에게 받은 신분증도 있고 바르보라에서 흑뢰희라는 이명이 퍼진 것을 볼 때 호위로 배에 탈 수는 있다고 생각한다.

걱정인 것은 배 자체가 정박해 있느냐였다. 또한 있다 해도 그것이 어느 정도 규모의 배인지도 신경 쓰였다.

소형 상선보다 가능하면 제대로 된 외양선에 타고 싶다. 어차피 다른 대륙까지 가야 하니 말이다.

또한 상대의 인종도 중요하다. 수인국에서 흑묘족의 지위가 나아졌다 해도 개중에는 아직도 흑묘족을 깔보는 녀석도 있을 것이다. 그런 멍청이가 있는 배에—— 특히 선장이 그런 흑묘 차별파인 배에 타는 것은 피하고 싶다.

『초조해하지 말고 찾아보자.』

모험가 길드에서 항구까지는 얼마 걸리지 않았다.

"우물우물, 저 배는?"

"와구와구."

『너무 작아.』

"냠냠, 저건 우물?"

"쩝쩝."

『……먹을지 말할지 한쪽만 해.』

프란과 울시는 오늘 밤에는 카레를 먹을 예정이라고 했으면서, 카레맛 꼬치구이를 먹으면서 항구를 걸으며 배를 물색해갔다. 양손에 꼬치구이를 들고 번갈아 입으로 가져가는 모습은 먹보 외에 아무것도 아니었다.

"아."

『오, 좋은 배를 찾았어?』

"저거 맛있어 보여."

『아아, 그래?』

프란은 흐느적흐느적 한 포장마차로 다가갔다. 상당히 좋은 냄새인 모양이다.

관찰해보니 왠지 재미있는 요리를 팔고 있었다. 원추형으로 만 넓적한 생지에 물기를 없앤 다진 고기 카레풍 재료를 담은 요리다. 얼핏 보기에 콘에 올린 초코 아이스크림처럼 보이기도 했다.

『이건 신기한 요리로군…….』

"맛있어."

"웡웡!"

카레의 레시피가 퍼져서 재미있는 요리가 늘어나기 시작했다. 그야말로 내가 목표한 대로 흘러갔다.

앞으로도 이런 식으로 프란이 기뻐할 새로운 요리가 잔뜩 만들어지면 좋겠군.

"우물우물."

"우물우물."

다만 되도록이면 때와 장소를 가려주기를 바란다. 이건 내가 야무지게 관리하는 수밖에.

그 뒤로도 때때로 군것질을 하면서 프란은 항구를 둘러봤다.

두 척 정도 수인국 문장을 단 배를 찾았지만, 아무래도 타고 싶은 마음은 들지 않았다.

한 척은 많이 낡아서 정말 바다를 건널 수 있을지 불안해지는 배였다. 작은 상회에서 무역용으로 쓰고 있는 배인 모양이다. 선원들의 조선(操船)이나 수상 전투 등의 스킬도 레벨이 낮았다. 이 배는 확실히 꽝이다.

두 번째 배는 겉모습은 괜찮았지만 선원에게 문제가 있는 듯했다. 어떻게 봐도 품위가 없고 해적 출신 같은 남자들이 많았던 것이다. 그것도 성질이 나쁜. 지금은 해적 일을 하지 않는 듯했지만 신용은 할 수 없었다. 이 배도 각하다.

그런 식으로 항구를 어슬렁대다가 프란이 갑자기 멈춰 섰다.

"아."

『왜 그래? 맛있어 보이는 포장마차라도 있었어?』

"저 배는?"

프란이 그렇게 말하고 가리킨 것은 수인국의 깃발을 단 배 한 척이었다.

『오오, 저건 확실히 좋아 보이네.』

정박 중인 배 중에서도 크고 박력 있는 배 중 하나였다.

확실히 저 배라면 큰 바다에서도 힘차게 나아갈 수 있을 것 같았다.

다만 저런 훌륭한 배에 탈 수 있을까? 저런 규모의 배라면 모험가를 쓰지 않고 반드시 자체적인 호위가 있을 것이다. 하지만 일단 가까이 가서 봐볼까.

그런 생각을 하면서 배 옆까지 다가가자 갑자기 상인풍 남성이 말을 걸어왔다.

아마 늑대 계열 수인이리라. 그러나 흑묘족인 프란을 깔보는 기색은 조금도 보이지 않았다. 아니, 상인이라면 겉모습을 꾸미는 게 특기이려나.

"안녕하세요."

"응?"

"호위 의뢰를 찾고 있는 거 아닌가요?"

"어떻게 알아?"

우리의 목적을 정확히 맞힌 상인에게 프란이 경계하듯이 되물었다. 하지만 들어보니 간단한 이야기였다.

외모는 소녀라도 장비를 보면 프란이 모험가라는 것을 안다고 한다. 그리고 배를 음미하는 듯한 행동을 보면 목적지까지 가는 배를 찾고 있다고 생각할 수 있다. 모험가가 배를 탈 때 뱃삯 대신 호위를 맡는 건 자주 있는 일이므로 간단히 추측할 수 있다고 했다.

"그래서 제안을 드립니다만, 저희 배의 호위를 맡아주실 수 있겠습니까?"

"어째서?"

일단은 경계를 푼 프란이 다시 경계하는 표정을 띠었다.

어쨌든 프란은 아직 어린아이이다. 비전문가가 프란을 보고 그 힘을 알아보기는 어려울 것이다.

상대는 어떻게 봐도 전투 전문가가 아니라서 프란의 실력을 간파할 수 있을 것 같지도 않았다.

그러면 어째서 호위라는 말을 꺼냈을까? 꿍꿍이가 있다고밖에 생각할 수 없었다. 예를 들어 호위로 고용하는 척을 해 붙잡아 노예로 삼는다든가.

"하하하, 그 흑뢰희 님과 인연을 쌓을 기회를 뻔히 놓쳐서는 상인 실격이지요."

놀랍게도 그는 프란의 정체를 간파하고 있었다.

이미 상인 사이에서는 프란의 소문이 퍼져 있다고 한다. 안목 있는 사람에게 늑대 마수를 데리고 다니는 어린 흑묘족 소녀가 소문의 흑뢰희라는 것을 알아차리기란 간단하다고 한다.

처음부터 그는 프란이 단순한 수인 소녀가 아니라 대단한 실력의 모험가라는 사실을 알고 있었던 것이다.

흑뢰희를 고용하게 되면 강력한 모험가를 호위로 삼을 수 있을 뿐만 아니라 상인으로서도 주가가 올라간다. 뱃삯이 공짜일 뿐만 아니라 두둑한 보수도 제시했다.

하급 모험가라면 호위를 하면서 뱃삯을 더 내야 하는 경우도 있다고 한다.

'어쩌지?'

『으음.』

좋은 얘기지만 받아들이려면 대전제가 필요했다.

"목적지는 어디야?"

"레디나 대륙입니다. 어떠십니까?"

"무리야."

"그렇습니까……."

프란이 고개를 붕붕 흔들자 상인은 아쉬운 얼굴을 보이면서도 깨끗이 물러났다.

더 달라붙을 줄 알았는데, 목적지가 다른 탓에 얘기가 진행되지 않는 일은 흔히 있나 보다. 그리고 프란의 기분을 상하게 하는 건 상책이 아니라고 생각한 듯했다.

뭐, 랭크 A 모험가와 동등한 힘을 가진 상대를 화나게 하면 농담이 아니라 몸이 박살 날 수도 있다.

그 뒤로도 몇 번인가 제안을 받았지만, 수인국이 있는 크롬 대륙으로 가는 배는 나타나지 않았다.

남쪽에 있는 레디나 대륙행 배는 많은데 말이다. 시드런 해국의 혼란의 영향을 받아서 서쪽에 있는 크롬 대륙으로 가는 배가 줄었다고 한다.

그래도 포기하지 않고 배를 계속 찾기를 세 시간.

우리는 드디어 마음에 드는 배를 발견했다. 멀리서 봐도 거대하고 수인국 문장을 단 배다. 저만큼 크면 외양에서도 문제없이 항해할 것이다.

배는 잘 모르지만, 돛대가 다섯 개나 있고 항구의 배 중에서도 큰 축에 속했다.

또한 달린 수인국의 문장에는 왕관 마크가 그려져 있어서 수왕가의 직할선이라는 사실을 알 수 있었다.

저거라면 배도 승조원도 신뢰할 수 있을 것 같았다.

잠시 관찰해보니 선원들은 확연히 규율 바르게 행동하고 때때로 쾌활한 웃음소리를 냈다. 그 모습에 난폭함은 전혀 없어서, 이른바 해적과는 선을 긋는 존재라고 판단할 수 있었다.

또한 왕가 직할이라는 건 수왕에게 받은 신분증이 있으면 확실하게 편의를 제공받을 수 있다는 뜻이다.

『프란, 저 배에 말을 걸어보자.』

"응. 알았어."

우리는 항구에 정박한 수인국 직할선으로 다가갔다.

『그럼 어떻게 선장에게 접촉할까.』

"저 사람들한테 말 걸까?"

『말단 선원이 프란을 아는지 모르는지도 확실하지 않은데.』

모험가도 상인도 아니고 오랫동안 육지에서 떨어져 바다에서 생활한 선원들이 프란의 정보를 정확히 파악하고 있을까? 도저히 그럴 것 같지 않았다.

그런 그들에게 프란이 말을 걸어 선장을 만나게 해달라고 해서 전달해주지는 않을 것이다.

신분증 역시 위조라고 하면 끝이다. 선장 등급이 되면 신분증 구별 정도는 할 수 있다고 생각하는데…….

『잠시 관찰해서 높아 보이는 녀석이 나오기를 기다릴까?』

"음……. 일단 말 걸어볼래."

『뭐, 프란이 그렇게 하고 싶으면 그렇게 해.』

그것도 하나의 방법이고, 애초에 특별히 작전이 있지도 않으니 말이다. 프란이 바로 행동하고 싶은 건 얼른 배를 정하고 싶기 때문이지만.

어째서? 이오 씨의 카레를 먹는 시간에 늦고 싶지 않은 거다.

"갈게."

"웡!"

프란과 울시가 배로 달려가 뭔가 의논 같은 것을 하고 있던 수인 선원들에게 말을 걸었다.

"있잖아."

"오, 아가씨, 무슨 일……."

"왜 그래── 어?"

다가온 프란을 보고 처음에는 부담 없는 모습이었던 선원들. 웃으며 대응하려 했지만……. 갑자기 그 움직임을 멈추고 경직되고 말았다. 그리고 프란과 울시를 번갈아 비교했다.

그 얼굴에 비친 건 경악스러운 표정이었다. 혹시 프란의 정체를 알고 있는 건가?

그런 선원들을 신경 쓰지 않고 프란은 다시 말했다.

"나는 모험가 프란. 선장을 만나고 싶어."

이봐, 좀 더 부드럽게 말해야지. 이래서는 쫓겨나도 할 말 없잖아.

하지만 내 걱정에도 불구하고 선원들의 대응은 의외일 만큼 정중했다.

"아, 알겠습니다! 잠시 기다리십시오!"

"나, 나 선장님한테 말하고 올게!"

역시 프란이 흑뢰희라고 이해한 모양이다. 그렇지 않고서 이 대응은 너무 이상하다.

"서, 성함은 프란 씨라고 말씀하셨지요?"

"응."

"호, 혹시 소문의 흑뢰희 님이십니까?"

프란의 소문은 상상 이상으로 퍼진 듯했다.

"맞아."

"지지, 진짜냐! 아니, 죄송합니다! 그런데 흑뢰희 님은 진화했다는 소문을 들은 것 같습니다만……."

그렇구나! 내게는 생소한 감각이라 잊어버렸지만, 수인끼리는 상대가 진화했는지를 감지하는 능력이 있다고 했지. 프란도 백랑 오렐이나 수왕과 처음 만나도 상대가 진화했다고 판단할 수 있었다.

프란은 소문으로는 진화한 흑묘족이라고 하지만 실물로 만나면 진화 은폐 스킬의 효과로 진화했는지 알 수 없다. 그래서 당황한 듯했다.

뭐, 자세한 사정을 가르쳐줄 필요는 없겠지. 여기서는 남성의 질문을 무시하고 이야기를 진행했다.

"진화한 흑묘족은 본 적 없어?"

"그, 그렇습니다. 저는 수인국 출신이지만 처음 봤습니다. 업무상 상당히 많은 수인을 만났는데도요."

역시 진화한 흑묘족은 프란 외에 없나. 저주를 풀기 위한 조건은 사전 정보가 없으면 달성하기가 상당히 까다롭기도 하고 말이다.

사인을 천 마리, 혹은 위협도 A 이상의 사인을 쓰러뜨릴 것.

뭐, 개인이 위협도 A 이상의 사인을 한 마리 쓰러뜨리는 조건은 완전히 덤이겠지. 보통은 무리다. 기적이 일어나면 달성이 가능할지도 모르지만.

유력한 건 사인 천 마리 쪽이다. 만약 이 조건이 지금도 전승되고 있다면 흑묘족은 종족 전체가 사인을 사냥하고 있을 터다. 그 중에서 특히 강한 개체에게는 흑천호로 진화할 기회가 있었을 것이다.

그리고 흑천호가 몇 명이라도 모이면? 종족 전체의 저주를 풀 조건인 위협도 S 이상의 사인을 토벌하는 것도 가능할지도 모른다. 적어도 가능성은 제로가 아니리라.

그렇게 사인을 적극적으로 사냥하는 종족은 신들에게도 아주 유익할 터다. 원래라면 그렇게 사인을 사냥하면서 죄를 씻었을 것이 틀림없다. 그것이 과거 수왕가의 흉계로 인해 모두 어그러지고 말았다.

하지만 현 수왕이 저주를 풀기 위한 조건을 퍼뜨려주면 상황이 조금은 바뀔 것이다. 우리도 수인국에서 흑묘족을 만나 적극적으로 해주 얘기를 퍼뜨려야겠지.

그런 생각을 하고 있는데 아까 자리를 비운 선원을 따라서 관록 있는 남성이 다가왔다.

온몸을 근육 갑옷으로 두른, 가로로도 세로로도 커다란 남성이다. 겉모습은 아주 박력이 있었다. 그야말로 해적 두목이라 해도 위화감이 없었다.

머리에는 이른바 선장 모자라고 해야 하나? 해적 선장 등이 쓰는 듯한 모자를 뒤집어쓰고 있었다. 다른 것은, 보통은 해골 마크가 있을 장소에 왕관을 곁들인 수인국의 문장이 그려져 있는 점이리라.

"여. 내가 이 배의 선장, 제롬이다."

역시 선장이었다. 수인이 아니라 인간족이다.

아니, 수인이 많은 나라라고는 하나 국민 전체가 수인일 리는 없을 것이다.

수인이 아니라도 출세한 인간이 있는 게 당연했다.

"호호오. 혹시 흑뢰희 님인가?"

당연히 선장도 프란에 대해 알고 있는 모양이다.

"응."

"그렇군, 그래! 댁 얘기는 드나드는 상인들한테 들었어!"

프란이 고개를 끄덕이자 그 딱딱한 표정을 풀며 웃었다.

인상은 험한데 웃자마자 붙임성 있는 얼굴이 되는군.

"그래서 내게 볼일은 뭐지?"

"수인국에 가기 위한 배를 찾고 있어."

"그렇다면 우리 배의 호위로 데려가 달라는 뜻으로 받아들여도 되나?"

"응."

"하하하! 이거 든든한 호위를 얻었군!"

"그럼 태워주는 거야?"

"당연하지! 이렇게 앞에 선 것만으로도 엄청난 실력을 잘 알 수 있으니까!"

선장은 전사로도 일류인가 보다. 프란의 실력을 알아본 듯했다.

『프란, 그것도 보여줘.』

"응. 그리고 이거."

프란은 수왕에게 받은 신분증을 꺼내 선장에게 보였다.

"호오, 폐하의 이름이 들어간 신분증인가……."

"진품이야."

"그 흑뢰희가 가지고 있다면 진품이겠지. 뭐, 나중에 제대로 확인해보겠지만."

그건 당연하다. 오히려 이 시점에서 이렇게 친근하게 구는 게 이상하다.

무투 대회에서 상위에 입상했을 뿐만 아니라 수왕의 마음에 들었다는 정보도 가지고 있는 듯했다.

"아무튼 모험가 길드를 안 통하면 여러모로 시끄럽거든. 일단 길드에서 정식으로 의뢰를 발행할 건데, 상관없나?"

아무래도 여기서 고용 계약을 할 수는 없는 모양이다.

다만 길드를 통하면 그 모험가의 신원도 확인할 수 있고, 모험가에게도 공헌도가 가산된다. 뒤가 구린 사정이 없다면 그편이 양쪽을 위해서도 나을 것이다.

"상관없어."

"그럼 나도 마침 길드에 갈 생각이었으니 같이 갈까?"

"뭐 하러 가?"

"그야 호위 의뢰를 내러 가는 거지."

이렇게 큰 배라도 모험가를 호위로 고용하는 건가?

프란은 유명하기 때문에 특별히 고용해줬다고 생각했는데, 아무래도 웬만한 인원을 고용할 생각인 듯했다.

"프란을 신용 못 하는 게 아니야. 우리한테도 여러 사정이 있거든."

선장 왈, 국가와 길드 사이의 속박 때문에 모험가를 일정 수 고용하는 것이 관례가 됐다고 한다. 또한 유사시에는 경험 풍부한 모험가가 도움이 되는 것은 확실하다. 그러므로 대부분의 배는 자체적인 전투원에 추가로 모험가를 고용하는 것이 당연한 일이라고 한다.

선장은 모험가 길드로 가는 도중에 이런저런 설명을 해줬다. 그중에는 선박 호위 전문 모험가도 있다는 설명도 있었는데, 이것이 나름대로 짭짤한 일거리라는 증거이리라.

길드에 도착한 프란은 선장이 낸 호위 의뢰를 그 자리에서 받아들였다.

"출발은 언제가 예정이야?"

"문제가 없으면 사흘 후다."

폭풍이나 마수의 출몰로 예정이 변경되는 경우가 자주 있어서 출발이 어떻게 될지는 아직 모른다고 했다.

"알았어. 그럼 사흘 후에 배로 갈게."

"그래. 잘 부탁한다."

"응. 나야말로."

프란은 선장과 악수를 나누고 일단 헤어지기로 했다.

다음에 가는 건 사흘 후로군. 그 거대한 배에 탈 수 있다니, 지금부터 기대된다.

지구에 있을 때 페리에 탄 적은 있지만, 외양에 나갈 수 있을 정도의 목조선은 아무리 그래도 많지 않으니 말이다.

제3장 대해원으로

“우물우물우물우물!”

“우거우걱우걱우걱!”

고아원의 저녁에 초대받은 프란과 울시는 이오 씨가 만든 카레를 굉장한 기세로 배 속에 집어넣고 있었다.

“잘 먹네요~.”

이오 씨는 웃으며 프란과 울시를 바라보고 있지만, 기분 좋은 마음을 넘어 배의 상태가 걱정되는 기세다. 나중에 배 아파도 모른다?

“프란 누나 짱이다!”

“울시도!”

카레는 어디로 사라졌을까?

그리고 고아원의 식재료를 이렇게 대량으로 먹어도 괜찮을까?

“잔뜩 준비한 보람이 있네요. 계속 먹어요.”

이오 씨가 그렇게 말하고 카레를 더 권했다. 아무래도 식재료 사정은 완벽하게 개선된 듯했다. 하지만 이제 프란과 울시가 걱정이니 이 이상은 권하지 말아주세요.

“응! 더 줘.”

“웡웡!”

그렇게 말하는데 옆에서 더 달라는 거냐!

“얼마나 담을까요?”

"곱빼기."

"워웅."

프란도 울시도 사양이라는 말을 모르는구나. 나중에 식비를 건네자. 아무리 전보다 경영이 나아졌다 해도 한도는 있을 테니까.

결국 프란과 울시는 초대형 곱빼기로 다섯 그릇이나 카레를 먹고 아이들에게 약간의 존경과 미묘한 원망의 소리를 들었다.

카레가 남으면 내일 아침에 먹을 예정이었는데 프란과 울시가 모조리 먹어치웠기 때문이다. 텅 빈 카레 냄비를 앞에 두고 고개를 숙인 아이들의 등에는 애수가 감돌고 있었다.

그리고 프란이 몇 그릇이나 먹을 수 있는지 내기를 한 아이들도 있는 모양이다. 내일 아침 간식이 하나 줄어든 아이가 프란을 원망스러운 눈으로 바라보고 있었다.

"잘 먹었습니다."

"워웅."

"변변치 못했어요~. 기꺼이 먹어줘서 기쁘네요."

"응. 맛있었어."

프란은 살짝 질투할 만큼 환하게 웃었다.

빵빵하게 부푼 배를 만족스럽게 문지르고 있었다.

『맛있었어?』

'응! 스승이 만든 거만큼 맛있었어!'

『그러냐.』

부엌을 가볍게 살피니, 놓여 있는 양념이나 재료는 평범한 것뿐이어서 눈에 띄는 점은 없었다. 내가 평소 만드는 카레에 비하면 재료비는 10분의 1 이하일 것이다. 야채도 평범, 고기도 평범한 돼지고기. 양념도 바르보라에서라면 간단히 입수하는 종류의 것뿐이었다.

그것으로 프란이 만족할 정도의 맛을 가진 카레를 만들다니…….

역시 이오 씨의 실력은 대단했다.

내년 요리 콘테스트에서는 첫 우승을 할 수도 있겠다.

"안녕히 주무세요!"

"또 봐, 프란 언니!"

"울시도!"

식사를 마친 아이들이 각자의 방이나 놀이방으로 흩어져서 식탁에는 프란과 울시와 이오 씨만 남게 됐다.

프란도 가볍게 배를 쓰다듬으면서 일어섰다.

"그럼 돌아갈게."

"어머? 차를 탈 테니까 더 있다 가세요."

하지만 그 프란을 이오 씨가 붙잡았다.

"이오가 타주는 차?"

"네. 차과자도 있어요. 간단한 구움과자지만요."

"꼭 먹을게."

이오 씨가 탄 차를 마시면서 이오 씨가 만든 구움과자를 먹는다. 프란이 그런 기회를 놓칠 리가 없다.

프란은 물 흐르는 듯한 움직임으로 의자에 다시 앉았다. 그 옆에서는 울시가 새침한 얼굴로 앉아 있었다.

"울시 몫도 있어요."

"웡!"

울시의 말없는 재촉에도 이오 씨는 웃으며 대응했다. 정말 좋은 사람이야.

구움과자는 밀가루와 설탕과 계란만을 재료로 쓴 심플한 것이었지만 역시 맛있나 보다. 프란과 울시의 표정을 보면 일목요연했다.

차도 시장에서 파는 것 중에서도 아래쪽에서 세는 게 빠른 싸구려 찻잎인 듯하지만 프란과 울시가 놀랄 만한 풍미를 내고 있었다. 프란과 울시는 눈을 가늘게 뜨고 더없이 행복한 표정을 띠고 있었다.

그런 프란과 울시를 웃으며 바라보던 이오 씨는 프란이 차를 다 마시고 한숨 돌린 것을 확인했는지 갑자기 진지한 얼굴로 프란에게 고개를 깊이 숙였다.

"감사합니다."

"응?"

"오늘은 프란 씨가 오시니까 조금 분발했지만……. 그래도 이 고아원에서 오늘처럼 즐거운 듯이, 다 같이 웃음이 넘치는 식사 광경이 매일 이어지고 있어요."

말만 들으면 단순한 자랑처럼 들린다. 하지만 우리는 그렇지 않다는 것을 알고 있었다.

프란은 말없이 들었다.

"전에는 매일 식사하기에도 빠듯했고, 저도 아이들도 마음 안쪽에 불안을 품고 있었어요. 웃음이 없지는 않았지만 진심으로 웃을 수 있는 일은 적었죠."

언제 고아원이 사라질지도 모른다. 그런 상황에서 낙천적으로 웃을 수는 없었으리라. 아이들 역시 바보가 아니다. 적은 식사에 전혀 수리되지 않는 낡은 건물. 때때로 모습을 보이는 빚쟁이. 그것들을 보면 고아원이 어떤 상황인지 이해할 수 있을 터다.

지켜야 할 아이들에게 괜한 걱정을 끼침으로써 어른들 역시 마음이 아프다.

그리고 어른들의 그런 모습을 보고 아이들의 불안이 더 커지는 악순환에 빠진다.

하지만 오늘 본 아이들의 웃음에 허세나 불안의 빛은 전혀 없었다. 즉, 그런 것이리라.

"아이들의 웃음을 되찾아주셔서 감사합니다."

"고아원을 도운 건 아만다야."

"확실히 고아원을 구해준 건 아만다 님이에요. 하지만 그 계기를 준 건 프란 씨예요. 그래서 저희는 진심으로 당신에게 감사하고 있어요."

그렇게 말하고 이오 씨는 더욱 깊이 고개를 숙였다.

"응……."

프란은 미묘한 표정이었다. 씁쓸하다는 느낌과도 쓴웃음과도 다른, 뭐라고 표현할 수 없는 얼굴이었다. 볼이 살짝 빨갰다.

이렇게까지 순수한 마음과 마주하는 일에 익숙하지 않은 프란은 드물게 부끄러워하고 있는 듯했다.

프란은 이런 때 어떻게 반응해야 하는지 모르고, 이오 씨도 갑자기 부끄러워진 듯했다. 방 안에 어색한 공기가 흘렀지만, 그래도 원래 호의적인 사이이다. 바로 그런 분위기를 날려버리고 편안하게 잡담을 나눌 수 있었다.

주로 이오 씨가 아이들 이야기를 하고 프란이 기쁜 듯이 고개를 끄덕일 뿐이지만, 두 사람 다 즐거워 보였다.

그렇게 한 시간쯤 차를 마셨을까. 연장자 아이들도 잘 시간이 됐다.

이오 씨와 프란에게 자기 전 인사를 하러 와줬다.

우리도 슬슬 가는 편이 좋을 것이다.

"그럼 이번에야말로 갈게."

"붙잡아서 죄송했어요."

"괜찮아."

이오 씨가 입구까지 바래다줬다. 맞다, 식사비를 줘야지. 하지만 프란이 꺼낸 돈을 이오 씨는 한사코 받으려 하지 않았다.

"하지만 나 잔뜩 먹었어."

"괜찮아요. 그리고 오늘 카레는 답례였어요. 돈을 받을 수는 없어요."

절대 받을 것 같지 않았다.

'스승, 어떡해?'

으음. 답례라고 하는데 거기에 뭔가를 주는 것도 실례겠지? 결국 우리는 이오 씨에게 인사를 하고 그대로 고아원을 떠나기로 했다.

돈이나 식재료를 억지로 주다가 이오 씨와 아이들의 마음이 상하면 안 되니 말이다.

"바이바이."

"네. 또 오세요."

"응. 꼭 또 올게."

"기대할게요."

숙소로 돌아오는 도중. 프란은 기분이 좋았다. 드물게 콧노래를 흥얼거리고 있었다.

『카레가 그렇게 맛있었어?』

"응!"

역시 나도 더 정진해야겠어!

"그리고──."

『그리고?』

"다들 즐거워 보였어. 애들도, 이오도."

『그렇지.』

"응. 다행이야."

프란은 그렇게 말하고 눈을 가늘게 뜨며 웃었다. 부모를 잃고도 열심히 사는 고아들의 모습은 프란에게 남 일 같지 않을 것이다. 그들에게 자신의 모습을 겹쳐보고 현재의 행복을 진심으로 기뻐하고 있는 듯했다.

『그러네. 다행이야.』

"응."

프란의 콧노래는 숙소에 도착할 때까지 멈추지 않았다.

배가 출항하기까지 사흘간. 우리는 먹으며 돌아다니고 빈둥대는 등 편안하게 보냈다. 오랜만에 갖는 느긋한 시간이었다.

덧붙여서 고아원에는 한 번 더 놀러 갔다. 굳이 식사 시간을 피해갔기에 차와 구움과자밖에 나오지 않았지만. 하지만 그래도 좋았다. 그때 차를 대접받은 답례로 이런저런 것을 놓고 오는 게 목적이었으니 말이다.

먹은 적은 없지만 저번에 대접받은 카레의 답례도 같이 놓고 왔다. 돈은 사양할 것 같았기에 밀가루와 설탕과 향신료를 골고루 건냈다.

『드디어 수인국으로 갈 수 있겠군.』

"응. 기대돼."

『저번과 달리 이번에는 어엿한 호위 의뢰야. 배 여행을 우아하게 즐기지는 못할 거야.』

"팔이 근질근질해."

전에 배에 탔을 때가 떠올랐다.

필리어스 왕국의 왕족인 헐트 왕자와 사티아 왕녀의 호위로 배에 탔는데, 다양하고 농밀한 체험을 하게 됐다. 즐거운 일도 있고 쓰디쓴 경험으로 머릿속에 남은 일도 있다.

괴로운 경험의 필두는 대마수 미드가르드오름과의 싸움이다.

우리가 전력을 다한 공격도 그 대마수의 앞에서는 제대로 된 효과를 내지 못했다. 결국 도망칠 수밖에 없어서 우리는 완전히 패배를 마주했다.

그로부터 실력을 상당히 쌓았다. 잔챙이 마수라면 문제없으리라.

하지만 지금 미드가르드오름을 쓰러뜨릴 수 있느냐고 묻는다면 고개를 갸웃거릴 수밖에 없었다. 물론 자신도 있다. 그때는 아직 익히지 않았던 각종 비장의 카드를 날리면 미드가르드오름이라 해도 그냥은 못 넘어갈 것이다.

그럼에도 그 대마수를 쓰러뜨릴 수 있느냐고 묻는다면 절대로 그럴 수 있다고 단언할 수 없었다.

『뭐, 미드가르드오름은 보기 드문 마수라고 했으니 마주칠 일은 그리 없을 거야.』

그보다 다른 마수에 대한 경계를 게을리하지 말아야 한다.

선착장에 도착하니 선장과 관리들이 뭔가 협의를 하고 있었다.

프란이 다가가니 이야기를 멈추고 저쪽에서 말을 걸어왔다.

"여, 흑뢰희 프란. 오늘부터 한동안 잘 부탁해. 다시 내 소개를 하지. 나는 알기에바 호의 선장, 제롬이다."

"응. 랭크 C 모험가 프란. 잘 부탁해."

굳게 악수를 나누는 두 사람.

묘하게 파장이 맞는 건지 마주 웃었다. 프란은 아는 사람이 보지 않으면 웃음이라는 걸 모르겠지만.

"그래! 거기 너! 프란을 부선장한테 안내해!"

"알겠습니다."

"자세한 얘기는 부선장한테 들어줘. 나는 출항 수속이 있거든."

제롬과 대화하던 관리는 항만국 사람이라고 한다. 출항하려면 각종 수속이 필요할 것이다. 지구 역시 배가 멋대로 출항할 수 없고, 만내에서는 항로나 우선순위가 확실하게 정해져 있었을 터다. 특히 우리가 탈 알기에바 호는 대형선이다. 마음대로 움직이면 엄청난 혼란이 일어날 것이다.

이세계라고는 하나 항구의 규칙은 비슷한 듯했다.

"이쪽입다."

"응."

선원의 안내를 받아 목조 트랩을 올랐다. 트랩이라고는 했지만, 마치 공사 현장의 발판이라고 생각할 만큼 컸다. 일직선으로는 계속 오를 수 없어서 도중에 트랩이 꺾여 있었다.

배에 타기 위해서 백 개에 가까운 계단을 오르게 될 줄이야……. 그것만으로도 배의 거대함을 알 수 있었다.

넓은 갑판 위에서는 수많은 선원이 작업하고 있었다. 안내역인 선원이 갑판에서 감독하고 있는 한 남성에게 말을 걸었다.

"부선장님!"

"네? 어라, 처음 보는 분이군요?"

"그렇습다. 이분은 모험가 프란 씨입다."

"랭크 C 모험가 프란. 호위 의뢰를 받아서 왔어."

"부선장인 버핏입니다."

부선장은 호리호리해서 정말 연약해 보이는 수인 남성이었다. 머리 부분은 완전히 산양이었다. 종족이나 혈통의 순수함, 개체 차에 따라 짐승 부분의 정도가 다르기는 하지만, 이렇게까지 완벽하게 머리가 짐승과 똑같은 수인은 처음 봤을지도 모른다. 다만 그렇게 짐승 같은 외모와 반대로 아주 신사적인 듯했다. 예절 바르게 인사하고 있었다.

그리고 몸놀림도 굳이 따지자면 느긋한 듯했다.

감정해보니 역시 비전투원이었다. 전투 계열 스킬이 궁술 1, 창술 1밖에 없었다. 그 대신 장사나 화술, 산술이나 측량 등 부선장에게 필요할 법한 스킬의 레벨이 모두 높았다.

다만 역시 내가 가장 신경 쓰였던 것은 그의 종족이었다. 뭐가 신경 쓰이냐고? 그도 그럴 게 흰산양이다. 중요한 서류를 먹지는 않을까?

"이야기는 들었습니다만, 소문의 흑뢰희 님이 이런 아가씨일 줄이야……. 역시 직접 봐도 믿기 어렵군요."
"하지만 선장님이 틀림없다고 하셨습니다."
"응. 본인이야."
"저도 의심하는 건 아닙니다. 다만 저 같은 비전투원에게는 아무래도 신참 모험가처럼 보여서요. 기분을 상하게 했다면 죄송합니다."
정중하게 고개를 숙이는 버핏. 실력을 알 수 없다고 하면서도 프란을 가볍게 보는 태도는 보이지 않았다. 선장인 제롬의 판단을 신뢰하고 있다는 증거이리라.
"괜찮아. 자주 들어."
"하하하. 다행이군요. 그러면 다른 모험가와 만나보죠. 되도록 사이좋게 지내주면 감사하겠군요."
"노력할게."
"그렇게 해주세요. 그러면 잠시 기다리세요."
부선장이 부하에게 지시해 다른 모험가를 불러오게 했다. 우리가 마지막에 도착한 모양이다.
"몇 명 정도 있어?"
"당신을 포함해 열두 명입니다. 이 배에도 전투원은 있지만, 모험가를 태우지 않으면 여러모로 시끄러워서요."
그러고 보니 수인국과 모험가 길드의 계약으로 모험가를 고용하는 게 권장되고 있다고 했지. 강제는 아니지만 지나치게 무시하면 모험가 길드의 심기가 불편해지니 어느 배든 호위를 고용하고 있다고 한다.

우리가 타게 된 알기에바 호는 대형선인 데다 국가 직속 상선이다. 매번 보통 배보다 많은 호위를 고용한다고 한다.

"솔로 모험가는 프란 님뿐이군요."

"능력은?"

"제가 실력을 판단할 수는 없지만, 랭크로 말하자면 랭크 C 파티가 하나. 랭크 D 파티가 하나, 랭크 E 파티가 하나입니다. 특히 랭크 C 파티의 리더는 개인 실력으로는 랭크 B 모험가라더군요."

호오. 그렇다면 실력이 상당하다는 뜻인가. 그건 그렇고 좀 성가시지 않을까? 유사시에는 그 녀석들의 지시를 따라야 할지도 모르는 데다, 거만하게 부려먹는 건 싫단 말이지. 나는 몰라도 프란이 얌전히 따를 리도 없고.

"온 것 같군요."

안내역 선원을 따라 선내에서 모험가들이 줄줄 나왔다.

파티 하나가 아니라 몇 개가 모여 있는 듯했다.

"……강해."

『그러네.』

모험가 중에서도 특히 눈길을 끈 것이 선두에 있던 전사풍 남자였다. 햇볕에 그을린 구릿빛 피부. 상투처럼 뒤통수에서 묶은, 달궈진 쇠 같은 색을 띤 적발. 190센티미터 정도로 장신에 꽤나 미남자였다. 음영 짙은 얼굴은 핸섬보다는 댄디한 인상이었다. 나이는 40대일까? 상당히 강하다. 이 녀석이 유일하게 있는 랭크 B 모험가가 틀림없으리라. 그 발놀림에서 굉장함을 느낄 수 있었다.

『으응?』

왜인지 어디선가 본 적 있는 기분이 든다. 아니, 기분 정도가 아니다. 반드시 어딘가에서 본 적이 있다.

『저 푸른 갑옷, 본 기억이 있어……. 어디였더라?』

으음, 생각 안 나네. 모험가 길드에서 엇갈린 걸 기억하고 있는 건가? 그런 것보다는 살짝 인상이 강한데.

"모드레드 님, 이쪽입니다."

마력창을 짊어진 푸른 갑옷 남자는 모드레드라고 부르는 모양이다.

왠지 동료를 배신할 듯한 이름인데, 괜찮겠지?

"마지막 호위원이 오셨으니 소개하겠습니다."

부선장의 그 말에 대답한 것은 모드레드가 아니라 그 옆에 있던 왜소한 남자였다.

"이봐. 계집애 한 명 소개하는데 모드레드 형님을 부른 거야?"

몸집 작은 남자는 불쾌한 듯이 선원을 노려봤다.

"이 녀석이 인사하러 오는 게 예의잖아!"

열 받지만 정론이라고도 할 수 있었다.

어차피 일반적으로 보면 소녀인 프란보다 랭크 B 모험가인 모드레드 쪽의 수준이 위로 보였다. 아니, 어떻게 봐도 신참과 베테랑으로밖에 보이지 않았다.

모드레드의 파티 멤버들도 몸집 작은 남자에게 동의하듯이 고개를 끄덕였다. 리더인 모드레드가 우습게 보인 것은 그를 따르는 그들이 우습게 보였다는 뜻이기도 하기 때문이다.

자리의 분위기가 단숨에 악화되기 시작했다. 험악한 분위기 속에서 몸집 작은 남자가 더욱 나섰다. 무기에 손을 대지는 않았지만 언제 무기를 뽑아도 이상하지 않을 분위기였다.
“형님! 이 녀석들이 형님을 얕보고――.”
하지만 흥분한 몸집 작은 남자를 제지한 것은 당사자인 모드레드였다.
“이봐. 창피당하고 싶지 않으면 그쯤 해둬, 스루닌.”
“네?”
“수준 낮은 쪽이 높은 쪽에게 인사하러 간다. 당연하다. 그러니 내가 머리를 숙여야지.”
“무, 무슨 말씀이세요, 형님!”
형님의 갑작스러운 말에 스루닌이라고 불린 몸집 작은 남자가 놀라는 목소리를 냈다. 놀라고 있는 것은 그의 파티 멤버뿐만이 아니었다. 다른 모험가들에게도 모드레드는 유명한지, 이 자리에 있는 프란 이외의 모험가 전원이 경악스러운 표정을 띠고 있다 해도 과언이 아니었다.
하지만 모드레드는 개의치 않고 프란에게 확실하게 고개를 숙였다.
“미안하다, 부하가 실례를 했어.”
“응. 신경 안 써.”
“다시 소개하지. 나는 랭크 C 파티 ‘철신의 호흡’의 리더, 모드레드다.”
“랭크 C 모험가, 프란.”
프란의 자기소개를 듣고 스루닌을 비롯한 파티원들이 다시 고함을 지르려 했다. 기껏해야 랭크 C다.
그들 자신보다 상위 모험가이기는 하지만, 어떻게 생각해도 모드레드보다도 수준이 높다고는 할 수 없다. 하지만 그들이 프란에게 달려들기 전에 모드레드가 다시 프란에게 말을 걸었다.

"흑뢰희 님이 틀림없나?"

"최근에는 그렇게 불리는 일도 많아."

"역시. 무투 대회는 모두 봤다."

"울무토에 있었어?"

"참가하기 위해 나만 갔지. 나는 2회전에서 펠무스 님에게 졌지만."

아, 이 녀석과 어디에서 만났는지 생각났다. 무투 대회다. 만났다기보다 이 녀석의 시합을 관전했다. 내가 그렇게 가르쳐주자 프란도 모드레드가 생각난 모양이다.

"용철 마술사?"

용철 마술을 교묘하게 다루는 모습을 보고 감탄한 것이 생각났다. 그렇구나, 그 참가자인가.

마술을 아주 능숙하게 사용해서 무척 공부가 됐다.

"호오? 기억하나?"

"응. 강했으니까."

프란도 시합 내용은 제대로 기억하나 보다.

"나를 꼼짝 못 하게 한 펠무스 님을 이긴 네가 그렇게 말해주니 영광이로군."

"저기, 형님?"

이해가 잘 가지 않는 기색의 부하들은 의아하다는 듯한 얼굴이다. 이 녀석들은 무투 대회를 보지 않은 건가?

"너희는 수정 감옥에 틀어박혀 있던 탓에 모르겠지만, 그녀는

무투 대회에서 3위에 입상한 강자다. 아직 랭크 C이지만 전투력만큼은 랭크 A라고 해도 손색이 없어."

"네에?!"

"진짜요?!"

"말도 안 돼……!"

그렇군. 모드레드만 울무토에 왔던 건가.

"사실이다. 나보다 훨씬 강해."

모드레드가 그렇게 말한 직후였다.

""""죄송합니다!""""

모험가들은 프란의 앞으로 몸을 날려 일제히 큰절을 올렸다.

뭐, 뒤끝 없는 녀석들은 싫지 않다. 프란도 화나지 않았는지, 오히려 덩치 큰 남자들이 큰절하는 광경을 흥미롭게 바라보고 있었다.

"용서해주지 않겠나? 좀 모자라지만 나쁜 녀석들은 아니야."

"딱히 화 안 났어."

""""감사함다!""""

솔직히 플라잉 큰절은 지나친 감도 들지만, 이 녀석들은 상당히 운동부 계열 같다. 게다가 이쪽이 익숙하지 않은 느낌도 있으니 익숙해질 수밖에 없을지도 모르겠다.

안심한 기색으로 철신의 숨결 모험가들이 일어선 후 다시 자기소개가 시작됐다.

방금 전까지 보이던 고압적인 태도는 사라지고 남자들은 저자세로 나왔다. 모드레드가 자신보다 훨씬 강하다고 한 말이 어지간히 먹혔나 보다.

다만 그 한마디만으로 부하들이 갑자기 태도를 바꾼 것은 놀라웠다. 보통은 프란의 겉모습을 보고 어딘가 업신여김이 남는다. 그러나 그들에게 그런 모습은 전혀 없었다.

그만큼 모드레드가 신뢰받고 있다는 뜻일지도 모른다. 부하들은 그의 말이라면 절대로 거짓말이 아니라고 믿는 것이다.

그건 그렇고 훨씬 강하다고 한 건 과연 어떨까. 각성 상태라면 몰라도 평상시 상태로는 훨씬 강하다고 할 만큼 차이는 나지 않는다고 생각한다.

무투 대회에서 본 모드레드의 인상은 시합에 익숙한 마법사라는 느낌이었다. 코르베르트와 비교해도 결코 뒤지지 않았다. 얕보면 위험한 상대다.

"이렇게 네 명이 내 파티 멤버다."

""""잘 부탁드립다!""""

"응. 잘 부탁해. 나는 프란. 그리고 이 애는 울시."

"웡!"

"우왓, 갑자기 늑대가!"

"그, 그림자에서 나왔어!"

"호오. 상당히 강하군."

"응. 믿음직해."

울시처럼 강한 마수가 갑자기 나타나도 부하들과 달리 모드레드는 허둥대지 않았다. 울시의 힘을 감지하고 웃으며 고개를 끄덕였다. 강력한 마력이 늘어난 것을 단순히 기뻐하고 있는 듯했다. 역시 대단하다. 다른 모험가들은 엉거주춤한 태도로 멀리서 울시를 바라보고 있었다.

“뭐, 다른 녀석들도 내가 소개해둘까. 우선 그 녀석들은 랭크 D 파티, 붉은 대지다.”

“잘 부탁드립니다.”

“안녕.”

“안녕하심까.”

리더 같은 남성은 고지식해 보이지만, 양편에 선 두 사람은 격의 없이 인사했다.

붉은 대지는 신기한 파티였다.

우선 세 명 모두 얼굴이나 팔 일부에 녹색 비늘 같은 것이 나 있었다. 뱀 수인인 모양이다. 외모도 아주 비슷해서, 얼굴 생김새뿐만 아니라 키가 크고 호리호리한 마초에 전원이 쌍검을 장비하고 있는 면까지 똑같았다.

“똑같아.”

“아하하하. 우리는 삼형제이고, 다 같이 세계를 방랑하며 모험가를 하고 있습니다. 이번에는 오랜만에 고향으로 돌아가기 위해서 이 배를 호위하게 되었습니다.”

전투 기술을 아버지에게 배웠기 때문에 전원이 스킬 구성이 같다고 한다. 그건 그렇고 많이 닮았군. 삼형제가 아니라 세쌍둥이라고 하는 편이 납득할 수 있을 정도였다.

구분하는 방법은 머리 모양이라고 했지만…….

뭐, 의심날 때는 감정으로 이름을 확인해보자.

눈썹이 없는 데다 눈 주위가 비늘에 덮여 있기 때문에 얼굴에 박력이 넘쳤다. 하지만 외모가 험상궂은 데 비해 성격이 좋은 녀석들 같았다. 리더인 형이 착실하고 동생들은 가벼운 느낌이다.

흑묘족에 대한 편견도 없는 듯하니 사이좋게 지낼 수 있을 것 같았다.

"마지막은 랭크 E 파티, 수정의 수호 세 사람이다."

"아, 안녕하십까."

"또 보네요."

"아, 아하하."

주뼛대며 앞으로 나선 마지막 세 사람은 낯이 익었다. 아니, 어제 모의전에서 때려눕혀준 루키들이었다. 대검사 미겔, 착실한 창잡이 리딕, 활잡이 여성 나디아 세 명이다.

"뭐야, 너희들 흑뢰희와 아는 사이인가?"

"아는 사이라고 해야 할까요, 며칠 전에 모의전에서 두들겨 맞았습니다."

"그런가, 너희는 길드 마스터의 제자였지? 부러운 일이로군, 흑뢰희와 모의전이라니. 뭐, 아는 사이라면 얘기는 빠르겠군."

아는 사이라고 할 정도는 아니지만 프란의 힘을 알려줄 필요가 없는 건 고마웠다.

"왜 여기 있어?"

"실은 프란 씨와의 모의전으로 저희의 미숙함을 통감했고."

"아홉 명이나 되는 숫자에 안심해 긴장이 풀렸다는 얘기가 나와서."

"파티를 일시적으로 풀고 세 명씩 다시 단련하자는 얘기가 됐어요."

프란과의 모의전도 무의미하지는 않았나 보다. 조금은 위기감이 생긴 듯했다.

"그렇구나. 열심히 해."
"네."
"노력하겠습니다!"
"지도 편달 부탁드려요!"
전원의 자기소개가 끝나자 모드레드와 프란만 가볍게 대화하는 자리가 마련됐다. 부선장도 이 두 사람이 모험가들의 톱이라는 사실을 이해했을 것이다. 하위 파티는 두 사람의 결정에 따른다고 말하고 떠났다.
"그럼 우선 지휘권을 명확히 해둘까. 어떻게 하지? 나로서는 그쪽 밑에 들어가는 형태여도 상관없는데."
모드레드는 실력주의인 듯했다. 게다가 전투력이 중요하다고 생각하는 타입이었다.
소녀이든 실력만 있으면 따를 수 있다고 했다.
하지만 프란에게 지휘는 절대 무리다. 당연히 나도 그렇다. 애초에 지휘에 관한 지식도 경험도 없다.
프란을 좋게 봐주는 건 기쁘지만, 여기서는 랭크 B 모험가인 모드레드가 전체 지휘를 맡는 편이 분명히 나을 것이다. 그러므로 그 제안은 거절하기로 했다.
"내게 지휘는 무리야."
"그러면 어떻게 하지?"
"지휘는 당신이 맡아. 나는 유격대처럼 행동하고 싶어."
필살, 성가신 일은 전부 팽개치고 멋대로 행동하겠습니다, 작전이다! 후후후, 유격대라고 하면 듣기 좋지만 자신의 판단으로 멋대로 움직이겠다고 하는 뜻이니 말이야. 자, 그럼 모드레드가 어떻게 나올까…….

"알았다. 그래도 상관없어. 다만, 혼자 움직일 때는 이쪽에 한마디 해주면 고맙겠군."

"응. 그럴게."

"뭐, 나보다 강한 상대에게 지시를 내리는 것도 신경이 쓰이니 말이야. 다만 긴급 상황에는 지시를 내리도록 하지."

"그건 물론이지."

"……그럼 됐다."

프란이 귀찮은 일을 떠넘겼다는 것을 알았나 보다. 모드레드는 한숨을 한 번 내쉬었다.

"그러면 말씀이 끝난 듯하니 프란 님의 방을 안내하죠."

"응. 알았어."

부선장의 명령을 받은 안내역 청년이 프란을 선실까지 안내했다.

"조금 좁을지도 모르지만, 그건 참아주십시오."

"괜찮아. 침대만 있으면 돼."

"아니요, 아무리 그래도 그렇게까지 열악하지는 않습니다."

프란에게 배정된 방은 갑판으로 나가는 입구에서 그리 멀지 않은 곳이었다. 유사시에 바로 뛰어나갈 수 있도록 배려한 거겠지. 일단 전투원 중에서도 상위자에게 주어지는 개인실이라고 한다.

"이쪽입니다."

"응. 좋은 방이네."

"그렇게 말씀해주시니 저희도 기쁩니다."

프란이 빈말을 한다고 생각했는지 선원은 마지막까지 미안해했다.

하지만 프란은 진심이다. 나도 이 방은 마음에 든다. 오히려 아주 마음에 들었다.

확실히 방은 좁다. 그러나 일단 개인실이다. 그 방에 청결한 침대와 협탁이 놓여 있고, 튼튼한 구조의 책상에 옷장도 갖춰져 있었다.

등불로 사용하는 마도구도 천장에 매달려 있어서 웬만한 싸구려 숙소에 비하면 훨씬 나은 구조였다.

다만 내 흥분도를 올린 포인트는 그런 부분이 아니었다.

내 눈은 선실의 상부에 달린 창문에 향해 있었다.

그곳에는 이른바 배에 달리는 둥근 창이 존재하고 있었다.

작고 둥근 창문으로 어스름한 선실을 비추는 한 줄기 빛. 고작 그뿐인 광경이지만 묘하게 기분이 고양됐다. The 선실이라는 것이 느껴졌다.

프란도 이런 분위기가 싫지 않은지 침대에 누워 발을 파닥대고 있었다. 그리고 들뜬 표정으로 중얼거렸다.

"이 방 좋아."

『나도야.』

그대로 침대에서 뒹굴하기 시작하는 프란.

그것은 선원이 선실에 올 때까지 계속됐다.

거 참, 30분이나 뒹굴할 줄이야.

선원이 프란을 부르러 온 것은 선장실로 안내하기 위해서였다.

"선장님, 흑뢰희 님을 모셔왔습니다."

"그래. 들여보내!"

선장실은 프란에게 배정된 선실에서 그리 멀지 않은 곳에 있었다.
갑판으로 나가기 쉬운 장소에 있는 편이 지휘를 맡기 편할 것이다.
코트를 벗고 다소 편한 차림이 된 선장이 일어서 프란을 맞이했다.
"모험가들과의 회합은 잘 풀렸다고 들었는데, 잘할 수 있을 것 같나?"
"문제없어."
"그럼 다행이군."
선장이 정말 안심한 얼굴로 중얼거렸다. 그렇게까지 걱정할 정도의 일인가? 하지만 생각해보면 프란에게는 상당히 과격한 소문이 따라다니고 있다. 다른 모험가와 분쟁을 일으킬지도 모른다고 생각하는 것도 어쩔 수 없나?
그렇지 않아도 호위 중 톱클래스의 실력을 자랑하는 프란이다. 만약 모드레드와 반목하는 사태가 일어나면 선장으로서도 대책을 생각할 필요가 있을 것이다.
개인으로 최강인 프란과 경험이 풍부하고 다른 모험가를 능숙하게 다룰 수 있는 모드레드. 만약 사이가 틀어진 경우에 어느 쪽을 우대해야 좋을지도 알 수 없다.
"뭐, 항해 중에는 몇 번인가 마수가 나올 테고, 경우에 따라서 해적도 공격해 온다. 그때까지는 마음대로 있어. 도만 지나치지 않으면 상관 안 할 테니."
사전에 확인한 대로 아주 느슨한 계약이다.
하지만 그것도 어쩔 수 없으리라.

탐색 능력이 뛰어난 모험가는 많지만, 해전에 익숙한 모험가는 그리 많지 않다. 바닷속 마수에게 즉시 반응할 수 있을 정도의 실력자가 되면 상당히 적을 것이다.

필연적으로 모험가에게 요구하는 것은 색적이 아니라 나타난 마수에 대한 대처가 된다.

그렇게 되면 마수가 나타났을 때 즉시 움직일 수 있는 곳에만 있으면 나머지는 자유롭게 지내게 하는 편이 사기도 유지될 수 있는 것이다.

물론 술을 마시는 등의 행위는 금지되고 배에 피해를 주는 행위는 처벌을 받지만 말이다.

"응. 알았어. 그럼 배를 탐험하고 싶어."

"탐험? 보고 재미있을 만한 건 없다고 생각하는데. 딱히 상관은 없다."

"괜찮아?"

"그렇군……. 선원의 개인실에 무단으로 들어가는 것만은 하지 마라. 그리고 추진 계열 마도구에 장난 엄금이고."

"그건 괜찮아."

"나머지는 식량 창고를 파손하지만 않으면 출입 금지 장소는 없어. 애초에 보여서는 안 될 것도 없고 말이야."

"괜찮아? 내가 도둑질할 걱정 안 해?"

"그건 모험가 길드의 계약을 믿어야지. 그리고 네 수준의 모험가가 자신의 평판을 떨어뜨리면서까지 훔칠 만한 건 없거든."

일단 탐험 허가는 나왔다. 이거 기대되는군.

"그리고 수인국 신분증을 지니고 있었지? 지금 낼 수 있나?"

"이거?"
"시공 마술인가……. 편리해서 부럽군."
"응. 아주 편리해."
"상인 입장에서 보면 꿈같은 마술이니 말이야."
프란의 차원 수납을 본 선장이 절실하게 중얼거렸다. 그 자신은 상인이 아니어도 상선의 선장이니 말이다. 사고방식도 상인에 가까울지도 모른다.
"그럼 이 신분증 말인데……."
선장이 손가락에 끼고 있던 반지를 신분증에 댔다. 아무래도 신분증의 진위를 판정할 수 있는 아이템인 모양이다. 희미하게 마력이 움직이는 것을 느낄 수 있었다.
"흐음, 확실히 진품이로군."
"응."
"출항은 오후가 될 거다. 그때까지 모드레드와 협의를 부탁하지."
"알았어. 모드레드 파티의 방은?"
"아마 네 방 바로 옆일 거다. 모르면 누구한테 안내를 시킬까?"
"괜찮아."
실제로 모드레드의 방은 바로 찾았다. 프란의 방의 옆 옆에 있었기 때문이다. 삼인실을 부하와 같이 쓰고 있는 듯했다.
협의에서 결정된 것은 호위 순서였다. 대개 나흘에 한 번 불침번이 있는 식이다. 그 부분은 모드레드에게 맡겼기 때문에 특별히 불만은 없었다.
그리고 호위 의뢰 경험이 적은 프란에게 몇 가지 기본적인 것을 확인했다. 특히 중요한 것은 쓰러뜨린 마수의 처분이리라.

이 의뢰 중에 쓰러뜨린 마수의 소재와 마석은 모두 의뢰주인 이배의 것이 되는 계약이다. 그 대신 마수를 쓰러뜨리면 의뢰 달성 뒤에 보너스 조정이 있다. 또한 호위끼리 험악한 사이가 되지 않도록 호위 전체가 얼마나 쓰러뜨렸는지로 조정한다고 한다.

개인적으로 조정받으면 서로 발목을 잡을 가능성도 있기 때문이겠지. 명백하게 뛰어난 전과를 올린 경우에는 참작되는 일도 있다고 하지만 말이다.

반대로 어떻게 봐도 다른 모험가들에게 얹혀 간 경우에도 계약금이 적어지는 일은 없다. 다만 그 일이 길드에 보고되고 의뢰자들 사이에서도 소문이 난다. 다음에 의뢰를 받을 때 불리해진다는 뜻이다.

그런 사항들은 모험가 길드에서 계약할 때도 설명을 들었기 때문에 문제없다.

마석을 입수할 수 없는 건 아쉽지만 포기하기로 하자.

가끔 불만을 꺼내기 시작하는 모험가도 있기 때문에 모드레드도 걱정이라고 했다.

"그럼 오늘부터 잘 부탁하지."

"응. 나야말로."

프란은 모드레드와 악수하고 방으로 돌아왔다.

이로써 남은 일은 출항을 기다리는 것뿐이다.

프란은 창문으로 밖을 내다보거나 울시를 쓰다듬으면서 느긋하게 보냈다.

"스승."

『왜?』

갑자기 진지한 얼굴을 하고. 혹시 뭔가 이변을 감지한 건가?
"배고파."
『아아, 그래.』
시계를 확인하니 마침 점심때였다. 역시 프란의 배꼽시계다.
똑똑.
뭔가 음식을 꺼내야 하나, 식당으로 가야 하나 망설이고 있는데 마침 선원이 점심 준비가 다 됐다고 알리러 왔다.
첫날이라 안내하려고 일부러 와준 모양이다.
식당으로 향하니 위세 좋은 아저씨가 선원과 모험가들에게 식사를 내주고 있었다.
"오? 아가씨도 모험가인가?"
"응."
"그런가! 그러면 그쪽은 이 양은 무리겠지?"
"문제없어. 오히려 적어. 좀 더 담아줘."
"크하하하! 말 잘하는군! 좋다! 다만, 남기면 설거지다!"
"응."
프란이 요리사 아저씨와 그런 대화를 나누고 있는데, 참지 못하고 울시가 그림자에서 뛰쳐나왔다. 프란의 다리에 달라붙어 자신도 잊지 말라고 어필했다.
"웡웡!"
"아, 울시를 까먹었네."
"끄응!"
"뭐지? 그 늑대의 몫도 필요한가?"
"부탁해."

"그래. 내게 맡겨라!"

울시의 몫도 제대로 준비해주는 모양이다. 다행이다.

앞으로 목적지까지 나올 메뉴를 요리사가 가르쳐줬는데, 상당히 호화로웠다. 레스토랑 뺨치지 않을까?

중세 유럽과 비슷한 세계이기는 하지만 마법 덕분에 식재료를 장기간 보존할 수 있다. 그만큼 신선한 식재료를 듬뿍 사용한 요리를 배 위에서 먹는 것은 그렇게까지 사치가 아니었다.

어쩌면 이 세계에는 괴혈병도 없을지도 모른다. 그만큼 식량 사정이 달랐다.

그리고 이 배는 크기 때문에 그 부분은 더욱 호화로웠다.

『하루 식사가 제대로 나오니 나쁘지 않은 의뢰야.』

"응!"

"웡!"

맛이 상당히 좋은 듯했다. 프란과 울시가 맛있게 파스타를 먹고 있었다.

선원용 곱빼기이니 이거라면 프란도 만족할 만한 양일 것이다.

점심을 다 먹은 프란은 방으로 돌아가 다시 느긋한 시간을 보냈다.

프란은 원래 가만히 있지를 못하는데 이 방은 꽤나 마음에 든 모양이다.

침대 위에서 느긋하게 있는 프란을 바라보고 있는데 갑자기 가벼운 진동이 느껴졌다. 내 기분 탓이 아니라는 증거로 침대에 누워 있던 프란도 상반신을 일으키고 두리번대고 있었다.

"스승, 흔들렸지?"

『조금이기는 하지만. 아마 출항한 게 아닐까?』

이만한 거선이니 작은 파도에 크게 흔들리지는 않을 것이다. 하지만 정박 상태에서 움직이기 시작하면 약간의 진동 정도는 있을 터였다.

"가볼래."

『그러자.』

서둘러 갑판으로 나가보니 배에 탔을 때보다 항구가 먼 느낌이 들었다. 프란과 울시는 뱃전으로 달려가 아래를 내려다봤다.

안벽과 선체가 몇 미터쯤 떨어져 있는 모습이 보였다.

『역시 움직이고 있네.』

"응."

"웡."

주위의 풍경이 천천히 움직였다. 역시 출항했나 보다. 그리고 전송할 때의 테이프는 없는 모양이다. 이 배는 객선도 아니고, 항구에는 매일 수십 척이나 되는 배가 드나드니 말이다. 그때마다 전송할 수도 없을 것이다.

『그건 그렇고 빠르군.』

그렇다, 배는 내 생각 이상으로 가속력이 있었다. 외양에서 바람을 받는 상태라면 몰라도 지금은 아직 모든 돛이 접힌 그대로였다. 그런데도 쭉쭉 속도가 올라갔다.

즉, 그만큼 강력한 추진용 마도구를 싣고 있는 거겠지. 이 거대한 배를 움직일 수 있는 수준의 마도구라. 어떤 능력을 가졌는지 살짝 흥미가 생긴다.

스크류일까, 워터 제트일까, 바람을 생성할까, 아니면 내 상상

밖의 신기한 능력일까.
『진정되면 보러 가보자.』
"탐험!"
『그래.』
그렇게 뱃전에서 경치를 즐기고 있는데 선장 제롬이 다가왔다.
"여, 뭔가 신기한 거라도 보이나?"
"움직이고 있어."
"어엉? 그런가, 프란은 배에 탄 경험이 별로 없는 거로군."
눈을 빛내는 프란을 보고 파악한 모양이다.
"응. 큰 배는 처음이야."
"그렇군."
"마도구로 움직이는 거야?"
"그래. 이 배는 최신형 마도 추진기를 싣고 있지. 그뿐만이 아니라 마물 회피용 결계 발생 장치도 있고, 마도 포대도 여덟 문을 장비하고 있어."
역시 마도구가 여러 곳에 쓰이고 있나 보다. 겉모습은 지구의 중세 배와 똑같지만, 성능은 훨씬 뛰어날 것이다. 마도구로 추진력을 얻는다면 바람이 없어도 움직일 수 있고 민첩하게 행동할 수 있을지도 모른다.
그건 그렇고 마물 회피용 결계도 있구나. 그런 물건이 있다면 호위가 필요 없지 않을까?
프란이 그렇게 물으니 결계도 만능이 아니라는 대답이 돌아왔다.
우선 이 결계는 대형 마수가 기척을 감지하지 못하게 하기 위한 결계라서 소형, 중형 마수에게는 효과가 적은 듯했다. 바다의 마수는 몸집이 큰 종류가 많고, 그런 마수가 밑바닥을 공격하면 대처할 방법도 없이 가라앉는다. 그런 사태를 막기 위한 장치라고 한다.

그렇기 때문에 대형 마수에게서 모습을 감추는 결계와 별도로 소형, 중형 마수에게 대처하기 위한 장치도 있는 듯했다. 중형 이하의 마수가 접근하기를 꺼리는 특수한 결계를 발생하는 장치가 배 밑바닥에 있다고 한다.

하지만 그런 장치들도 확실하지 않다. 개중에는 장치를 무시하고 달려드는 마수도 있기 때문이다.

그리고 해적에게는 무력으로 대항할 수밖에 없다.

평범한 해적이라면 국가의 직할선을 노리는 짓은 하지 않는다. 그런 배는 대개 강한 무력을 보유하고 있고, 설사 습격에 성공했다 해도 국가의 주목을 받게 된다. 경우에 따라서는 토벌군이 행차한다. 그렇게 되면 파멸을 면치 못한다.

하지만 반대로 말하면 알기에바 호를 노리는 해적은 나름대로 자신이 있는 대해적단인 경우가 많다는 뜻이다.

그렇게 되면 최신식 마도 포대와 배의 속도로 뿌리치는 게 알기에바 호의 기본 전술이 된다. 하지만 경우에 따라서는 접현해 전투가 벌어지는 상황도 생긴다. 그때 모험가의 전력이 중요해지는 것이다.

"기대하고 있다고, 흑뢰희 프란 님."

"응. 맡겨줘."

"하하하, 믿음직스럽군! 이번 항해는 안전한 여행이 될 것 같아!"

출항 다음 날.

우리는 즉시 선내를 탐험하기 시작했다.

일단 갑판에서 아래로 내려가기로 했다. 하지만 처음에는 볼 수 있는 장소가 거의 없었다.

선원의 거주 구획으로 꾸며져 있어서 들어갈 수 없는 방만 나왔던 것이다. 뭐, 유사시에 즉시 대응할 수 있도록 선체 상부에 방이 집중되어 있는 거겠지.

"또 창고."

『뭐, 상선이니까~.』

"킁킁. 맛있는 냄새 나."

『아아, 이 부근은 식료품 창고 같네.』

그리고 그 아래 구획에 있는 것은 대부분이 창고였다. 어디든 상자뿐이었다. 마도구로 고정했는지 얼핏 보기에도 무지막지하게 쌓여 있었다.

커다란 창고에 나무 상자가 질서 정연하게 쌓여 있는 광경은 나름대로 볼 만했다.

프란도 상당히 즐기고 있는 모양이다. 때때로 상자 안을 들여다보고는 고개를 끄덕이거나 갸웃거렸다.

진귀한 식재료나 어디서 만들었는지 알 수 없는 신기한 디자인의 공예품 등, 확실히 보고 있어도 질리지 않았다.

"다음으로 갈래."

『그래.』

창고 구획을 나와 배 측면에 가까운 방으로 들어가 봤다.

"밖이 보여. 그리고 이상한 게 있어."

세로로 길고 홀쭉한 창이 있는 방의 안에 검게 빛나는 거대한 금속 덩어리가 자리하고 있었다. 원통형에 공격적인 분위기를 풍기는 물체다.

"이거 뭐야?"

프란은 무슨 용도를 지닌 존재인지 모르는 모양이다. 확실히 사전 지식이 없으면 이해하기 어려울 것이다. 그러나 나는 알 수 있었다. 비슷한 형상의 물건을 잔뜩 본 적이 있기 때문이다. 뭐, 생전에 했던 전략 게임 속에서나 봤지만 말이다.

『대포――마도포야. 이 쇠구슬을 마력으로 쏘는 거지.』

"일부러 쇠구슬을 날리는 거야?"

『으음. 마력을 직접 공격에 쓰는 것보다는 적은 마력으로 위력을 낼 수 있을 거야. 마력으로 이동한다 해도 무한하게 움직이는 건 아닐 테고.』

게다가 이 마도포가 우수한 것은 마력으로 공격도 가능한 점이라고 한다. 적대하는 배에는 포탄. 바닷속 마수에는 마력탄으로 구분해 사용하는 것이리라.

그건 그렇고 크다. 보통 포신에 추가로 마력을 조작하기 위한 마도 기관이 달려 있기 때문에 아무래도 지구의 대포보다 커지는 듯했다.

방의 벽을 자세히 보니 바깥쪽을 향해 열 수 있도록 뚫려 있었다. 전투 때는 여기에서 적을 겨냥하는 거겠지.

마도포가 늘어선 방에서 더 아래로 내려가니 선저 구획이 나왔다.

태반은 물을 담는 밸러스트 탱크였고, 그다음에 나온 큰 방에는 이 역시 거대한 마도 장치가 놓여 있었다.

올려다봐야 하는 크기의 기계 덩어리가 진동하며 배에 울리는 듯한 무겁고 낮은 소리를 내고 있었다.

그 옆에는 일체형 작업복을 입은 남자 몇 명이 있었다. 그들은 이 장치를 정비하는 기사들인 모양이다.

"오? 누구지?"

"프란. 모험가. 배의 호위를 맡고 있어. 지금은 탐험 중이야."

"아아, 그런 거냐. 이 녀석은 이 배의 심장부야. 그 이상은 다가가지 마."

"알았어."

프란은 남자들에게 들은 대로 그 자리에 멈춰 서서 다시 거대한 장치를 올려다봤다.

"커."

『이게 추진 장치라는 건가.』

"응. 엄청 시끄러워."

『호오, 저쪽에서는 물을 토하고 있군. 이쪽은 펌프 같은 게 보이고.』

어떤 구조인지 생각해보니 워터 제트 방식인 듯했다. 거대한 펌프로 물을 빨아들여 후방으로 분사하는 힘으로 추진력을 얻는 거겠지.

게다가 물을 토해내는 장소가 선체에 몇 개나 있어서 물을 분출하는 방향을 조작하면 방향 전환도 가능한 구조다. 이쪽 세계의 배는 민첩하게 방향을 전환할 수 있을 것 같다.

『이것으로 대충 다 돌았나?』

'응! 즐거웠어!'

간단히 배를 둘러본 후, 우리는 일단 위로 돌아가기로 했다.

프란이 몸을 움직이고 싶은 듯해서 어딘가에서 가볍게 몸이라도 풀자고 생각한 것이다.

'갑판에서 해도 돼?'

『구석이라면 폐도 안 될 거야.』

갑판으로 나오니 선원들이 다급하게 움직이고 있었다. 아무래도 돛을 펼치고 있는 듯했다. 제롬이 이런저런 지시를 내리고 있었다.

"만을 나왔으니 돛을 펼 준비를 해라!"

"알겠습다."

"크라켄의 소굴까지는 전속력으로 간다! 알았냐, 녀석들아!"

바르보라의 만을 나와서 이제부터는 최대 속도로 달리는 듯했다. 다만 신경 쓰이는 말을 했다.

크라켄이라고 했지? 문어와 오징어와 해파리를 섞은 듯하고 배를 휘감는 그림이 유명한 그 크라켄인가? 물어보는 편이 나을 것 같다.

프란이 제롬에게 다가가 질문을 던졌다.

"크라켄의 소굴은 뭐야?"

"오, 프란인가. 탐험은 어땠지?"

"즐거웠어."

"그거 다행이군! 아아, 크라켄의 소굴 말인가? 그 이름 그대로 크라켄이 우글우글 사는 위험 지대지!"

"거기를 지나가?"

"지나간다고 하면 지나가기는 하지."

대형 마수 회피용 결계가 있다 해도 그건 위험하지 않을까? 하지만 우리가 생각했던 것과는 조금 다른 모양이다.

"크라켄들의 영역의 가장 바깥쪽을 스치듯이 배를 나아가는 거다."

크라켄은 이 해역에서는 생태계의 정점에 군림하고 있는 대형 마수다. 그 크라켄이 대량으로 서식하고 있는 해역에는 당연히 다른 마수는 다가오지 않는다. 특히 크라켄의 포식 대상이 되기 쉬운 중형 마수는 절대로 접근하지 않는다고 한다.

"즉, 크라켄에게만 들키지 않으면 다른 마수에게 습격당할 위험성이 낮아지게 되는 거지."

"하지만 크라켄은?"

중요한 크라켄에게 공격당하면 잠시도 버티지 못할 터다. 하지만 제롬이 말하기를, 이 배의 결계는 특히 크라켄을 상정한 구조로 이루어져 있어서 발견될 확률은 상당히 낮다나.

그렇다면 다른 마수는 어떨까? 크라켄 외에도 무시무시한 대형 마수는 있을 터다.

프란이 물어보니 이 해역에는 그런 대형 마수가 크라켄 외에는 거의 생식하지 않는다고 했다.

"어째서?"

"지금 출발한 질버드 대륙과 수인국이 있는 크롬 대륙 사이에는 얕은 바다가 이어져. 뭐, 얕다 해도 몇 백 미터는 되지만."

그래도 다른 외양에 비하면 그 깊이가 아주 낮나 보다.

"예를 들어 왕고래나 수룡, 리바이어던에 다곤 같은 위협도 B

이상의 대마수는 보통은 깊은 바다에 사는 경우가 많아. 그편이 먹이도 풍부하거든.”

반대로 말하면 사는 곳이나 먹이 문제로 얕은 바다에서는 살기 어려울 것이다.

바다가 얕은 질버드~크롬 사이의 해역에서는 크라켄 이외의 대형 마수가 목격된 예가 거의 없다고 한다.

“그 대신 북쪽 브로딘 대륙과의 사이에 있는 마해(魔海)에는 위험한 마수가 우글우글해. 위협도 S인 리바이어던이 세계에서 유일하게 목격된 바다이니까.”

리바이어던은 머리에서 꼬리까지 천 미터가 넘는다는, 이 세계에서도 최강의 존재 중 하나이다. 해일은 리바이어던이 자다가 몸을 뒤척이면 일어난다는 전승이 남아 있을 정도다.

목격된 예가 너무나도 적은 탓에 상세한 사항은 아무것도 모른다.

하지만 3천 년 이상 옛날에 어느 해안에 있는 국가가 리바이어던을 화나게 만들어 하룻밤 사이에 멸망당한 일이 있다고 한다. 단순히 피해를 받은 것만이 아니다. 아주 거대한 해일에 국토 대부분을 집어삼켜 순식간에 빈터가 되었다고 한다.

특수한 스킬에 의해 적힌 문헌에 그 사건에 관한 내용이 실려 있으니 그 사건이 정말로 일어난 일이라는 것은 확실한 모양이다.

또한 그 문헌의 내용에서 특히 사람들을 놀라게 한 것은 리바이어던의 주식에 관한 기술이라고 한다. 놀랍게도 리바이어던은 위협도 A 마수인 미드가르드오름을 주식으로 삼는다고 적혀 있었던 것이다.

한 마리를 포획해 둥지로 데려가면 백년 이상 계속 먹을 수 있기 때문에 리바이어던은 사냥 때 외에 그다지 목격되지 않는 모양이다. 뭐든지 스케일이 너무 큰 이야기다.

마해는 그 외에도 많은 거대 마수가 생식하고 있기 때문에 정기 선로로 이용하는 배는 없다. 질버드 대륙에서 북쪽 브로딘 대륙으로 향하는 배도 대부분이 일단 서쪽 크롬 대륙을 목표하다 그대로 마해를 우회해 북상하는 항로를 이용하고 있다.

이곳이 그만큼 안전한 바다라는 뜻이었다.

뭐, 그 대신 크라켄이 이 해역에 모인 듯하지만 말이다. 경합할 대형 마수가 달리 없기 때문이리라. 그야말로 소굴이라는 말이 딱 어울린다.

"안심해라. 그 크라켄 대책은 확실하니까."

"응."

"그 대신 다른 잔챙이 마수나 해적은 부탁한다."

"알았어. 맡겨줘."

"그래."

출항하고 며칠.

프란과 울시는 전례 없이 건강한 나날을 보내고 있었다. 애초에 마수가 나오지 않으면 먹고 자고, 낮에는 바닷바람이 기분 좋은 갑판에서 몸을 움직일 뿐이기 때문이다.

선실은 정화 마술로 청결하게 유지되고 있고, 식사도 영양 만점에 양도 많다. 아이템 주머니의 은혜라고는 하나, 배에서 신선

한 샐러드가 나온 데에는 놀랐다.

무슨 일이 있어도 대비할 수 있도록 식재료는 많이 실었다고 한다.

그래도 항해 중에 식재료를 얻을 수 있다면 그보다 좋은 일은 없다. 오늘은 어망을 이용한 고기잡이가 실시됐다. 지금은 선원이 모두 나서 커다란 그물을 끌어 올리고 있는 차였다.

프란이 그 모습을 흥미롭게 보고 있었다. 처음 보는 광경이겠지.

남자들이 지르는 "영차"라는 구령을 함께 중얼거렸다.

"크하하하. 프란, 그렇게 신기한가?"

"응. 재미있어."

"그런가! 뭐, 이렇게까지 규모가 큰 어망 고기잡이는 대형선이 아니면 볼 수 없으니 말이야!"

"그래?"

"애초에 이렇게 큰 그물을 끌어 올리려면 마도구나 수많은 인원이 필요하거든. 어느 쪽이든 대형선이 아니면 무리지."

"그렇구나."

"그리고 그물이 커지면 잡을 수 있는 양도 늘어나지만, 마수가 그것을 노리고 다가올 가능성도 커지지. 그 격퇴에도 전력이 필요하고, 그물이 커지면 마수 자체가 걸리는 일도 있어. 소형 어선은 위험이 크지."

그렇다면 프란과 모험가들이 나설 차례도 있지 않을까?

"우리 전투원만으로도 충분하다고는 생각하지만, 일단 준비하고 있겠나?"

"응."

프란이 갑판에서 지켜보고 있자니 인양은 무사히 끝난 모양이다.

수많은 어패류가 융단처럼 펼쳐져 있었다.

"저거, 고기야?"

『뭔데? 마수라도 있어?』

"저 말랑말랑한 거."

『아아, 저건 아귀라는 물고기야.』

아무것도 모르면 마수로만 보일 것이다. 해외 사람은 문어가 무섭다고 하지만, 나는 아귀 쪽이 훨씬 무섭다.

"저건?"

『아아, 저건 먹장어 같은 물고기네.』

"저기 있는 건?"

『저건 해삼의 동료일 거야. 엄청 크지만.』

판타지 세계이지만 지구와 비교해서 그렇게 튀는 형태의 물고기는 없었다. 아니, 물고기는 지구산도 나름대로 기분 나쁜 외견을 가진 게 있다는 뜻이다. 심해어는 그야말로 마수 같은 모습의 녀석만 있으니 말이다.

"그럼 저건?"

『어느 거?』

"저거."

어수선하게 많아서 제대로 알아볼 수 없었다. 어느 걸 말하는 거지?

프란은 대량의 물고기 중에서 마음에 든 생물을 집어 들었다.

"이거."

『우왓. 기괴해!』

프란이 덥석 움켜쥔 그 녀석은 지금까지 본 것 중에서 정상급으로 기괴한 생물이었다.

얼핏 보기에 물컹물컹하고 검붉은 고깃덩어리라는 느낌이다.

형태는 곱창 비슷하려나? 한쪽에는 흉악한 에일리언 마우스가 갖춰져 있었고, 원형에 달린 날카로운 이빨은 불규칙하게 꿈틀대고 있었다. 크기는 소프트볼 정도이리라. 심해 생물 중에 있어도 이상하지는 않을지도 모르겠는데…….

이걸 아무 망설임도 없이 움켜쥔 프란을 진심으로 존경한다.

아무 생각 없이 그 녀석을 감정한 나는 염화로 무심코 절규했다. 오랜만에 이성을 잃었을지도 모른다. 하지만 이 생물의 감정 결과에는 그만한 임팩트가 있었다.

『그 녀석, 이름이 미드가르드오름이라고 써 있어!』

"미드가르드오름? 이게?"

『아, 아마 성장하면 그렇게 되는 거겠지.』

"그럼 이게 새끼야?"

그건 그렇고 이 작은 마수가 백 미터가 넘는 거대 마수가 되니까 역시 판타지는 얕볼 수 없다.

『거, 거기에도 있어.』

"어디?"

『거기, 거기 있는 기다란 녀석이야.』

"이것도야?"

프란이 빈 왼손으로 잡아 올린 것은 긴 로프 형태의 생물이었다. 검붉은 색이나 피부의 질감은 미드가르드오름의 유생과 똑같았지만, 길이는 압도적으로 달랐다.

처음 녀석은 손바닥 크기였는데 이건 1미터 이상은 됐다. 하지만 감정해보니 이름이 미드가르드오름이라고 적혀 있었다.

"이게 이렇게 되는 거야?"

『아마 그런 거 같은데……. 왠지 울퉁불퉁해서 괜히 기분 나쁘네.』

단순히 긴 것만이 아니다. 마치 구체끼리 달라붙어 있듯이, 잘록한 부분이 일정 간격으로 존재했다.

꿈틀대는 미드가르드오름 유생을 바라보던 프란에게 제롬이 다가왔다.

"그 녀석은――미드가르드오름의 새끼인가!"

"응."

제롬의 표정이 단숨에 험악해졌다.

"이 크기라면 아직 수 개월이로군……. 어미가 이 해역에 있을지도 몰라."

"크라켄 외에는 안 나오는 거 아니었어?"

"거의 그렇지만 절대는 아니야. 크라켄 외에 유일하게 목격된 사례가 미드가르드오름이야. 그래봐야 몇 년에 한 번 정도지만."

"전에 미드가르드오름과 싸웠어."

"최근인가?"

"응. 극히 최근. 바르보라에 오는 도중에."

"진짜인가? 그렇다면 긴장을 놓지 않는 편이 좋겠군……."

"공격받으면 어떡해?"

"미드가르드오름은 냄새에 반응하지. 미끼가 든 통을 이용해 뿌리치는 거야."

만의 하나라고는 하나 조우할 가능성이 있는 상대다. 대책은 제대로 있는 듯했다. 그렇다면 안심이다.

맞다, 제롬은 미드가르드오름을 잘 아는 것 같으니 궁금하게 생각했던 걸 물어볼까?

"있잖아. 이게 이렇게 돼?"

"그렇지. 그렇다 해도 이쪽에 있는 살덩어리가 성장해 이쪽의 기다란 것이 되는 게 아냐."

"그럼 어떻게 커져?"

"이 작은 게 서로 달라붙어 커지는 거다. 이 긴 녀석은 도중에 중간에 불룩한 부분이 같은 간격으로 있지?"

"응. 잘록해."

"그게 이음매다. 미드가르드오름 유생의 엉덩이를 다른 유생이 물고, 그 엉덩이를 또 다른 유생이 물지. 그렇게 몇 마리가 이어져 길어지면 언젠가 동화해 미드가르드오름 한 마리가 되는 거야."

그 생태는 뭐야. 아니, 하지만 지구에서도 그런 생물이 있었지. 해파리나 단세포 생물이었던 것 같지만. 그렇다면 반드시 있을 수 없는 일도 아닌가…….

다만 제롬의 설명을 듣고 마드가르드오름에게 심장이 잔뜩 있었던 이유를 알 수 있었다. 거대한 단일 마수이면서 무리 같은 성질도 가지고 있는 것이리라. 그래서 데스게이즈의 즉사 능력으로도 쓰러뜨릴 수 없었던 것이다.

"이거 어떡해?"

"바다의 골칫거리이니 말이야. 모아서 나중에 일제히 처분해야지. 구분할 수 있다면 선별에 참가해주겠나?"

"알았어."

우리는 감정이 있고 마수 감지도 쓸 수 있다. 산더미 같은 어패류 중에서 마수를 찾아내는 것은 그렇게 어려운 작업이 아니었다. 다른 선원들과 함께 어패류를 분류해갔다.

우려했던 위험한 마수는 없었는지, 특별히 문제도 없이 선별은 진행됐다. 오늘 저녁은 여러모로 기대되는군.

문제는 프란의 손에서 냄새가 나게 된 것뿐이다. 이건 나중에 확실하게 정화하지 않으면 프란의 손에 냄새가 남을 것 같았다. 나는 냄새를 느끼지 못하지만, 더욱더 정성을 들여 깨끗하게 해야 한다. 다른 사람이 프란은 냄새가 난다고 생각하는 것만은 참을 수 없다.

'스승.'

『왜?』

'목욕하고 싶어.'

어지간한 프란도 생선 비린내나 점액은 신경 쓰이는 듯했다.

손의 냄새를 킁킁 맡더니 가볍게 얼굴을 찌푸렸다.

『목욕이라니, 배 위에서 엉뚱한 소리를…… 아니, 잠깐. 어렵지는 않나?』

온수는 마술을 쓰면 순식간에 만든다. 그러므로 귀중한 물을 쓸데없이 소비하는 건 아니다.

『문제는 목욕통이야.』

여기에는 땅이 없기 때문에 평소처럼 흙 마술로 만들 수 없다.

일반적으로 생각하면 나무통이 좋겠지만, 대신할 수 있는 물건이 있을까? 간이 목욕이라는 말을 듣고 맨 먼저 떠오른 것은 드럼통 목욕인데, 드럼통을 가지고 있을 리가 없다. 대신할 만한 물건이라면 요리에 쓰는 거대 들통이겠지. 조금 작은 것 같기도 하지만 프란이라면 들어가는 건 가능하다.

『하지만 위생적인 문제가…….』

정화 마술은 있지만 한 번 목욕통 대신 쓴 들통을 앞으로 요리에 쓰는 건 좀 싫다.

달리 좋은 게 없을까?

"으음?"

"아가씨, 갑자기 끙끙대고, 왜 그래?"

이렇게 되면 제롬에게 물어볼까. 이렇게 큰 배다. 큰 나무통 정도는 있을지도 모른다.

그렇게 생각하고 질문해보니 놀랍게도 선내에 목욕탕이 있다고 한다.

아직도 판타지를 얕보고 있었다. 사치스럽게 느껴지지만 마술과 마도구가 있는 이 세계라면 그렇게 이상한 이야기는 아니다. 중형 이상의 배라면 대개 붙어 있는 모양이었다.

왜 요 며칠은 사용하지 않았느냐면, 단순히 선원 중에 목욕을 싫어하는 사람이 많기 때문이었다.

뭐, 거친 선원들이 목욕을 좋아하는 것도 상상이 안 가기는 하다. 들어가는 사람이 적어서 비용을 고려해 목욕 준비를 하지 않고 있다고 한다.

항해가 지연되는 때 등에는 건강과 위생을 고려해 강제적으로 목욕을 시킨다고 하는데, 출항한 지 며칠이라면 강제로도 지시하지 않을 것이다.

온수를 스스로 채운다면 목욕탕을 써도 좋다고 했기 때문에 우리는 즉시 목욕탕으로 향하기로 했다.

"넓어."

『이거 확실히 물을 채우는 데 고생할 것 같네.』

몇 십 명이나 되는 선원들이 일제히 입욕할 수 있도록 목욕탕은 규모가 상당했다.

세면대뿐만 아니라 욕조도 마찬가지로 넓었다. 근처에 있던 지극히 평범한 공중목욕탕과 비교해도 두 배 가까이 되리라. 나와 프란이 하면 여유롭지만 마도구로 온수를 채우려면 시간도 비용도 만만치 않게 들 것 같았다.

『프란은 물을 만들어. 내가 데울게.』

"응!"

"웡웡!"

『그래그래. 너도 들어가도 돼.』

울시도 털을 깨끗이 청소하면 들어가도 좋다는 허가를 받았다.

그 후, 프란과 울시는 독점——아니, 두 사람 차지? 아무튼 대욕탕을 자신들만 쓰는 사치를 만끽하고 몸도 얼굴도 후끈후끈한 상태로 방으로 돌아왔다.

참고로 모드레드와 부선장이 프란이 한 뒤라도 상관없으니까 목욕탕에 들어가고 싶다고 했기 때문에 그대로 교대했다.

특히 부선장의 기쁨은 굉장해서, 내일부터도 꼭 부탁한다고 했을 정도다. 목욕을 마치고 흠뻑 젖은 상태로 다가왔기 때문에 프란이 살짝 곤란해했다.

흠뻑 젖은 양은 의외로 박력이 있더군.

뭐, 대단한 수고도 들지 않고, 매번 프란이 들어간 뒤에 들어간다고 해서 쾌히 승낙했다. 부선장에게 빚을 지우면 손해는 아니고 말이다.

아, 참고로 목욕탕의 온수는 프란이 다 들어간 직후에 확실하게 갈았다. 프란이 목욕한 물에 남자들을 들어가게 하다니――그건 허락 못 하지!

제4장 습격과 격퇴와 습격

다음 날.

『안 낚이네.』

"응."

우리는 느긋하게 지내고 있었다.

낚이지 않는다고 했지만, 갑판 난간에 앉은 프란의 기분은 좋았다.

낚시가 아니라 이렇게 느긋하게 있는 게 목적이니 말이다. 때때로 차원 수납에서 꺼낸 도넛이나 비스킷을 입안 가득 먹으면서 갑판에서 낚싯줄을 드리우고 있었다.

다만 당장이라도 바다에 떨어질 것 같은 프란 때문에 선원들은 불안한 듯했다. 몇 번이나 주의를 받았는지 모른다. 공중 도약을 사용하는 모습을 보여주자 안전하다는 것을 겨우 이해한 모양이다. 제롬 같은 사람은 웃고 있었지만 말이다.

"앞이 안 보여."

『그러네.』

프란은 갑판에서 수평선을 바라보며 때때로 수면에 보이는 물고기나 돌고래 등을 관찰했고, 질리면 차원 수납에서 꺼낸 접의자에서 빈둥거렸다.

호위 의뢰를 받았다고는 생각할 수 없을 만큼 우아한 배 여행이다.

어린애라서 봐주는 부분도 있을 것이다. 실제로 다른 모험가는 망루에 올라가기도 했다. 그래도 불평을 듣지 않는 것은 모드레드가 아무 말도 하지 않기 때문이다.

이런 상태라도 프란이 확실하게 적을 탐색하고 있다는 것을 알고 있기 때문이리라.

이대로 아무 일도 일어나지 않으면 프란에게는 단순히 우아한 배 여행이 될 듯했다.

그런 식으로 생각한 게 잘못된 걸까…….

이날 오후, 드디어 평온한 배 여행에 끝이 고해졌다.

땡땡땡땡! 땡땡땡땡!

적습을 알리는 종이 울린 것이다.

네 번씩 울리는 경우에는 해적의 습격이었을 터다.

『해적인가!』

"갈래!"

방으로 돌아와 있던 프란이 나를 쥐고 방을 뛰쳐나갔다.

그대로 갑판으로 달려가니 선장이 다른 선원에게 지시를 내리며 전투태세를 정비하려던 찰나였다.

모드레드는 처음부터 갑판에 있었는지 부하들과 함께 남쪽을 노려보고 있었다.

"왔나. 역시 빠르군."

"해적은?"

"저기다."

모드레드가 가리킨 곳에는 확실히 뭔가 그림자가 있었다. 아직 거리가 상당하다. 우리는 뭔가 있다는 것은 알 수 있어도 그것이 배인지 아닌지는 자세히 알 수 없었다. 하물며 그것이 해적선인지 아닌지는 알 수 없었다.

"저게 해적선이야?"

"그래, 틀림없다! 해적기를 달고 있으니까!"

제롬이 자신만만하게 단언했다. 저게 보이는 건가? 그렇게 생각하는데 그의 손에 망원경이 쥐어져 있었다. 그렇군, 이걸로 확인했구나.

"도망칠 수 있어?"

"으음, 무리겠지. 저쪽은 소형 쾌속정이고 바람도 나빠. 앞으로 한 시간쯤이면 따라잡힐 거야."

"그러면 싸우면 돼."

"그래. 저쪽도 이쪽을 놓아줄 생각은 없을 거다."

그런데 저 작은 배로 이 거선을 공격하는 건가? 애초에 접현해도 배로 올라올 수 있을까? 하지만 해적들도 승산도 없이 온 것은 아닌 듯했다.

"저 배 끝에는 충각이 달려 있어. 그걸로 이쪽의 옆구리를 부숴 전투원을 보낸다는 속셈이겠지."

충각이란 배로 박치기를 할 때 사용하는, 뱃머리에 달린 뿔 같은 물건을 말한다. 보통은 공격에 쓰지만, 해적선에 달린 충각의 목적은 그뿐만이 아닌 모양이다.

놀랍게도 내부에 사람이 지나갈 수 있는 통로가 만들어져 있다고 한다. 그 통로를 지나면 전투원을 단숨에 적의 배 안으로 보낼 수 있는 것이다.

그 전법을 쓴다는 것은 오히려 큰 상대를 상정하고 있다는 뜻이리라.

더 빠른 속도로 따라잡아 몇 척의 충각으로 상대의 움직임을 막고, 충각 안 통로를 이용해 전투원을 배로 침입시킨다. 접현해 줄사다리로 올라타는 것보다 안전하게 사냥감인 배에 탈 수 있는 건가. 당하는 쪽에서는 처음부터 안으로 침입을 허용한 상태가 되기 때문에 상당히 성가시다.

"어떻게 싸울 거야?"

"기본은 접근하기 전에 포격과 마술로 가라앉히는 것뿐이지."

해전이니 그게 기본이겠지. 접근을 허용하면 해적선의 충각에 구멍을 뚫릴 뿐이니까.

그렇다면 가라앉히는 편이 나을 것이다.

해적은 붙잡아 위병에게 넘기면 상금도 받을 수 있을 것 같고, 배를 거둬들이면 그것 역시 돈이 될 것이다.

하지만 제롬의 대답은 간단했다.

"귀찮아."

"이유가 그게 다야?"

"생각해봐라. 붙잡아 항구로 데려간다 해도 해적들을 가둬둘 장소가 필요하고, 사람이 있으면 밥도 먹여야 해. 배를 거둬들이려 해도 움직일 인원이 없으면 옮길 수 없잖아?"

"상대의 배에 있는 보물도 가라앉혀도 돼?"

해적이라 하면 보물이다. 저 배에도 보물이 잔뜩 실려 있을지도 모른다.

그러나 현실은 더 야박한 듯했다.

"약탈이 끝난 뒤라면 몰라도 지금부터 공격해 오는 해적선에 대단한 보물이 실려 있을 리 없지."
"그렇구나."
그것도 그렇다. 출격할 때 군이 재보를 실을 의미는 없다.
"나포한다고 하면 더 대형선을 해야지. 대형선의 추진 기관이라면 상당히 돈이 되니까. 오히려 이쪽에서 공격해도 괜찮을 정도야."
제롬이라면 정말 할 것 같아서 무섭다. 아니, 상선이 해적선을 공격하지는 않겠지?
"저 정도 배의 추진기는 별로 돈이 안 돼. 더 컸으면 좋았을 텐데, 아쉽군."
"그럼 정말 격침시켜도 돼?"
"오히려 놓치면 여러모로 성가셔."
제롬 왈, 걸린 해적기를 본 적이 없다고 한다.
"나는 이 항로에 출몰하는 해적단이라면 대충 파악하고 있어."
주의할 가치도 없는 말단 해적이라면 몰라도, 저만한 수의 배를 준비할 수 있는 해적단을 제롬이 모르는 것은 말도 안 되는 일이라고 한다.
"아마 북쪽이나 남쪽에서 흘러온 신참 해적단이겠지."
애초에 이 주변은 해적끼리 구역 분쟁이 격렬하다.
항행하는 배의 수도 많고 보급 기지가 될 무인도도 많다. 해적 입장에서 보면 아주 구미가 당기는 사냥터였다.
"물론 그만큼 상선도 대책을 세우고 있으니까 리스크도 크지."
그렇게 말하고 사납게 웃는 제롬. 그렇군. 확실히 이 녀석들을 공격하려면 리스크가 클 것 같다.

그런 해적이기 때문에 대해적단이 많은 모양이다. 아니, 큰 해적단이 아니면 살아남을 수 없다는 것이 정확하리라.

즉, 신참이면서 당당히 이 해역을 구역으로 삼은 것은 다른 해적단의 구역을 빼앗을 정도의 대규모 해적단이 출현했다는 뜻이나 다름없는 것이다.

"여기서 저 다섯 척을 놓치면 이쪽의 위치나 전력이 본대에 들통나니, 최대한 여기서 가라앉히고 싶군."

"그렇구나."

그렇다면 우리는 어떻게 하면 좋을까.

막 나서도 상관없나?

이 부분은 의지가 되는 선배 모험가에게 물어볼까.

"모드레드, 어떻게 해?"

"먼저 포격전을 벌인다. 그 후, 거리가 더 줄어들면 마술을 주고받게 돼. 모험가에 마술을 쓸 수 있는 녀석은 갑판에서 공격하는 거지."

그렇군, 대포 쪽이 사정거리가 길구나. 그렇게 되면 이쪽에도 피해가 조금은 나오지 않을까? 하지만 제롬과 모드레드에 의하면 그 피해도 포함시켰다고 한다. 해적이니 당연한 거겠지.

하지만 우리라면 그 문제도 해결할 수 있다.

"있잖아."

"뭐지?"

"나한테 맡겨."

"뭔가 작전이라도 있나?"

여기서 어린애라든가 비전문가 같은 말을 하며 면박 주지 않는 태도가 제롬의 그릇이 크다는 사실을 보여주는군.
"응. 내가 가라앉히고 올게."
"뭐라? 그야 그렇게 해주면 고맙지만, 그런 걸 할 수 있나?"
"할 수 있어."
"흐음. 위험을 무릅쓸 필요는 없어. 아직 항해는 길어. 흑뢰희 님의 힘은 필요해."
제롬이 모드레드에게 시선을 보냈다. 사실인지 아닌지 고민하는 거겠지.
그런 제롬에게 모드레드가 고개를 크게 끄덕였다.
"랭크 A 모험가라는 존재는 인외의 영역에 도달한 인간들이야. 그 녀석들에게 이기는 자도 역시 사람에서 벗어났다고 할 수 있겠지. 나는 문제없다고 생각해."
칭찬하는 건가? 순간 의문이 들었지만, 모드레드의 얼굴에 프란을 폄하하는 듯한 빛은 없었다.
순수하게 프란의 실력을 칭찬하는 듯했다. 모험가에게 괴물이라는 표현은 칭찬의 말일지도 모르겠군.
경험 풍부한 모험가의 말에 제롬 선장도 결단한 듯했다.
"그런가, 그럼 부탁해도 될까? 다만 이 배에 피해를 끼치지는 않았으면 좋겠군."
"응. 그럼 갔다 올게."
"갔다 와?"
프란의 말에 제롬이 멍한 표정을 지었다. 아저씨가 그런 얼굴 해도 안 귀여워.
아마 장거리 마술이나 끌어들여 섬멸하거나 하는 방법을 상상했을 것이다.

"응. 가서 가라앉히고 올게. 울시."

"웡!"

"우오오오! 이 늑대는 이렇게 컸던 건가!"

최대 크기로 돌아간 울시를 보고 제롬과 선원들이 소란을 피웠다. 이제까지 울시가 전투를 한 적이 없어서 단순히 게으른 늑대라고 생각했던 거겠지.

모드레드조차도 한 걸음 물러나 얼굴을 굳히고 있었다.

"이건…… 나도 이길 수 있을지 없을지 모르겠군……."

프란이 엎드린 울시에 올라탔다.

"가자."

"웡!"

"나, 날았어?"

"늑대가 날다니……!"

"우오오오오! 엄청나!"

선원의 환성을 등으로 받으며 프란과 울시는 해적선을 향해 날아갔다.

『고도를 좀 높이자.』

대포로 겨냥하려 해도 한계 고도가 있을 터다.

"알았어."

"웡!"

바람을 가르고 하늘을 달린 울시는 순식간에 해적선 상공에 도달했다.

그 자리에서 눈 아래 있는 해적선을 관찰해봤다.

해적들은 넋이 나간 얼굴로 프란을 올려다보고 있군. 하지만 바로 정신을 차렸는지 활을 쐈다. 실력이 꽤 좋다. 정확히 울시를 겨냥했다.

뭐, 울시가 그 정도 공격에 당할 리도 없으니 여유 있게 피했지만.

하지만 이로써 상대가 우리의 적이라는 것이 확정됐다.

『그럼 해볼까!』

"응!"

해적선이라고 하나 상대는 어차피 소형선이다. 장벽 마술의 기척도 없으니 여기서 마술을 날리면 간단히 침몰할 것이다.

하지만 이건 기회다.

앞으로 더 큰 배와 싸울 가능성도 있다. 되도록 배와 싸우는 방식을 시험해두고 싶었다.

『잠깐 실험해볼까.』

"어쩌려고?"

『효율 좋게 배를 침몰시키는 방법을 알아두고 싶어. 그러니까 다섯 척 다 다른 방법으로 공격해보자.』

다행히 눈 아래 보이는 해적선의 갑판에서 강한 기척은 느껴지지 않았다. 웬만한 일이 없는 한 호된 반격을 받을 일은 없겠지.

간단히 말하자면, 이 해적들은 딱 좋은 실험 상대라는 뜻이다.

『우선 뇌명 마술부터 시험한다.』

"알았어."

전에 바르보라로 가는 도중에 해적선과 싸웠을 때는 바위를 떨어뜨리는 정도밖에 전법이 없었다. 하지만 성장한 우리에겐 다양한 방법이 있을 것이다.

"칸나카무이?"

『아니, 아무리 그래도 그건 지나쳐. 그리고 모든 해적선을 상대로 연발해도 안 되고.』

최강의 뇌명 마술인 칸나카무이는 우리의 비장의 카드 중 하나다. 한 방을 쏘는 것만으로 마력이 엄청나게 소모되기 때문에 몇 번이고 쏠 수는 없었다.

더 밀집해 있었다면 일격에 다섯 척을 소멸시킬 수도 있겠지만……. 아니, 이 정도 범위라면 전부 말려들게 할 수 있나? 뭐, 어느 쪽이든 그래서는 이번 취지에 어긋나기 때문에 해서는 안 되지만 말이다.

"선더 볼트는?"

『으음, 좀 약한 것 같은데.』

강력한 뇌격을 떨어뜨려 상대를 감전시키는 스턴 볼트의 상위 호완 마술이다. 생물의 움직임을 막기에는 적당한 술법이지만, 배를 공격하기에는 순수한 파괴력이 부족했다.

선원을 무력화시키는 것이라면 몰라도 침몰시키려면 역시 일격으로는 무리이리라. 몇 발이나 날리면 불가능하지는 않지만, 그러면 효율이 좀 떨어진다.

"그럼 어떡해?"

『흐음, 그걸 써볼까……. 우선 내가 할게』

나는 큰 기술을 날리기 위해 의식을 집중했다. 칸나카무이 정도는 아니지만, 이 마술도 충분히 고위 마술이라고 할 수 있다.

갓 배웠을 때 몬스터에게 쓴 적은 있는데, 해적선을 상대로는 어떨까.

『좋아, 간다!』
"응!"
『에카토 케라우노스!』
내가 술법을 발동한 순간, 하늘에 초거대한 마법진이 생성됐다. 그리고 마법진에서 방출된 무수한 번개가 눈 아래 있는 한 척에 집중적으로 떨어져 그 선체를 산산조각냈다.
그렇다, 글자 그대로 산산조각이다. 그곳에 배가 있었던 흔적도 전혀 알 수 없을 만큼 철저히 부서졌다.
『으음, 좀 지나쳤나?』
뇌명 마술 레벨 9에서 습득할 수 있는 상위 마술, 에카토 케라우노스.
이 술법은 번개 백 줄기를 넓은 범위에 떨어뜨리는 주문이지만, 쓰기에 따라서는 지금처럼 한 점에 집중시키는 것도 가능했다.
그래도 칸나카무이에 비하면 10분의 1 정도 위력이지만, 소형선에는 이래도 위력이 지나친 모양이다. 이 술법이라면 평소대로 넓은 범위에 사용해도 한 방에 전멸시켰을 것이다.
해적선에서 공격이 뚝 끊겼다. 동료의 배가 순식간에 소멸돼서 깜짝 놀란 거겠지.
다만 프란의 소행이 아니라 뭔가 터무니없는 자연 현상 탓이라고 생각하는 자가 많은 듯했다. 얼핏 보기에 무슨 일인지 마른하늘에서 떨어진 번개가 불운하게도 밑에 있던 배를 부순 것으로 보이니 말이다.
"그럼 이번에는 내가 할래."
『그래, 맡길게.』

"응."

하지만 다음 술법을 보면 알 것이다. 프란의 소행이라는 것을.

"——토르 해머!"

프란의 목소리에 반응해 다음 사냥감으로 선택된 해적선 바로 위에 중간 규모의 마법진이 그려졌다. 직경 10미터 정도다. 아니, 이래도 충분히 거대한 부류에 들어갈 것이다. 그 직전에 본 에카토 케라우노스의 마법진이 직경 30미터 정도 돼서 작게 보이는 것뿐이다.

무투 대회에서는 펠무스가 펼친 실 결계에 막힌 레벨 8의 뇌명 마술이다.

쿠구구구구구구구구구구웅!

대기를 찢는 굉음과 함께 위력 높고 굵직한 뇌격이 해적선에 떨어졌다.

마술에 맞은 선체는 중앙부터 두 동강 났고, 직격한 부분이 탄화해 불타올랐다.

그 광경은 토르 해머라는 이름에 걸맞게 뇌신이 내리친 망치에 해적선이 부서진 듯했다.

선체가 앞뒤로 나뉜 해적선은 검은 연기를 내며 급속히 가라앉아갔다.

『이 술법이면 충분하네.』

"응."

뭐라고 해야 할까? 딱 좋다? 확실하게 배를 가라앉히면서 지나치지 않다. 그야말로 그런 느낌이었다.

그건 그렇고, 소형이라고는 하나 해적선을 한 방에 가라앉힐 수 있는 마술을 펠무스는 완벽하게 막은 거구나. 게다가 실로. 다시금 상위 모험가의 이상함을 알 수 있는 광경이었다.

『이번에는 위가 아니라 밑에서 공격해보자.』

"어떻게 해?"

『배를 가라앉히는 방법이라 하면 역시 밑바닥에 구멍을 뚫는 거잖아?』

"그래?"

『그래. 그러니 이번엔 이거야.』

나는 레벨 4의 화염 마술, 플레어 익스플로드를 바닷속을 향해 날렸다. 거대한 불덩어리가 폭발을 일으키는 술법이지만――.

콰아앙!

『어라, 실패네.』

"그치만 구멍 뚫렸는데?"

『아니, 더 아래쪽에서 폭발시킬 셈이었어. 저래서는 밑바닥이 아니라 측면이야. 조금은 물이 들어간 것 같은데, 즉시 침몰할 정도는 아냐.』

역시 화염 마술은 바닷속에서는 제어가 어렵구나. 생각한 장소에서 폭발시키는 것조차 실패하고 말았다.

"그럼 어떡해?"

『조금 궁리해보자.』

나는 다시 플레어 익스플로드를 날렸다. 하지만 이번에는 불덩어리 주위에 바람 마술로 벽을 만들었다. 이로써 바닷물에 직접 닿을 일은 없을 터다.

그리고 내 계획대로 이번에야말로 배 바로 밑에서 대폭발을 일으켜 그 선체에 구멍을 뚫었다. 다만 구멍은 그렇게까지 크지 않았다. 역시 바닷속에서는 화염 마술의 위력도 떨어져서 효율이 좋지 않은 듯했다.

생전에 본 과학 방송에서 폭탄은 물속에서 충격이 강하다는 내용을 본 것 같은데……. 뭐, 마술이니 물리 법칙과는 또 다른 이상한 법칙이 있는 거겠지.

일단 위치적으로 추진 마도 장치를 파괴했을 터다. 침몰까지는 다소 시간이 걸리겠지만, 더 이상 움직이지 못하고 침몰을 기다릴 수밖에 없다. 다만 이 방법은 선원이 도망칠 유예가 있는 게 문제였다.

『몇 발 더 날리자.』

"알았어."

우리는 플레어 익스플로드를 다섯 발 더 쏴서 철저하게 배 밑바닥을 파괴했다. 이만큼 구멍투성이가 되니 그 침몰 속도는 상당히 빨랐다. 순식간에 가라앉아갔다.

단, 이 방법은 시간도 걸리고 접근할 필요도 있다. 그다지 실용적이지 않았다.

막기 어렵다는 이점은 있지만 역시 토르 해머 쪽이 손쉬웠다.

『다음이야.』

"이번에는 어떻게 해?"

『염동 캐터펄트를 시험해보자. 오랜만에 전력으로 날릴 거야.』

"알았어."

전력으로 펼치는 염동 스킬에 복수의 속성검. 더 나아가 프란의 바람 마술 보조도 포함한 혼신의 염동 캐터펄트다.

마력 강화도 최대한 펼치고 도신에 걸리는 부하도 한계까지는 무시한다.
그야말로 지금의 내가 쏠 수 있는 최대 출력의 염동 캐터펄트다.
자, 어느 정도 효과가 나올까.
"간다?"
『그래! 해줘!』
"하아압!"
프란이 바람 마술을 사용해 나를 초고속으로 투척했다. 거기서 염동으로 더욱 가속했다.
오랜만에 전력을 펼쳐 날려버린다!
『이야호!』
나는 한 줄기 유성으로 변해 해적선에 달려들었다.
직격한 돛대가 굉음과 함께 뚝 부러졌다. 그대로 다른 돛대의 밑동 부근에 꽂혔지만 내 기세는 아직 줄어들지 않았다.
해적선 선체 안에서 기둥이나 벽을 파괴하며 오로지 돌진했다.
『으랴아아아아아아아아아압.』
마지막에는 해적선을 관통해 밑바닥 뒷부분에 커다란 구멍을 뚫었다.
뭐, 나로서는 프란이 던진 직후에 돛대에 직격하고, 그 뒤에는 온갖 물건에 쾅쾅 부딪히면서 직진해 정신을 차리고 보니 바닷속에 있었던 느낌인데 말이다.
전이로 프란에게 돌아오면서 해적선의 대미지를 관찰했다.
상당히 큰 구멍이 선체 중앙에 세로로 뚫려 있었다. 밑바닥까지 훤히 보였다.

나 자신의 상상 이상으로 위력이 큰 듯했다.

다만 역시 속성검의 오버 부스트는 내구도를 큰 폭으로 떨어뜨렸다. 해적선을 부수기 위해 쓰기에는 아까울지도 모른다. 수복하는 데도 상당한 마력을 소비하고 말았다.

해적선을 공격할 때마다 쓸 수는 없을 것이다.

“앞으로 한 척. 어떡해?”

『으음, 이미 도망치기 시작했으니 얼른 가라앉혀야 하는데…….』

그 밖에도 해적선에 효과가 있을 법한 공격은 뭘까? 바람 마술로 옆바람을 날려볼까? 잘하면 전복시킬 수 있을지도 모른다.

그러자 프란이 뭔가를 떠올린 모양이다.

“그럼 내가 해도 돼?”

『상관없는데, 어쩌려고?』

“스승에게 부탁이 있어.”

『응, 마, 말해!』

“그럼——.”

프란이 내게 부탁한 것은 놀라운 발상이었다. 놀랍게도 형태변형 스킬의 한계까지 커져달라고 한 것이다.

『실이나 방패 변형은 시험한 적이 있지만…….』

단순히 거대해지는 것뿐이라면 의외로 한 적이 없었다.

나는 그대로 전력을 다해 내 크기를 키워갔다. 자루까지 커지면 프란이 잡을 수 없어지니 거대화하는 것은 도신과 날밑 뿐이다.

다만 조금 지나쳤을지도 모르겠다. 이미 참마도 따위는 상대도 안 될 것이다. 도신 부분만 해도 10미터가 넘었다. 모 로봇 게임에 나온 참함도를 방불케 하는 크기였다. 나는 도가 아니니까 참함검인가?

자주 내 칼날 부분을 도신이라고 하지만, 그건 내 버릇 같은 말이다. 뭐, 전생이 일본인이니 말이다. 하지만 내가 검이라는 건 알고 있다.

『어때? 이러면 돼?』

"응. 딱 좋아. 그럼 간다?"

『그래! 그렇게 오래는 못 버티니까 빨리해줘!』

"괜찮아!"

하늘에서 해적선을 향해 내려가면서 중량 가속, 검기, 속성검을 사용해 참격의 위력을 증가시켜 거대한 검을 사용한 공기 발도술을 펼치는 프란.

평소보다 크고 두껍게 바람을 가르는 소리가 들렸다. 거대화해서 그렇겠지.

"하아아압!"

『으라아압!』

단순히 크기가 커졌을 뿐인데 내 기분도 들떴다. 큰 건 굉장하다. 큰 건 정의다.

해적들의 넋이 나간 모습이 보였다. 배를 짓누를 만큼 거대한 검이 위에서 떨어지는 광경은 농담으로밖에 생각할 수 없을 것이다. 상식을 짓밟는 악몽 같은 공격을 허탈한 모습으로 올려다보고 있었다.

그리고 프란이 내지른 참격에 해적선이 둘로 나뉘었다.

선체의 재목이 요란하게 흩날리고, 속성검에 의해 선체가 격렬하게 불타올랐다.

앞뒤로 나뉜 해적선은 그대로 천천히 바닷속으로 가라앉아갔다.

『이건 쓸 만하네.』

"느낌 좋아."

여러 가지를 시험해봤는데, 배를 상대하기에는 토르 해머와 참함검 모드가 쓰기 편한 듯했다.

수가 적다면 토르 해머. 상대의 수가 많으면 참함검으로 마구 베면 된다.

『돌아갈까?』

"응."

해적선이 모두 바닷속으로 가라앉은 것을 확인하고 우리는 알기에바 호로 귀환했다.

갑판에 내려선 직후, 제롬이 끌어안을 기세로 달려왔다. 그리고 콧김이 닿을 듯한 거리에서 프란의 양손을 잡고 아래위로 붕붕 흔들었다.

"이것 참, 역시 흑뢰희 님이로군!"

제롬은 만면에 미소를 띠며 프란의 전과를 극찬했다. 배에 피해가 없었던 것이 대단히 기뻤으리라.

선원들도 프란을 둘러싸고 환성을 질렀다. 가련한 해적들의 말로를 동정하는 기색도 없었다. "도적은 죽여라! 적은 죽여라!"의 죽이느냐 죽느냐의 세계이니 말이다.

순수하게 자신들에게 든든한 아군이 있다는 것에 감사하는 듯했다.

모험가들은 얌전한 표정을 짓고 있었다. 두려워하고 있다기보다 존경에 가깝나? 모험가를 평가하는 포인트가 전투력만 있는 건 아니라 해도, 역시 압도적인 힘을 직접 보면 동경을 품는 법인 모양이다.

모드레드만은 질린 듯한 표정이었다.

쓴웃음을 지으며 말을 걸었다.

"굉장하군……. 이렇게 엄청난 랭크 사기는 처음 봤어."

그쪽이냐. 하지만 그런 말을 듣는 것도 당연했다.

전투력만 따지면 랭크 C의 범주에서 벗어났을 것이다.

한 차례 소동이 일고 선원들도 흥분이 가라앉은 모양이다.

제롬의 지시로 어수선하게 움직이기 시작했다.

"이봐! 얼른 이 해역에서 벗어난다!"

"옛썰!"

"조금 화려한 전투였으니 말이야."

방금 전투가 부근의 마수를 불러들일 가능성이 있는 듯했다. 소리도 컸고 바다에 던져진 해적도 먹이가 된다.

"조금 지나쳤어."

"아니지, 이쪽 피해가 전혀 없었어! 그에 비하면 이 정도 리스크는 큰 문제도 아니야."

"뭐, 다음부터는 힘을 조금 줄여주시면 감사하겠습니다."

제롬은 웃어넘겼지만, 부선장은 냉정했다. 다음 기회가 있으면 조심하자.

"그럼 나는 돌아갈게."

"또 해적이 나왔을 때는 부탁하지!"

"맡겨줘."

"크하하! 믿음직하구먼!"

제롬과 헤어져 프란은 자기 방으로 돌아가려 했는데, 그 앞으로 뛰어나온 그림자가 있었다.

"부, 부탁이 있습니다."

"우리를 제자로 받아주세요!"

갑자기 큰절을 하기 시작하는 세 인영.

미겔, 리딕, 나리아의 신참 삼인조였다.

"지금 싸움, 봤습니다."

"우리는 강해지고 싶습다!"

"그러니 제자로 삼아주십시오!"

그들은 필사적인 표정으로 프란에게 제각기 애원했다. 하지만 제자로 삼는 건 무리다. 여행에 짐을 데리고 다닐 수도 없고, 애초에 남에게 무언가를 가르친다는 행위 자체를 프란이 할 수 있을 것 같지도 않았다.

하지만 프란은 뭔가 생각에 잠겨 있었다.

"내 제자?"

"네!"

"꼭이요!"

"부탁드립니다!"

세 사람은 갑판에 머리를 대고 프란의 말을 기다리고 있었다.

주위에서 정신없이 움직이던 선원들도 재미있는 광경을 보는 듯한 눈빛이었다.

"흐음……."

『야, 프란, 설마 제자로 삼을 셈이야?』

'안 삼아. 하지만 재미있을 것 같아.'

『그렇다고 이 녀석들을 여행에 데려갈 수는 없잖아?』

짐이 되는 데다 나나 프란의 비밀이 알려질 위험성도 있다.

'나도 알아.'

『그럼 상관없는데…… 어쩔 셈인데?』

'응. 배에 타는 동안만 제자로 삼을 거야.'

뭐, 그거라면 괜찮을까? 선실도 따로 쓰니 비밀을 들킬 일도 없겠지.

『하고 싶으면 상관없기는 한데……. 지도할 수 있겠어?』

'응? 재미있을 것 같잖아.'

오오, 그런 이유로군.

『일단 지도 경험이 없는 건 말해둬. 이 녀석들이 그래도 좋다고 하면 나는 아무 말 안 할 테니까.』

"응. 배에 타고 있는 동안만이라면 제자로 삼아도 좋아."

"저, 정말인가요?"

"하지만 나는 제자를 받은 경험도 없고 남을 가르친 경험도 없어. 그래도 괜찮으면 제자로 삼을게."

"상관없습니다!"

"알았어. 그럼 내가 이것저것 가르쳐줄게."

"감사합니다!"

세 사람이 다시 고개를 숙이자 주위에서 박수가 일었다. 놀림 반이기는 하지만 선원들이 세 명을 축복한 것이다. 어린아이의 제자로 들어가기를 원하는 그들이 재미있기도 하고, 강한 모험가에게 지도를 받게 된 것을 순수하게 축복하기도 하는 것이리라.

"지도 부탁드립니다! 스승님!"

감격에 겨운 기색의 리딕이 그렇게 외친 순간이었다.

프란이 리딕을 힘껏 노려봤다. 살짝 겁먹었으니까 너무 위협하지 마.

"그 호칭은 안 돼."

"네? 어째서입니까?"

"아무튼 안 돼. 나한테는 절대 안 돼. 그건 최고의 호칭이야."

존중해주는 건 기쁘지만 최고는 과장이잖아. 말리지는 않겠지만. 프란이 스승이라고 불리게 되면 여러모로 헷갈릴 것 같네.

"스승 말고."

"네, 네에."

"다른 호칭으로 할래."

"아, 알겠습니다."

진지한 얼굴로 위압하는 프란에게 눌리며 삼인조는 어떻게든 고개를 끄덕였다. 그리고 속닥속닥 의논하고 동시에 프란에게 다시 몸을 돌렸다.

"그, 그러면 선생님은 어떠십니까?"

"선생님?"

"아, 네. 안 되나요?"

"응. 나는 선생님."

아무래도 마음에 든 모양이다. 프란은 고개를 끄덕이면서 "나는 선생님"이라고 몇 번이나 반복했다.

"그럼 바로 수행하자."

"""네!"""

선생님이라고 불린 게 어지간히 기뻤는지 프란이 의욕을 보였다.

자, 어떤 지도를 할 셈일까……. 나는 참견하지 않을 것이다. 설령 엉뚱하고 쓸데없는 수행이라 해도, 그건 프란에게 가르침을 청한 삼인조의 책임이다. 나는 프란이 즐거운 게 제일이니 말이다.

"우선은──."

"우선은?"

"목검 휘두르기?"

"목검 휘두르기인가요! 알겠습니다."

오오, 물음표는 신경 쓰이지만 꽤나 무난한 출발이잖아! 어쩌면 프란에게는 지도자로서 재능이 있는 거 아닐까? 역시 프란이야.

그대로 프란에게 들은 대로 휘두르기를 시작하는 미겔과 리딕. 미겔은 대검을 붕붕 올렸다 내렸고, 리딕은 찌르기를 반복했다.

다만 나리아만은 곤혹스러워 보였다. 궁사에게 휘두르기를 하라는 건 무리가 있었나 보다. 하지만 프란은 나리아에게도 휘두르기를 하라고 했다.

"저기, 저는 궁사인데요?"

"활밖에 못 써?"

"뭐, 그렇죠."

"그러면 안 돼. 적이 접근하면 죽어."

"저기, 뭔가 접근 무기도 단련하라는 말씀인가요?"

"응. 단도가 좋아. 공격이 아니라도 막는 데 쓸 수 있어. 던져도 좋아."

프란에게는 정말로 지도자의 재능이 있을지도 모르겠다. 설마 이렇게까지 제대로 된 지도를 할 수 있을 줄이야, 나도 놀랐다.

"알겠습니다."

"바로 몸에 익지는 않겠지만, 오늘부터 시작해."
"네!"
프란은 차원 수납에서 녹슨 단도를 꺼내 나리아에게 건넸다. 이런 물건을 가지고 있었나 싶었지만, 어딘가에서 쓰러뜨린 고블린 정도의 소지품인 것 같았다.
"줄게."
"괜찮으세요?"
"응. 녹슬어서 쓸모는 없지만 휘두르기는 할 수 있어."
"감사합니다."
즉시 휘두르기를 시작한 나리아를 프란이 만족스러운 얼굴로 바라보고 있었다.
하지만 지도를 해주지는 않았다.
"저기, 이대로 휘두르기를 계속하면 될까요?"
"응."
뭐, 이건 이것대로 괜찮지 않을까? 휘두르기라는 것은 매일 계속하는 게 중요하다. 그리고 이 세계에는 숙련도가 올라가면 스킬이 붙는다. 지구보다 휘두르기의 유효성은 높을 것이다.
그 후, 프란은 질리지 않고 그들의 서툰 휘두르기를 계속 지켜봤다. 자, 항해가 끝날 무렵에 그들이 어떻게 변했을지 살짝 기대되는군.

프란이 기간 한정으로 제자를 받게 된 다음 날.
프란 일행은 아침부터 갑판에서 수행을 개시했다. 방해가 되지 않는 구석을 빌려 프란 선생님의 모험가 강좌가 개막된 것이다.

바르보라에서 보였던 모의전 때의 나태한 태도와 달리 등을 곧추세우고 정렬하는 세 사람.

딱히 마음을 고쳐먹은 게 아니라 처음에 프란에게 된통당했을 뿐이다. 아니, 그들의 명예를 위해 말해두겠는데, 그때처럼 건들댄 것은 아니다. 오히려 내 눈에는 절도 있게 줄서 있는 것처럼 보였다.

하지만 프란이 처음부터 위압을 쓰면서 "정렬도 제대로 못 하는 거냐, 이 빌어먹을 벌레 놈들아"라고 내뱉었다.

어젯밤, 어떻게 수행을 시킬지 프란이 상담했을 때 무심코 해병대식 훈련 방법을 말해줬는데…… 그걸 바로 써먹은 듯했다.

내 부주의한 발언 탓에, 세 사람에게 미안하다.

겁먹은 표정이 너무 불쌍해서 해병대식은 봉인하라고 프란에게 말했다.

프란도 해병대식에 집착하는 게 아니라 살짝 선생 같은 행동을 해보고 싶었을 뿐인지 내 말에 쉽사리 따랐다.

그때부터는 평범하게 지도가 시작됐다.

"우선은 스트레칭."

"스, 스트레칭은 뭔가요?"

"분명 엄청난 수행일 거야!"

"아니, 무슨 마술 아닐까?"

이름만으로는 감이 오지 않나 보다. 이쪽 세계에는 스트레칭의 개념이 없는 듯했다. 일단 운동 전에 가볍게 몸을 푸는 정도는 하지만 완전히 유연하게는 하지 않는다.

프란도 처음에는 전혀 하지 않았기 때문에 몸을 움직이기 전에

스트레칭을 하도록 내가 가르쳐줬다. 프란은 그것을 삼인조에게도 가르쳐줄 생각인가보다.

“운동 전에 몸을 따듯하게 해.”

“네에, 거기에 뭔가 의미가 있는 겁니까?”

“응.”

“흐음. 흥미로워. 그럼 그 의미는 뭔가요?”

“몸이 따듯해지면 여러모로 좋아.”

“여러모로요? 예를 들면?”

“응? 그러니까 여러모로.”

막 만났을 때 일단 가르쳐줬는데, 완전히 잊어버린 듯했다. 프란은 몸으로 배우는 타입이니까 어쩔 수 없다. 다만 스트레칭을 하고 움직이면 몸 상태가 좋다는 것은 알고 있나 보다. 임시 제자들에게도 스트레칭을 하도록 재촉했다.

프란의 어중간한 발언에 삼인조는 멍하니 있었지만, 바로 머리를 흔들고 다시 섰다. 그리고 그대로 프란에게 들은 대로 스트레칭을 시작했다.

“이, 이봐 이거 할 필요 있을까?”

“멍청아! 당연하잖아. 이명이 있는 선생님이 하는 거야!”

“그, 그렇지.”

“분명 우리 같은 저 레벨 랭커는 상상도 할 수 없는 깊은 의미가 있을 게 틀림없어.”

“그, 그렇겠지. 저 흑뢰희 선생님이 하라고 할 정도니까!”

“그래. 분명 무시무시한 효과가 있을 게 틀림없어.”

“그렇구나! 선생님이 저렇게 어린데 저만한 힘을 자랑하는 건 분명 이 스트레칭이라는 게 관련있을 거야!”
“분명 그럴 거야!”
“오오, 의욕이 생기는데!”
아니, 그런 엄청난 효과는 없는데요? 기껏해야 부상을 막아주는 정도? 그 덕분에 수행 효율이 좋아질지도 모르지만.
“이 스트레칭은 스승에게 배웠어.”
“선생님의 스승님께요?”
“응.”
“선생님의 스승님은 어떤 분이십니까?”
“스승은 굉장해. 세계 제일의 스승이야. 내 힘은 스승에게 받았어.”
“우와! 대단한 분이네요!”
“스승은 최고야.”
“그런 굉장한 사람이 가르쳤다는 건——.”
“역시 이 스트레칭이라는 것에는 굉장한 효과가 있는 거야!”
“의욕이 생겼어!”
그들은 엄청난 기세로 스트레칭을 소화해갔다. 아아, 그렇게 세게 해도 의미 없어! 하지만 프란은 잘 타일러서 느리고 꼼꼼하게 하도록 지도했다.
그 모습은 의외로 그럴듯했다.
수준이 훨씬 높은 프란이 하나하나 가르쳐주는 데에 삼인조는 감동한 모양이다. 기껏해야 스트레칭을 가르쳐줬을 뿐인데 확실하게 프란에 대한 존경이 늘어난 느낌이 전해져왔다.
하지만 의욕 가득했던 삼인조의 얼굴은 이어서 프란이 꺼낸 말을 듣고 순식간에 의기소침해졌다.

"다음은 모의전."

"네?"

"진짭니까?"

"아, 상대는 누구죠?"

저번 모의전에서 프란에게 반죽음당한 기억이 살아났을 것이다.

어쩌면 프란이 상대가 아닐지도 모른다. 삼인조끼리 모의전을 갖는 것일지도 모른다. 그런 희망을 품은 듯했지만, 프란은 그 희망을 간단히 박살 냈다.

"응. 한 사람씩 덤벼."

"……알겠습니다."

"이봐, 먼저 해도 돼."

"너야말로 먼저 나가!"

"여기서는 레이디 퍼스트로 하지."

"리딕, 배신했겠다!"

추한 실랑이를 벌이는 세 명을 보다 못했는지 프란이 손가락으로 미겔을 지명했다.

"처음에는 너. 대검사."

"지, 진짭니까."

"얼른 해."

"아, 알겠습다!"

"힘내!"

"죽지 마라."

"너, 너희 역시 이 뒤에 바로 지옥을 보게 될 거다!"

대검사 미겔이 절망에 물든 얼굴로 앞으로 나섰다.
"덤벼."
"가, 갑니다! 으라얍!"
미겔이 대검으로 프란에게 달려들었다. 피아의 실력 차를 알기 때문에 미겔에게 망설임은 없었다. 완전히 진지했다. 맞으면 일반인 정도라면 두 동강이 날 듯한 진지한 내려치기가 펼쳐졌다. 하지만 프란에게는 훤히 보여서 피하는 것도 받아내는 것도 어렵지 않은 공격이었다.
다만 주위에서 수행 모습을 바라보던 선원들은 상당히 놀란 모양이다. 옆에서 보면 대검을 든 거구의 모험가가 작은 소녀에게 달려든 구도이니 말이다.
어제 해적선과 벌어진 전투를 전원이 본 것은 아니라서 프란의 실력을 모르는 자도 꽤 있었다. 선원들은 실력 차를 모를 테니, 아무것도 모르는 자의 입장에서 보면 어떻게 봐도 미겔 쪽이 강해 보일 것이다.
어른들이 어째선지 소녀에게 지도받고 있는 광경을 오락 감각으로 보고 있던 선원들은 갑작스러운 사태에 비명을 질렀다.
하지만 그들이 상상하는 비극은 찾아오지 않았다.
"너무 크게 휘둘러."
프란이 종이 한 장 차이로 공격을 피했다. 앞머리가 대검의 풍압에 흔들릴 정도의 거리다.
그러나 간발의 차로 피한 게 아니라 완벽하게 파악했기 때문에 취한 간격이었다. 설령 여기서 검놀림을 변화시켰다 해도 여유롭게 피할 정도의 실력 차가 프란과 미겔 사이에는 있었다.

“으리야압!”

“일격의 위력은 중요해. 하지만 맞지 않으면 의미가 없어.”

“젠장!”

“더 콤팩트하게.”

“하아압!”

“파고듦이 얕아.”

“크!”

프란은 거의 반격하지 않고 미겔의 공격을 계속 피했다. 때때로 조언을 하며 공격을 빠져나간 뒤에나 회피 중에 미겔의 몸을 가볍게 쳤다. 틈이 있는 것을 가르쳐주기 위해서다.

선원들은 기가 막힌 표정으로 보고 있지만 미겔은 이 결과를 예상했을 것이다. 오히려 프란이 제대로 지도해주고 있는 것을 기뻐하는 듯했다.

그대로 10분 정도 전력으로 공격을 계속한 미겔은 기진맥진해 주저앉았다.

“응. 마지막은 나쁘지 않은 움직임이었어.”

“가, 감사, 합니다!”

“그럼 다음. 창잡이.”

“네!”

리딕을 상대로 다시 격렬한 모의전이 시작됐다.

일단 어디든 좋으니 공격을 맞히는 데 우선했던 미겔과 달리 리딕은 급소 겨냥을 장기로 삼는 듯했다. 날카롭고도 신중한 공격을 맞히려 했지만 프란에게는 물론 소용없었다.

“공격이 너무 신중해.”

"큭!"
"예상하기 쉬워. 더 즐겨."
"하앗!"
"지금 건 좋아. 하지만 느려."
리딕에게도 프란은 기본적으로는 철저히 피하면서 때때로 빈틈을 찔러 손바닥을 몸에 댔다. 이쪽이 무기를 들었으면 죽었다는 어필이다. 리딕도 마지막에는 체력을 다 쓰고 그 자리에 주저앉았다.
마지막은 나디아다. 그녀는 활이 아니라 단도로 모의전을 치른다. 활은 가르칠 방법이 그리 없고, 배 위에서는 유시가 위험하다. 나디아에게는 철저하게 단도를 지도할 생각인 듯했다.
공격을 피하는 건 앞선 두 사람과 똑같았지만, 공격 빈도가 많았다. 공격보다 받아내기나 회피 기술을 배우게 하기 위해서일 것이다.
"공격을 맞히는 것보다 받아내는 걸 의식해."
"네!"
"못 받아내면 피해."
"아야!"
"단도는 견제할 생각으로 휘두르고."
나디아는 미겔과 리딕보다 빨리 지쳤다. 익숙하지 않은 무기를 쓴 데다 프란의 공격을 받아내기 위해 신경을 곤두세웠다. 어쩔 수 없을 것이다.
세 사람 다 갑판 위에 주저앉아 일어설 수 없는 상태였다.
하지만 선생님 같은 느낌으로 지도를 마친 프란은 만족스러운 듯했다.

"궁사는 이대로 단도 연습을 계속해."

"네!"

"대검사와 창잡이는 파고드는 걸 더 의식하고."

프란의 말에 삼인조는 고개를 크게 끄덕였다. 이번 모의전에서 여러모로 반응을 느꼈을 것이다. 하지만 나는 어떤 것을 깨달았다.

"궁사는 활 수련도 계속해."

대검사에 창잡이에 궁사란 말이지. 이거 확실하게 이름을 까먹었군. 뭐, 흥미가 없는 일은 철저하게 기억하지 못한다. 지금까지도 그랬다. 과연 그들은 항해가 끝날 때까지 프란에게 이름을 기억하게 만들 수 있을까?

다음 날.

어제에 이어서 오늘도 프란은 시간 한정 제자들을 지도하고 있었다.

스트레칭, 대련, 휘두르기, 모의전을 마치고 지금은 정리 운동을 한창 하는 중이었다. 그런 우리 귀에 다시 경종 소리가 들려왔다.

땡땡땡땡! 땡땡땡땡!

소리는 네 번. 즉, 또다시 해적 습격이라는 뜻이다.

"서, 선생님, 가시죠!"

"젠장, 또 해적이냐! 크라켄의 소굴을 지나갈 때까지는 그렇게 많지 않은 것 아닌가?"

"크라켄을 뿌리칠 수 있을 정도의 최신예함을 보유하는 게 가능한 대해적단일지도 몰라.”

“진짜야?! 위험하잖아!”

“허둥대지 마! 선생님이 있으면 해적선 따위는 몇 척 있어도 문제없잖아?”

“그, 그러고 보니 그랬지.”

프란은 제자들에게 대기하라 말하고 자신은 선수(船首)로 향했다. 그곳에서는 이미 제롬이 망원경 너머로 해적선을 노려보고 있었다.

“해적 숫자는?”

“오오, 프란인가. 수는 열두 척. 대형함의 모습도 있다.”

열두 척이라, 상당한 숫자로군.

“해적기는 전에 네가 가라앉힌 다섯 척과 똑같아.”

“그럼 동료야?”

“그래. 아무래도 녀석들은 이 해역을 본거지로 삼고 있는 모양이야.”

“이쪽이 본대야?”

“아마 그런 것 같은데…….”

그렇게 말하면서도 제롬은 어딘가 납득이 가지 않는 기색이었다.

“다만 뭔가 이상한데…….”

“무슨 소리야?”

“으음, 뭔가 위화감이 있는데……. 모르겠군!”

“나도 보고 싶어.”

“그러면 이걸 써라.”

"응. 고마워."

제롬이 들고 있던 예비 망원경을 빌려서 프란도 해적선을 봤다. 근육남과 소녀가 나란히 망원경을 들여다보며 신음하는 광경은 어딘가 웃음을 자아냈다.

『어때, 프란? 뭔가 알겠어?』

"음……. 뭔가 이상한데?"

『의문형으로 되물어도 말이야……. 내가 물었잖아.』

프란은 고개를 갸웃거리면서 역시 제롬과 마찬가지로 위화감을 느끼고 있나 보다. 진지한 표정으로 해적선을 바라보고 있었다.

"……아."

『프란, 뭔가 알았어?』

"저 배, 본 적 있는 거, 같은데?"

『뭐라고?』

나는 스킬로 사람보다 멀리 볼 수 있지만, 아무리 그래도 망원경에는 미치지 못했다.

『무, 무슨 소리야?』

"무, 무슨 소리야!"

제롬과 하모니를 이루고 말았군.

"밀리엄의 배와 비슷해."

"밀리엄?"

"응. 친구야."

밀리엄이란 시드런 해국에서 친해진 왕녀님을 말한다. 프란을 마음에 들어 해서 바르보라까지 바래다주기도 했다. 프란은 그때 밀리엄의 수룡함인 아큐스를 자세히 봤다.

아아, 아큐스라는 건 그녀와 계약을 맺은 수룡의 이름이자 그녀가 함장을 맡은 수룡함의 이름이기도 하다. 전통적으로 수룡의 이름이 배에도 계승되고 있다고 한다.

"밀리엄이라는 건——읏!"

망원경을 들여다보면서 프란에게 질문을 던지던 제롬이 갑자기 신음소리를 냈다.

"저, 저건!"

"왜 그래?"

프란도 망원경에서 눈을 떼지 않고 제롬에게 되물었다.

"저 깃발은……!"

제롬이 뭔가를 알아차린 모양이다. 깃발?

『프란, 깃발은 뭘 말하는 거야?』

'응? 해골기 위에 깃발 하나가 더 있어.'

『해적기가 아닌 거야?』

'이상한 마크가 그려져 있어. 용 같아.'

용 마크라. 해적기가 아닌 듯하다. 그건 그렇고 용 마크? 거기에 관해서는 나도 짚이는 것이 있다.

제롬도 그 깃발을 확인했는지 신음하듯이 중얼거렸다.

"저건 시드런 해국의 깃발이다."

역시 그런가. 수룡함과 똑같고, 시드런의 깃발을 달고 있다. 이건 이제 확실하지 않을까?

"잠깐……. 아가씨, 밀리엄이라고 했지?"

"응."

"확실히 시드런 장군 중에 그런 이름의 여자가 있을 텐데……."

"그거야. 밀리엄은 시드런의 왕녀."

"진짜였나! 같은 계통의 배를 봤단 건가? 그렇다면 저건 진짜 시드런의 해군이라는 거야? 하지만 왜 해적기를……."

전율하는 기색으로 중얼대는 제롬.

시드런 해국은 여기에서 북쪽에 있는 시드런 제도라는 군도를 본거지로 삼은 해양 국가다.

원래는 유명한 대해적단이 다른 해적단을 규합해 나라를 자칭하기 시작했다고 한다.

그 성립된 경위를 보면 당연할지도 모르지만, 국민은 지금도 아주 난폭했다. 유사시에는 여자들까지도 무기를 든다는 그 기풍 때문에 국민 전체가 해병이라는 말을 듣고 있다고 한다.

당연히 해군의 전력도 강하다.

시드런이라면 수룡함이라고 생각하는 경향이 있지만, 그것을 제외해도 해군은 충분히 강하다고 한다.

시드런 해국에서 본 광경을 떠올렸다. 어리석은 전왕 때문에 일반 병사들의 질이 저하됐지만, 국민들은 확실히 거칠고 강했다. 그리고 해병이나 퇴역 군인들도 제롬의 말에 어울리는 사내들이 모여 있었을 터다.

그러므로 시드런의 해군과 싸우게 될지도 모르는 이 상황은 제롬에게는 최악에 가까운 것이리라.

"위장일 가능성도…… 아니, 아니겠군."

"어째서?"

해적이 시드런 해국의 이름을 사칭하는 것은 있을 수 없는 일이 아닐 듯한데?

"저 배의 선수 부근을 잘 봐봐."

"선수?"

『프란, 뭐가 보여?』

"음――쇠사슬?"

"그래. 저기 끝에는 수룡이 연결되어 있다. 저 수룡함이야말로 시드런이 바다의 패권을 장악한 이유지."

몬스터를 길들여 배를 끌게 하는 방법은 옛날부터 시도됐다. 하지만 위협도 B의 수룡을 길들이는 데 성공한 것은 이전에도 이후에도 시드런의 초대왕뿐이다.

"세계에 고작 네 척밖에 없는 수룡함. 하지만 그 네 척만으로 대국의 대함대와 맞서 싸워, 해적들을 두려움에 떨게 하고 있지."

수룡이 끄는 배는 속도도 공격력도 차원이 달라서 그야말로 최강의 전함이라고 할 수 있다. 제롬이 느낀 위화감도 수룡 때문이었다. 속도가 느린 대형함이 고속함과 같은 속도로 다가오고 있었던 것이다.

즉, 저 배가 수룡함인 것은 틀림없다는 뜻이다.

"하지만 밀리엄이 해적질을 할 리가 없어."

나도 프란의 말에 일단 동의한다. 현재 시드런은 혁명이 일어나 정세가 아직 혼란스러워서 수룡함을 국외에서 운용할 여유는 없을 터였다. 밀리엄은 자신의 언니이자 시드런의 새 왕이기도 한 세리메어에게 푹 빠져 있다. 그런 그녀가 나라를 내팽개치고 이런 곳에서 시간을 낭비할 리가 없다――고 생각한다.

밀리엄이 해적 행위를 할 리가 없다고 단언하지 않는 것은 그들의 선조를 존경한다는 입버릇 때문이었다. 정숙하고 덧없는 인상이 강했던 세리메어조차 자신들의 기원이 해적에 있다며 기뻐하는 투로 말했다.

“그렇다면 그 밀리엄이라는 장군 이외의 수룡함이 되겠는데……. 깃발은 파랑이로군.”

“깃발 색? 그러고 보니 밀리엄의 깃발은 녹색이었어.”

수룡함 네 척에는 각기 다른 색의 깃발이 달려 있다고 한다.

“그럼 역시 밀리엄이 아니야?”

“그렇겠군. 아마 파랑은 전왕의 깃발이었을 거야.”

전왕이라면 수아레스인가! 무력을 배경으로 독재 정치를 실시하다 혁명에 왕좌에서 쫓겨난 어리석은 왕이다. 하지만 녀석은 체포되어 투옥됐을 터다.

그리고 수아레스의 수룡은 폭주할 뻔한 나의 공격을 받고 상당한 대미지를 입었을 텐데…….

아니, 지금은 저것의 출처를 생각해봐야 의미가 없다. 중요한 건 실제로 눈앞에 있는 수룡함에 어떻게 대처하느냐다.

“그건 그렇고 성가시군! 도망칠 수 있을까……? 아니, 속도가 너무 달라…….”

“안 싸워?”

“수룡함과? 절대 못 이겨. 수룡함 한 척이 일반 전투함 백 척에 필적한다고 하더군.”

“하지만 못 도망치잖아.”

“뭐, 무리겠지……. 젠장! 이런 해역에서 저런 괴물과 맞닥뜨릴 줄이야! 재수가 없군!”

역시 도망치는 건 불가능에 가까운 모양이다.

"우리나라와 시드런은 견원지간이라서 말이야, 일반 상황처럼 짐 30퍼센트에 보내줄지도 알 수 없단 말이지……."

상대가 온건파 해적이라면 통행료를 내면 탈 없이 풀어줄 것이다.

하지만 수룡함이라는 최강의 배를 가진 해적들은 상대에게 양보할 필요도 없다. 얌전히 항복해도 몰살될 가능성이 있었다.

"할 수 없지, 이렇게 되면 어떻게든 기함에 붙어 백병전이다……! 혼전이 되면 포격은 할 수 없을 테니 말이야! 나머지는 너희 모험가들의 실력에 걸 수밖에 없어! 부탁한다."

아니, 백병전이 아니라 왜 프란에게 부탁하지 않지? 저번처럼 프란이 해치우면 되지 않나?

"상대는 수룡함이야. 위협도 B의 대마수란 말이다. 다가가는 것만으로도 위험해."

"그래도 하늘에서 배만 부수면 돼."

수룡이라 해도 하늘을 도약하는 우리를 떨어뜨리기는 간단하지 않을 터다. 그 틈에 둘러싼 배를 가라앉히고 수룡함도 가라앉히면 된다.

수룡을 쓰러뜨릴 수 있을지 없을지는 모르지만, 그 수룡에 연결된 기함까지 수룡처럼 튼튼하지는 않을 것이다.

하지만 수룡 본체를 무시하고 연결된 기함을 노리는 전법은 악수인 모양이다.

과거에 같은 전법을 생각한 자들은 당연하지만 존재했다.

그리고 그것을 성공시킨 자들도 없었다고 한다.

"하지만 그 녀석들은 전부 물고기 밥이 됐지."

배에서 풀려난 수룡은 손댈 수 없을 만큼 난폭해진다고 한다.

폭주하는 수룡이 처음에 공격하는 것은 자신에게 공격을 가한 상대다. 실제로는 수룡이 아니라 끄는 배를 공격한 것이지만, 수룡에게는 그것 역시 자신에 대한 공격인 것이다.

"순조롭게 배만 가라앉히는 데 성공했다 해도 폭주하는 수룡에게 공격받으면 결국 끝이야."

"흐음."

그렇다면 어떻게 해야 좋을까.

가장 안전한 건 수룡을 포함해 전멸시키는 것인데……. 아무리 우리라도 용종을 확실하게 해치우기는 어렵다. 어엿한 용과 아직 싸운 적은 없지만, 그렇기 때문에 방심은 할 수 없다.

"적과 부딪치려면 아직 시간이 있어. 모드레드와도 의논해보지."

"응."

누군가에게 모드레드를 불러달라고 해야 할 것이다. 프란이 선원에게 말을 걸려고 하는데, 부르기 전에 모드레드가 갑판에 모습을 보였다.

"또 해적인가?"

"그건 그런데……."

"난적인가?"

드물게 우물대는 제롬의 모습에서 상대가 성가시다는 것을 깨달았나 보다. 그 얼굴에 진지한 표정을 띠었다.

"아주 강해."

"호오? 흑뢰희가 그렇게까지 말하는 상대인가."

"숨겨봐야 의미가 없으니 말하지. 수룡함이다."

"뭐라고?"

모드레드의 표정이 진지함을 넘어 무서울 만큼 굳어졌다.

그도 수룡함의 정보는 확실하게 파악하고 있는 거겠지.

"이게 무슨……."

바로 말이 나오지 않는지 그렇게만 말하고 입을 다물었다.

하지만 바로 한탄해봐야 사태는 호전되지 않는다고 이해한 모양이다.

"잠시 흐트러진 모습을 보여서 미안하군."

아니, 그래서인가? 오히려 아주 냉정했다. 역시 의지가 되는군, 모드레드 씨.

그 후, 그를 포함해 해적에 대한 대책을 세웠다.

"뒤따르는 배는 프란에게 맡기면 된다는 건가?"

"응. 맡겨줘."

"그럼 문제는 수룡함인가……."

결국 저것을 어떻게 하지 않으면 살아날 수 없다.

모드레드도 수룡과 싸운 경험은 없다고 했다.

"프란이 용잡이 펠무스에게 이긴 시합을 봤다. 그때 날린 엄청난 번개……. 그거라면 수룡을 쓰러뜨릴 수 있을지도 몰라. 쏘는 건 가능한가?"

"쓸 수 있어."

"그런가. 문제는 해치우지 못했을 때로군."

칸나카무이와 흑뢰초래를 조합한 기술을 수룡에게 날리면 확실하게 배도 파괴할 것이다. 만약 수룡을 해치우지 못하면 폭주한 수룡이 풀려나게 되는 거다.

이건 예상 이상으로 어렵지 않을까?

수룡을 해치울 수 있을 만한 위력이 있는데 배를 파괴하지 않는 공격?

'염동 캐터펄트?'

『프란도 그렇게 생각해?』

'응. 그것밖에 없어.'

배에 연결돼 있는 만큼 수룡의 움직임은 제한되니 겨냥은 하기 쉬울 것이다. 나머지는 수룡의 방어력에 달렸는데, 급소를 노리면 쓰러뜨릴 수 있을지도 모른다.

"수룡만 공격하면 돼?"

"그렇지……. 하지만 그런 공격 방법이 있나?"

"응. 있어."

"그런가, 그러면 역시 프란에게 맡길 수밖에 없나…… 한심하군."

모드레드가 안타까운 듯이 한숨을 내쉬었다.

호위로 고용되었는데 나이 어린 프란만 움직이는 것에 무력감을 느낀 모양이다. 하지만 이건 특기 문제다. 그리고 그의 용철 마술은 포탄을 막는 등 방어 면에서는 우수하다고 하니 조만간 활약할 장면도 있을 것이다.

그러고 보니 수룡을 쓰러뜨리고 배를 침몰시키는 건 상관없지만, 그러면 국제 문제가 되지 않을까?

시드런 해국의 배이니 말이다. 일단 확인해둘까.

"있잖아, 가라앉히는 건 괜찮아?"

"무슨 소리지?"

"시드런 해국에서 도둑맞은 배일지도 몰라. 그걸 부숴도 돼? 국가끼리 싸움 안 나?"

프란의 의문을 제롬과 모드레드가 웃어넘겼다.

"하하, 그럴 일은 없다. 설령 상대가 시드런 해군이었다 해도 해적기를 단 상대를 가라앉히는 게 죄가 되지는 않아. 오히려 그런 짓을 한 쪽이 비난받겠지."

"해적기는 전투력이 없는 선박에 짐을 두고 가지 않으면 죽인다고 위협하는 의미가 있거든. 해적기를 단 상대를 무조건 공격하는 건 바다의 상식이다."

그렇다면 다음 문제는 가라앉힐 순서인가? 수룡함을 먼저 하느냐 나중에 하느냐다. 주위 배를 가라앉히는 동안 알기에바 호가 수룡함의 공격을 받으면 위험하다. 하지만 수룡함을 해치우는 데 시간이 얼마나 걸릴지도 알 수 없고…….

『뭐, 처음에 수룡함을 노리자.』

수룡함만 없어지면 다른 배는 도망칠지도 모른다. 수룡함을 가라앉히는 괴물을 상대로 계속 싸우는 건 자살 행위이니 말이다.

다만 수룡을 쓰러뜨리기 힘들다고 판단했을 경우에는 소형함을 해치울 생각이다.

수많은 해적이 바다에 내던져지면 그 녀석들을 구조하기 위해 행동을 멈추지 않을 수 없을 것이다.

우리는 모두의 전송을 받으며 수룡함으로 날아갔다.

"조심해라!"

"부탁한다!"

"무리하지 마!"

"응! 울시, 가자."

"웡웡워엉!"

성원을 받아서 들떴나 보다. 울시가 전속력으로 하늘을 달렸다.

질풍으로 변한 울시는 순식간에 해적함대 상공에 도달했다.

눈 아래에는 대형함 한 척과 그 주위를 둘러싼 소형함 열한 척이 보였다.

중앙에 있는 대형함의 선수에서는 거대한 쇠사슬 두 개가 바닷속으로 뻗어 있었다.

이렇게까지 다가가니 나도 똑똑히 알 수 있었다.

전에 탄 밀리엄의 수룡함과 똑같다.

동형함이라는 수준이 아니라 뱃전의 난간이나 자잘한 부분의 장식까지 완전히 똑같았다. 틀림없이 이것은 수룡함이었다.

초고속으로 다가온 의문의 비행 물체를 해적들도 알아차린 듯했다. 보기에 모든 해적들이 이쪽을 올려다보고 있었다.

하지만 바로 이쪽이 적이라고 판단했는지 황급히 활 등을 들어 이쪽을 겨냥하려 했다.

생각해보면 하늘을 나는 늑대 마수이니 공격당하는 게 당연한가.

『울시는 회피에 전념해.』

"웡!"

『프란은 수룡을 도발해 머리를 바닷속에서 나오게 하고.』

"알았어."

내 염동 캐터펄트는 물속에서는 물의 저항 때문에 위력이 떨어진다. 수룡과 같은 고위 마수를 쓰러뜨리려면 반드시 물 위에서 기술을 사용해야 했다.

"울시, 좀 더 내려갈 수 있어?"

"웡!"

울시의 등에 탄 채로 프란이 도발 목적의 마술을 날리기 위해 의식을 집중했다.

그사이에도 배에서는 포탄이나 화살이 날아왔지만, 울시에게 맞을 리는 없었다. 화살 중에는 하위 마술이 섞여 있어서 마술사를 여럿 태우고 있다고 짐작했다. 역시 그저 그런 해적이 아닌가 보다.

그리고 마구 움직이는 울시의 등에서 프란이 마술을 날리려 한 그때였다.

"크르르르르르르르르르르르!"

놀랍게도 도발할 필요도 없이 수룡이 바닷속에서 얼굴을 내밀었다.

온몸에 단단한 비늘이 돋은 수장(首長)룡 같은 모습이었다. 그러나 날개가 퇴화한 것으로 보이는 주름 형태의 돌기나 날카로운 발톱이 돋은 지느러미 같은 다리는 드래곤의 자취를 아직 간직하고 있었다.

몸의 표면에 두르고 있는 건 바닷물인가? 마력으로 조종해 온몸을 물로 뒤집어씌운 듯했다. 건조 방지인가?

같은 종답게 밀리엄의 수룡 아큐스와 비슷했다. 하지만 같은 개체는 아니었다.

온몸에 자잘한 상처가 나 있고 등에는 아직 회복되지 않은 큰 상처가 있었다. 한 번 패인 살이 겨우 나기 시작했는지 비늘도 곳

곳이 벗겨져 있었다.

그 수룡의 시선이 명백하게 이쪽을 향하고 있었다.

혹시 프란의 마력에 반응했나?

물속에서도 정확히 주위를 파악하는 게 가능한 수룡이다. 탐지 능력이 상당히 뛰어날 터였다. 그 능력이 있으면 프란이 쏘려고 했던 마술의 마력을 감지할 수 있을지도 모른다.

"크르르르르르르르……."

위협하듯이 울음소리를 내는 수룡에게서 무시무시한 노기를 느낄 수 있었다.

공격을 감지했으니 화내는 건 알겠는데…….

『좀 지나치게 화내는 거 아냐?』

명백하게 격노하고 있었다.

공격태세에 들어간 게 역린을 건드렸나? 아니, 화를 내게 만든 원인은 아무래도 좋다.

『선제공격이다!』

"응!"

프란이 의욕 가득한 표정으로 나를 치켜들었다.

이미 나는 만반의 준비를 갖추었다.

"하아아아압!"

『이얏호――!』

프란이 나를 거꾸로 든 손을 크게 치켜든 다음 젖힌 몸을 이용해 투척했다. 그 직후, 나는 염동을 폭발시켰다.

목표는 녀석의 안면이다.

아무리 수룡이라 해도 이 거리에서는 반응하지 못하는 듯했다.

꼼짝도 하지 못했다.

초고속으로 돌진한 내가 무방비한 수룡의 안면을 포착했다.

『으랴아아압── 아니!』

퍼엉! 하는 무시무시한 작열음이 울려 퍼졌다.

하지만 그것은 내가 기대했던 수룡의 머리가 터진 소리도, 두개골을 관통해 빠져나갔을 때 난 소리도 아니었다.

그것은 수룡이 두르고 있는 물의 막이 튀어 날아간 소리였다. 수룡은 건재했다.

수룡이 온몸에 두른 바닷물. 그건 건조를 방지하기 위한 것이 아니라 물의 갑옷이었던 것이다.

마력이 담긴 물의 막이 물리적인 방벽으로 작용할 뿐만 아니라 그 뒤에는 장벽과 비슷한 마력막까지 존재했다. 그 이중 방벽에 혼신의 염동 캐터펄트는 막히고 말았다.

하지만 완벽하게 막히지는 않았다.

내 칼끝은 장벽을 희미하게 뚫고 수룡의 얼굴에 작은 상처를 냈다. 이 녀석에게는 찰과상에 불과할 것이다. 그 위치 이상으로 나아가려고 힘을 실어도 전혀 움직이지 않았다.

"크르르르!"

그러나 자신이 다친 것이 마음에 들지 않는지 수룡이 짜증 난 기색으로 신음했다.

『내 오의가 겨우 짜증 나게 만드는 정도냐!』

염동 캐터펄트로 이 녀석을 쓰러뜨리려면 몇 천 발을 맞혀야 할지도 알 수 없었다.

『그러면 이건 어떠냐! 라이트닝 블래스트!』

뇌명 마술 라이트닝 블래스트. 사정거리는 짧지만 위력이 높은 술법이다. 바로 이 술법을 쓴 것은 수서 생물은 전격에 약할 것 같다는 단순한 이유 때문이었다.

『접촉 상태라면 막을 방법도 없겠지!』

내 도신에서 쏘아진 뇌격은 그대로 칼끝을 통해 수룡의 머리를 감쌌고, 격렬한 번개가 주위를 빛냈다.

"크르르르오오오오오!"

『큭! 물 마술인가!』

전격을 맞으면서도 수룡이 반격했다. 세찬 물의 흐름을 자신의 주위에 발생시켜 나를 튕겨낸 것이다.

『하지만 전격에——아니! 멀쩡하잖아!』

"크르르!"

수룡에게 대미지를 입은 기색은 전혀 없었다. 그뿐 아니라 튕겨 날아가면서도 즉시 공중에서 멈춘 나를 향해 목을 뻗었다. 물어뜯으려는 것이다.

"크로오오오오오!"

『젠장!』

나는 황급히 전이해 프란에게 도망쳐 돌아왔다.

"괜찮아?"

『그래, 간발의 차이였어!』

그런데 저 단단함은 뭐지? 물의 벽에 마력 장벽에 용의 비늘? 설마 염동 캐터펄트로 대미지를 거의 입히지 못할 줄은 몰랐다. 게다가 뇌명 마술이 통하지 않는다.

아무리 상대가 위협도 B의 마수라 해도 대미지 정도는 입힐 줄 알았는데…….

어떻게 해야 하지?

그러나 수룡은 고민할 틈을 주지 않았다.

수룡의 주위에서 세찬 마력이 소용돌이치기 시작한 것이다.

"크르르오오오오오오오오오!"

『이런!』

수룡의 주위에 큰 농구공 만한 물덩어리가 서른 개 이상 생겼다. 부유하는 물덩어리 하나하나에 막대한 마력이 깃들어 있었다.

역시 용종! 마술 공격도 특기냐!

『울시! 피해!』

"크릉!"

불규칙한 궤도로 날아오는 대량의 물덩어리를 울시가 필사적으로 피했다. 울시가 이만큼 움직일 수 있을 줄이야, 우리도 놀랐다.

공중을 차고 뛰고, 어둠 마술을 맞혀 튕겨내고, 때로는 일부러 중력에 끌려 낙하해서 물덩어리를 모두 종이 한 장 차이로 피했다.

판타지 세계인데 여기만 탄막 게임인 듯했다.

아니, 감탄하고 있을 때가 아니다.

"울시, 조금만 힘내."

"……!"

위험하다, 대답할 여유도 없는 모양이다.

『일단 도망칠까, 아니면 공격을 계속할까. 어떻게 하지?!』

하지만 공격을 계속하는 경우에는 저 단단한 방어를 어떻게든 해야 한다. 그야말로 약점이라도 발견하지 않는 한 쓰러뜨리는 이미지가 떠오르지 않았다.

하지만 프란은 뭔가를 알아차렸나 보다.

"멀리서 보고 알았어."

『뭐를?』

"배에서 수룡에게로 마력이 흘러들고 있었어."

『뭐야? 그건 눈치 못 챘어.』

"스승이 공격했을 때 가장 많이 마력이 흘렀어."

그 마력은 온몸을 뒤덮듯이 공급되고 있었다고 한다. 어떻게 생각해도 저 높은 방어력의 비밀이었다.

『수룡의 방어력을 강화하는 장치를 배에 싣고 있다는 건가!』

전 세계에 강력한 모험가나 마술사는 우리만 있는 게 아니다. 당연히 대책을 세워놓았다는 것을 예상했어야 했다.

저 거대한 배라면 상당히 거대한 마도 장치라도 실을 수 있을 것이다. 게다가 원래는 일국의 기함으로 군림했던 전함이다. 우리의 상상을 뛰어넘는 무시무시한 능력의 마도 장치라 해도 이상하지는 않았다.

『골치 아프군……. 배를 부수면 수룡이 풀려나고 배를 가라앉히지 않으면 수룡을 못 쓰러뜨려.』

"배를 먼저 가라앉히고 그 뒤에 바로 수룡을 해치우면?"

『그러면 리스크가 커.』

만약 수룡이 이쪽으로 덤비지 않고 바닷속으로 도망치면? 상대에게 유리한 심해까지 쫓아가 쓰러뜨리기는 나도 어려울 것이다.

그대로 도망쳐주면 다행이지만, 그 뒤에 복수를 목적으로 공격하기라도 한다면 막을 방도가 없다. 무엇보다 상대는 바닷속에서 덤벼든다.

"용이 복수도 해?"

『알 수 없지만 위협도 B 마수야. 최소한 울시 못지않게 똑똑할 가능성은 있어.』

그만큼 머리가 좋으면 복수나 보복을 할 정도의 지혜는 있을 것이다.

"그렇구나, 성가셔."

『그러면 남은 건 이제 배에 올라타는 방법밖에 없나…….』

수룡은 시드런 왕가의 혈통인 자가 계약을 맺어 따르게 하고 있다고 들은 적이 있다. 그렇다면 저 배에는 그 계약자가 있을 터다. 그 녀석을 붙잡아 공격을 멈추게 한다. 혹은 수룡을 강화시키는 마도구를 찾아 파괴한다.

그러려면 배 안에 들어갈 필요가 있다.

그렇게 결론을 내린 직후였다.

"크르르르ㅇㅇㅇㅇㅇㅇ!"

수룡이 노래하듯이 울음소리를 냈다.

구구구구구구구구구구구퍼어어어엉!

직후, 울시의 주위를 날던 물덩어리가 일제히 폭발했다.

"깨앵!"

"크으!"

모든 방향에서 해일처럼 날아온 물은 어지간한 울시라도 피할 방법이 없었다.

나와 프란은 황급히 장벽을 쳐서 물로부터 몸을 보호했다. 하지만 의외일 만큼 충격이 적었다.

『치잇! 대미지를 노린 게 아니었던 건가!』

수룡의 목적은 공격이 아니라 이쪽의 움직임을 봉쇄하는 것이었던 모양이다. 장벽 위에서 대량의 물이 달라붙어 이쪽을 구속하듯이 조여드는 것을 알 수 있었다.

마치 물 감옥에 갇힌 듯한 상태였다.

『하아아압!』

"야아아압!"

나와 프란은 바로 염동과 바람 마술을 사용해 주위의 물을 퍼뜨렸다.

하지만 수룡의 지배하에 있는 물이 그 정도로 사라질 리가 없었다.

사방으로 크게 흩어진 물은 일단 움직임을 멈추더니 다시 이쪽을 향해 모이려 했다.

"울시!"

"워후!"

하지만 어느 정도 빈틈만 생기면 이쪽의 생각대로 움직일 수 있었다.

프란과 나는 전이로 빠져나왔고, 울시는 몸을 최대한 줄여 물의 빈틈을 누비듯이 달렸다.

『어떻게든 탈출했나.』

"위험했어."

"워후!"

공격도 통하지 않고 저쪽은 이쪽을 일방적으로 공격할 수 있다. 게다가 그 공격력은 경이적이다.

『할 수 없다. 먼저 소형함을 부수자!』

"알았어! 울시!"

"웡!"

울시는 공중 도약으로 달리는 프란을 아래쪽에서 따라잡아 능숙하게 자기 등에 태웠다.

『수룡함 그늘로 들어가! 수룡이 공격 못 하는 위치를 차지하는 거야!』

이렇게 큰 수룡함을 차폐물로 이용하면 수룡도 간단히 이쪽을 노리지 못하리라.

"스승! 부탁해!"

『내게 맡겨!』

수룡함이 우리를 무시하고 알기에바 호를 쫓기 전에 주변의 소형함을 가라앉힌다!

"울시는 이대로 전속력으로 달려."

"웡!"

프란이 무엇을 하고 싶은지 지금은 완벽하게 이해할 수 있었다. 지시를 받을 것까지도 없이 형태 변형으로 도신을 거대화했다.

『이러면 되지?!』

"응!"

참함검으로 변한 나를 프란이 수평으로 휘둘러 치켜들었다.

그런 프란을 태운 채 공중에서 해면으로 낙하하는 듯한 궤도를 그리는 울시. 해면이 급속히 가까워졌다. 하지만 프란은 겁먹지 않고 속도를 이용하며 나를 해적선에 내리쳤다.

"하아아압!"

『으랴아압!』

고작 일도에 해적선이 앞뒤로 양단되어 불타오르면서 바닷속으로 가라앉아갔다.

울시는 그대로 속도를 줄이지 않고 다음 해적선을 향해 계속 달렸다.

그리고 울시와 엇갈릴 때마다 해적선이 두 동강 나 잇달아 바다로 사라져갔다. 해적들도 바로 깨달았는지 공격이 날아왔지만 초고속으로 달리는 울시에게 스치지도 못했다.

또한 울시에게서 조금 떨어진 해적선은 내가 마술로 공격했다. 날린 건 토르 해머다. 가까이 있는 배에는 프란과 울시가, 멀리 있는 배에는 내 마술이 덤벼들어 해적선단이 파멸해갔다.

짧은 시간에 해적 함대는 수룡함과 한 척을 제외하고 전부 침몰했다.

"수룡함 외에는 거의 가라앉혔어."

『소형함만 있어서 다행이었어.』

"그런데 왜 한 척을 남겼어?"

『정보를 수집하기 위해서야. 울시, 남은 소형함으로 가!』

"웡!"

해적에게 수룡함의 정보를 얻을 수 있다면 상대의 정체나 약점을 알 수 있을지도 모른다.

『되도록이면 선장을 붙잡고 싶어.』

"알았어."

그렇게 중얼거린 프란은 울시의 등에서 마지막 남은 해적선으로 뛰어내렸다. 그 기세로 바로 아래 있던 해적을 베어버렸다.

"크에에엑——!"
"저, 적이다!"
"어디에서……! 히이익!"
프란이 자신을 둘러싼 해적들을 향해 위압 계열 스킬을 전개했다. 무시무시한 살기에 해적들의 움직임이 멈췄다. 그 틈에 해적들을 감정해봤지만 이 안에 목표인 인물은 없었다.
『프란, 저기에 있는 큰 창을 든 녀석. 저 녀석과 그 옆에 있는 마술사가 간부야.』
"그럼 그 외에는 필요 없어?"
『그래. 심문을 방해해도 성가셔. 다 베어버려.』
"응. 알았어."
프란은 고개를 끄덕이고 단숨에 해적들에게 돌진했다.
"크아아아악!"
"히이이이익!"
갑판에 프란에게 베인 해적들의 비명이 울려 퍼졌다. 뒤에는 해적들에게 아비규환의 지옥이 기다리고 있었다. 프란의 모습이 사라질 때마다 동료의 비명이 들려서 황급히 그쪽을 보면 피를 뿜으며 쓰러진 동료의 비참한 모습이 눈에 들어왔다.
열 명 정도를 순식간에 베어 죽인 프란이 조용히, 그래도 주위에 들릴 목소리로 해적들을 위협했다. 물론 위압을 실어서.
"바다에 뛰어들어 도망칠지, 죽을지. 선택해."
직후, 해적 반수 가까이가 바다로 뛰어들어 도망쳤다. 하지만 프란의 위압에도 굴하지 않고 반수가 남아 있었다. 충성심인지 해적으로서 고집인지 알 수 없지만 꽤 버티는군.

뭐, 소용은 없지만.

"그럼 죽어."

그동안 위치 선정을 마친 프란이 단숨에 나를 휘둘렀다.

지금의 나는 5미터 정도 되는 도의 형태를 띠고 있다. 그런 나를 사용해 날린 검기는 고작 휘두르기 한 번에 스무 명 가까운 해적의 목숨을 빼앗았다.

죽지 않은 해적들의 신음 소리가 울리는 갑판을 프란이 저벅저벅 걸어갔다. 그 시선 끝에는 공포와 경악으로 굳어져 전혀 움직이지 못하고 있는 해적 간부의 모습이 있었다.

어라? 창을 들고 있던 쪽 간부의 얼굴이 피투성이인데?

『프란?』

'응, 좀 실수했어.'

아무래도 창잡이의 얼굴이 약간 베인 모양이다. 위험하잖아! 조금만 더 깊었으면 정보를 듣기 전에 죽었다고. 아니, 엄청난 협박이 된 듯하니 결과적으로 잘됐나?

"수룡을 조종하고 있는 녀석의 정보를 말해."

"아, 알겠습니다!"

"마마마마, 말하겠습니다! 그러니까 목숨만은 살려주십시오!"

간부 두 사람을 그 자리에 정좌시켜 심문했다.

"수룡함의 함장은 누구지?"

"모, 몰라!"

"응?"

"끄으으윽!"

이 마당에 와서 시치미를 떼려 한 간부의 허벅지에 프란이 가차 없이 나를 찔렀다. 격통에 몸부림치는 창잡이.

"수룡함의 함장은 누구지?"

"어, 어느 날 갑자기 나타났어! 누구인지는 몰라! 수룡을 조종할 수 있는 해적이야!"

"지, 진짜야! 우리 같은 해적 출신한테는 자세히 안 알려줬어!"

"최소한의 정보라도 좋으니까 알고 있는 걸 얘기해."

"마, 말할 테니까 검 좀 빼줘!"

"응."

가볍게 고개를 끄덕인 프란이 창잡이의 허벅지에서 나를 뽑았다. 그 순간 찔린 해적이 무섭고 고통스러운 나머지 흐느끼기 시작했다.

그런 동료의 모습을 보고 거스르면 다음은 자기 차례라고 이해했으리라. 몸집 작은 마술사는 프란이 물은 것에 순순히 대답하고, 게다가 묻지 않은 것까지 떠들기 시작했다.

역시 수룡을 조종하는 사람에 대해서 자세히 알지는 못했지만, 그 녀석은 은발에 피부가 검붉은 덩치 큰 남자로, 수아레스라고 불린다고 했다.

"수아레스?"

『시드런의 전 국왕이야. 왜 이런 데 있는 거지?』

혁명 때 붙잡혀 감옥에 갇힌 거 아닌가? 아니, 이렇게 해적질을 하고 있으니 탈옥했겠지. 게다가 수룡함을 훔쳐서.

『저 수룡, 내가 반죽음 상태로 만든 녀석이었던 건가.』

이로써 처음부터 격노했던 이유를 알았다. 아마 내 마력을 기억하고 있을 것이다.

수룡을 강화하는 마도 장치에 대해서도 질문해봤지만, 남자들은 아무것도 몰랐다.

애초에 이 녀석들은 수아레스를 원래부터 따랐던 가신이 아니라, 이 해역에서 군대에 항복했던 전 해적단의 간부들이라고 한다. 수아레스에게 완전히 신용을 받지 못해서 중요한 정보는 모르고 있으리라.

"마, 말한 대로 아는 건 다 얘기했어!"

"그, 그러니까 목숨만은……."

"알았어."

"지, 진짜──크아아악!"

프란이 마술사 해적의 얼굴을 걷어찼다. 그 기세에 갑판에서 팽개쳐져 바다로 떨어져갔다. 그것을 본 창잡이 해적이 큰 소리로 부르짖었다.

"야, 약속과 다르잖아! 사, 살려준다고 했잖아!"

"안 죽여. 그저 방해되니까 바다로 버리는 것뿐이야."

직접 죽이지는 않는다. 방금 발차기 역시 힘을 조절했으니까 의식을 뺏는 정도에 그쳤을 것이다. 운이 좋으면 살 수도 있지 않을까? 뭐, 상당한 확률로 죽을 테지만 말이다. 나름대로 바다의 프로인 해적이니 바퀴벌레 빰치는 생명력을 발휘해 살아남아주기를 바라네.

『다음은──.』

쿠우우우우우웅!

갑자기 선체가 세차게 진동했다.

쿠우우우우우웅!

『수룡이 공격했어!』

우리가 이 배에 올라타 한동안 나오지 않는 것을 알아챘나 보다.

다른 배를 가라앉히고 이 배만 격침시키지 않는 이유는 하나밖에 없다.

수고스럽게 배의 방향을 바꾸면서까지 수룡의 사선을 열어 공격하고 있었다.

그건 그렇고 우리에게 정보를 주지 않기 위해서라고는 하나 동료의 배를 아무렇지 않게 공격할 줄이야…….

『탈출하자! 일단 알기에바 호로 돌아가자.』

수아레스를 붙잡거나 마도 장치를 파괴하면 사태를 타개할 수 있을지도 모른다.

어느 쪽이든 저 큰 배 안에서 우리끼리 사람이나 마도구를 찾으려면 시간이 걸릴 것이다. 여기서는 배로 귀환해 모드레드 일행의 힘을 빌려야 한다.

"알았어."

"웡!"

*

"후우우……."

"밀리엄 님, 왜 그러십니까?"

무심코 새어 나온 한숨을 카라는 놓치지 않았다. 걱정스러운 표정으로 말을 걸었다.

"미안, 좀 그래서."

“빼앗긴 수룡함 때문입니까?”
“그것도 있다. 하지만 지금 생각하던 건 다른 일이다.”
“……그러면 마르 님에 대한 거로군요.”
마르란 바로 얼마 전까지 베리오스 왕국에서 유학하던 배다른 여동생이다.
망나니 오라버니 일당으로부터 도망치는 생활을 견디지 못하리라 판단하고 유학을 구실 삼아 국외로 도망친 것이다.
“잘 알았군.”
혹시 내 심정은 얼굴에 다 드러나는 걸까?
카라가 멋지게 걱정거리를 알아맞혔다.
그렇다. 내 현재 걱정은 뛰쳐나간 마르에 대한 것이었다.
“유학해도 전혀 달라지지 않았단 말이지.”
“하지만 그건 좋은 일 아닌가요?”
“그건 그렇지만, 그 애는 뭐랄까…… 좀 엉뚱한 구석이 있잖나.”
“그렇죠. 저희도 옛날에는 애를 먹었습니다.”
“후후. 왕궁을 빠져나가는 그 애를 쫓는 바람에 왕궁 경호대도 단련되지 않았나?”
“뭐, 도망치는 상대를 붙잡는 기술은 늘었을지도 모르겠네요.”
“능력은 더할 나위 없지. 하지만 그 애에게 수룡함을 주는 게 진짜 좋은 일인지 지금도 가끔 고민할 때가 있어.”
“하지만 배신할 염려 없고 능력도 높은 왕족은 달리 후보도 없습니다. 계승권의 관점에서 봐도 그분 이상으로 어울리는 사람은 없다고 생각합니다.”
“그건 알아. 하지만 그 애에게 무력을 줬는데 문제를 일으키지 않는다고 생각하나?"

"……분명 괜찮을 겁니다."

"지금 공백은 뭐지?"

마르의 성격을 한마디로 말하자면 '흑백이 뚜렷하다'일까. 적에 대한 가혹함과 냉혹함은 언니인 나조차 놀랄 때가 있다. 반면, 한 번 품에 들어온 상대에게는 관용적이고 자비롭다.

그 동생이 함께 있었으면 도저히 잠복 활동을 하지 못했을 것이다. 증오하는 망나니 오라버니에게서 도망치는 생활을 견딜 수 있을 리가 없다. 어딘가에서 폭발해 망나니 오라버니에게 들켰을 것이다.

"확실히 그분은 조금 장난스러운 부분이 있으시죠. 하지만 세리메어 님이 알아듣게 말씀하셨으니까요."

나와 마찬가지로——아니, 나 이상으로 언니에게 심취해서 도움이 되기를 열망하는 동생. 그 마음이 폭주하지 않으면 좋겠는데…….

"일단 무모한 짓은 하지 말라고 했지만 어디까지 알아들었을지."

수룡함을 두 척이나 잃는 사태만큼은 반드시 피해야 한다.

사실은 나도 같이 출격하면 좋았겠지만, 북쪽이 수상했다.

우리나라의 영해에 증오스러운 레이도스 왕국의 함선이 모습을 보인 것이다. 거기에 대처하기 위해서 나는 시드런에 남아야 했다. 언니도 있지만, 여왕이 쉽사리 출격할 수는 없으니 말이다.

"……마르. 무사히 돌아와라."

그리고 되도록이면 소동을 일으키지 말아줘.

*

"미안. 돌아왔어."

알기에바 호로 돌아온 프란은 제롬과 사람들에게 머리를 숙였다.

사실은 나도 사과하고 싶을 정도다.

내가 한다고 큰소리쳤는데 실패했으니 말이다. 그래서 프란에게도 사과하게 했다. 수룡 녀석, 절대 용서 못 한다!

원래는 모드레드 일행에게 비난을 받아도 별수 없지만, 그들은 그런 기색도 없이 프란을 맞이해줬다.

"수룡에게 쏜 기술은 저번에 해적선에 쐈던 기술이지?"

"응."

"배를 일격에 가라앉히는 기술이였는데 대미지를 줄 수 없었으니. 할 수 없지."

제대로 알아주는 사람이 있어서 운이 좋군.

프란은 모드레드 일행에게 수룡의 높은 방어력을 이야기했다.

안 그래도 단단한 비늘에 둘러싸인 데다 마술 스킬에 의한 보호도 있다. 게다가 수룡함을 통해 마력이 공급된다. 지금 상황에서 수룡을 쓰러뜨리는 것은 불가능에 가까웠다.

"저 배에 타서 수룡을 조종하는 녀석을 제압할게."

마도 장치를 파괴하는 작전도 좋지만, 그것으로 수룡에게 확실하게 이길 수 있게 될지는 알 수 없다. 그렇다면 근본을 제압하는 쪽이 빠를 것이다.

"그것밖에 없나."

모드레드도 찬성하는 듯했다.

“문제는 어떻게 적함에 올라타느냐군. 역시 어떻게든 접현할 수밖에 없나?”

“이렇게 되면 우리도 각오를 굳혀야겠군. 우리한테 맡겨라!”

제롬이 각오를 다진 표정으로 자신의 배를 두드렸다. 선원들도 의욕 가득한 표정으로 고개를 끄덕였다.

거기에는 그저 비장한 빛만 있었다. 속도도 민첩성도 압도적으로 뛰어난 수룡함에 접현하려 하는 것이다. 불리한 도박이 된다는 것을 이해하고 있었다.

그런 그들의 결의에 찬물을 끼얹는 듯해서 미안하지만, 위험을 무릅쓰고 접현하지 않아도 적선에 올라탈 방법이 있었다.

“그건 맡겨줘.”

“호오. 흑뢰희 님에게 뭔가 계책이 있나?”

“응. 모두를 순식간에 수룡함으로 보낼 거야.”

드디어 울무토에서 배운 디멘션 게이트 술법이 본격적으로 도움될 때가 왔다. 전혀 보이지 않는 곳에 게이트를 연결하기는 어렵지만, 갑판이 육안으로 보일 정도로 수룡선과 거리가 가깝다. 지금이라면 디멘션 게이트를 적선 갑판에 여는 것이 가능했다.

하지만 모두는 회의적인 얼굴이었다. 아까 자신만만하게 큰소리치고 실패했으니 말이다. 그리고 시공 마술이라는 아주 희귀한 마술을 프란이 쓸 수 있다는 것도 알지 못했다. 믿어주지 않는 것도 어쩔 수 없었다.

하지만 백문이 불여일견이다.

일단 프란과 제롬의 눈앞을 잇는 초단거리의 게이트를 바로 앞에서 열었다.

"이, 이게 시공 마술인가……?"

"그래."

"우오오오? 이, 이거, 진짜야?!"

프란이 자신의 눈앞에 생긴 디멘션 게이트로 손을 넣어 제롬의 선장 모자를 집어 끌어당겼다.

"이런 고등 술법을……!"

"뇌명 마술뿐만 아니라 시공 마술까지!"

"역시 선생님!"

모험가들과 선원들이 경악했다. 그런 가운데 한발 빨리 부활한 것은 모드레드였다. 역시로군.

"지금 술법을 사용해 선박에 올라탄다는 거지?"

"응. 갑판에 게이트를 연결할 거야."

이어서 제롬이 그 뒷일을 생각하기 시작했다.

"그렇다면 이 배는 거리를 벌려놓는 편이 좋겠군."

"응. 기껏 수룡함을 빼앗아도 이 배가 가라앉으면 의미가 없어."

"하지만 저 배에서 도망치는 건 무리 아닌가?"

"그렇지. 수룡의 마술로 계속 공격하면 아무리 알기에바 호라도 위험할지도 몰라."

그건 확실히 위험할 것 같다. 그렇다면 디멘션 게이트로 모드레드 일행을 적선에 태우고 프란이 방어를 위해 남을까? 수룡의 공격을 요격해 이 배를 지키는 것이다.

모드레드 일행도 그 방법밖에 없다고 결론 지었다.

"좋아, 바로 수룡함에 올라탄다! 준비는 됐나?"

“““““오오!”””””

“프란, 부탁한다.”

“응. 그쪽이야말로 부탁해.”

하지만 우리가 디멘션 게이트를 여는 일은 없었다.

땡땡땡땡땡!

다시 갑판에 경종이 울려 퍼졌기 때문이다.

“신참이라 그래?”

“아니야! 종 다섯 번은 정체불명의 배를 발견했다는 신호다!”

제롬의 말대로 남쪽에서 이쪽을 향해 오는 선박을 확인할 수 있었다.

“속도가 빨라!”

“저, 저건 뭐지?”

나는 속도를 전혀 파악할 수 없었지만, 바다의 남자들은 콩알처럼 작게 보이는 거리라도 속도가 어느 정도 되는지 아는 모양이다.

“해적의 별동대일까요?”

본체로 뒤쫓고 별동대로 퇴로를 막는다. 확실히 이치에 맞는 작전이다.

그러나 부선장의 의문에 제롬이 고개를 저었다.

“아니, 한 척뿐이다. 아마 아닐 거야.”

“그렇다면 위험 신호를 보내는 편이 좋지 않을까요?‘

“아니, 잠깐만……. 저 배! 시드런의 국기를 달고 있어! 틀림없어! 게다가 선수의 쇠사슬에 황색 깃발——수룡함이다!”

제롬이 외친 순간 알기에바 호의 갑판에 전율이 흘렀다.

수룡함과 적대하는 한중간에 새로운 수룡함이 나타난 것이다. 많은 선원은 적의 새로운 적이라고 생각했으리라.

"흐음, 해적기는 달려 있지는 않지만……."

"적일까요?"

"모른다. 하지만 적일 경우에는 최악이야."

속도 빠른 수룡함에 협공당하는 형태다. 도망치는 건 불가능하리라.

"아! 선장님! 저쪽에서도 움직임이 있습니다!"

"뭐라? 정말이군! 가라앉는 건가……."

"침몰하고 있어?"

제롬과 모드레드가 의문스럽게 생각했듯이 푸른 깃발을 내건 수룡함이 바닷속으로 가라앉기 시작했다.

하지만 단순히 수몰되는 건 아닌 듯했다. 수룡의 마력이 자신뿐만 아니라 배 전체를 뒤덮고 있다는 것을 알 수 있었다.

"뭐지? 저 빛에 물이 튕겨나고 있어?"

"배가 통째로 물에 잠수하는 능력이 있었던 거군요!"

제롬과 부선장이 눈을 크게 뜨는 것도 무리가 아니다.

수룡함의 갑판이 해면보다 아래로 가라앉아도 빛의 막 같은 것이 물을 튕겨내 바다에 휩쓸리지 않았던 것이다. 잠수 능력까지 있었던 모양이다.

"마력이 느껴져."

"수룡함이 신출귀몰하다는 건 속력이 빠르기 때문만이 아니었던 거냐!"

잘 몰랐는지 선원들이 시끌시끌했다.

하지만 바로 제롬이 위험함을 눈치챘나 보다.

"물속에서 당하면 한 방에 가라앉는다!"

"어, 어떻게 대처하죠?"

하지만 그 우려는 실현되지 않는 듯했다. 바닷속으로 모습을 감춘 푸른 깃발 수룡함은 알기에바 호에 돌격하기는커녕 거리를 벌리기 시작했다. 아무래도 이 해역에서 이탈하려는 모양이다.

그것을 프란이 알리자 선원들이 갑자기 근심스러운 표정을 지었다.

"저 노란 깃발 수룡함한테서 도망치려는 건가?"

"수룡함끼리 적대하고 있다고?"

"타이밍으로는 그렇게밖에 생각할 수 없어."

확실히 그 추측은 정확할지도 모른다. 푸른 깃발 수룡함은 새로 나타난 수룡함과는 정반대로 진로를 잡았다.

"선장님, 어쩌죠?"

"……양쪽 수룡함에서 멀어지는 침로를 잡아. 그래도 새 수룡함이 쫓아오면 그때는 다시 대처 방법을 생각한다."

"알겠습니다!"

제롬의 말에 따라 부선장 이하 선원들이 황급히 움직이기 시작했다.

자, 어떻게 될까?

제5장 수룡함

『새로 나타난 수룡함에는 어떤 녀석이 타고 있을까?』

"밀리엄?"

『깃발 색깔이 달라. 그건 아닐 거야.』

"그럼 세리메어?"

『더 아닐 거 같은데? 아무리 그래도 여왕이 나라를 내버려두고 이런 곳에 있을 리는 없지.』

우리는 울시의 등에 타고 새로 나타난, 노란 깃발을 단 수룡함으로 향하고 있었다.

명백하게 알기에바 호를 뒤쫓는 침로를 잡았기 때문이다.

깃발을 이용한 신호로 우호적인 접촉을 이쪽에 요구해왔지만, 신용할 수 있을지 없을지도 알 수 없었다. 평소라면 문제없겠지만 수룡함에 막 공격받은 터라 신용하기 어려웠던 것이다.

노란 깃발 수룡함은 적일까 아군일까.

그것을 확인하기 위해서 우리가 다시 날아올랐다.

『또 전투가 벌어질 가능성도 있어. 방심하지 마.』

"응!"

"웡!"

상대를 자극하지 않도록 속도를 살짝 낮춰 수룡함에 다가갔다.

다가가 보니 이 배도 역시 밀리엄의 수룡함과 똑같았다. 애초에 배의 앞쪽에서부터 수룡의 흉악한 마력을 느낄 수 있었다.

틀림없이 수룡함이었다.
선원들이 무기를 들고 이쪽을 올려다보고 있지만 바로 공격해 올 기색은 없었다.
우리도 상대도 서로를 관찰하는 듯한 상황이다.
『선원 갑옷에 시드런의 문장이 보여.』
'그럼 어엿한 군대네.'
『아마 그렇겠지.』
푸른 깃발 수룡함의 주인이 정말 수아레스라면 시드런 해국은 잡으러 움직일 것이다. 그리고 수룡함을 상대하려면 수룡함을 파견하는 것은 당연했다.
바다에서는 최강의 존재다.
일반 함대를 파견했다가는 도리어 당한다.
대항할 수 있는 것은 같은 수룡함뿐이다.
『응? 저건……?』
'스승, 왜 그래?'
『선원 중에 낯익은 얼굴이 있어.』
'어디?'
『중앙 돛대 아래 부근이야. 녹색 갑옷을 입은 전사풍 남자 한 명 있지?』
180센티미터쯤 되는 키에 머리를 짧게 깎고 성실해 보이는 남자다. 피부도 구릿빛이어서 마치 보디빌더처럼 보였다.
'……있어. 그런데 누구야?'
프란은 잊어버렸나.
나도 어렴풋이 기억하는 정도이니 어쩔 수 없겠지.

『밀리엄의 부관 중 한 명이었던 바이크야.』

"바이크?"

오오. 이름을 들어도 안 떠오르는 건가?

『그 왜! 시드런 때 있었잖아! 밀리엄의 부관인 카라의 동료에 살짝 존재감 흐린 남자가!』

"?"

『같이 적과 싸웠잖아!』

"??"

『……아니, 이제 됐어. 다만 되도록 기억하는 연기를 해줘.』

"알았어."

내 말에 고개를 끄덕이는 프란. 설마 이렇게까지 완벽하게 잊어버릴 줄은 몰랐다. 밀리엄의 부하 중에 남자가 있었다는 것 정도는 떠올릴 줄 알았는데.

『아무튼 바이크가 있다는 건 이 수룡함은 시드런 해국 소속이라는 뜻이겠지.』

저쪽은 이쪽을 기억하고 있을까? 아마 기억하고 있을 터다.

오히려 그만큼 활약한 데다 모습이 특징적인 프란을 잊어버렸다면 기억 장애를 의심해야 한다고 생각한다.

『그럼 경계하면서 천천히 내려가자.』

여차할 때는 염동과 장벽으로 몸을 보호하는 준비는 잊지 않았다.

"응. 울시."

"웡!"

울시는 나선을 그리는 듯한 궤도로 천천히 고도를 낮췄다.

착지할 장소는 갑판 중앙 부근. 바이크가 있는 곳 바로 앞이다.
예상대로 배에서 공격은 날아오지 않았다.
바이크의 표정을 보니 적의는 느껴지지 않았다. 명백하게 프란인 것을 알아보고 있었다.
『아, 이쪽에 손을 흔들었어. 프란, 마주 흔들어줘.』
“응.”
이쪽이 자신을 알아본 것을 알았는지 바이크의 얼굴에 웃음이 피어올랐다.
그대로 울시가 갑판에 내려서자 맨 먼저 바이크가 다가왔다.
“프란! 오랜만이로군!”
“바이크? 도.”
“오오! 기억하는 건가!”
“응.”
미안하군, 그렇게 활짝 웃어주고 있는데. 그건 거짓말이야.
다만 프란의 포커페이스 덕분에 거짓말이라는 게 들통나지는 않았다. 운이 좋군.
이대로 호의적인 분위기대로 얘기를 진행시키자.
“바이크는 여기서 뭐 해?”
“죄인을 쫓고 있다.”
“수아레스?”
“역시 알고 있나. 그렇다.”
“그럼 그 배는 정말 수아레스의 수룡함이야?”
“그래……. 녀석이 탈옥할 때 빼앗아갔다.”
바이크가 불쾌한 얼굴로 고개를 끄덕였다.

시드런 입장에서 보면 국가의 위신에 흠이 생겼다 해도 이상하지 않을 사태다.

"불과 보름 전의 일이다."

바이크가 간단하게 설명해줬다.

수아레스의 부하들도 붙잡혔지만 일부는 증거 불충분으로 연금되는 데 그쳤다. 그들이 국외에 파견돼 있던 수아레스파 군인을 은밀히 불러들여 감옥과 군항을 습격한 것이다.

"바보 왕한테 그렇게 부하가 많았어?"

"그래 봬도 전왕이니 말이야……."

썩어도 왕족인가. 어느 정도 부하가 있었던 모양이다.

"그리고 여자는 따를 수 없다는 보수적인 인간이나 세리메어님의 즉위로 요직에서 밀려난 전 국왕의 측근들이 은밀히 지원한 듯하다."

세리메어와 부하들도 주의했겠지만, 애석하게도 혁명으로 인한 혼란이 계속됐다. 특히 인재 부족이 심각해서 모든 곳을 관리할 수 없는 상황이라고 했다.

이번 탈옥은 그런 혼란의 틈을 찌른 거겠지.

"프란이 날아온 저 배. 수아레스의 수룡함과 교전한 것처럼 보였는데, 틀림없나?"

"응."

"폐를 끼쳤군……."

"갑자기 도망갔어."

수룡함과 수룡함이 붙는다면 호각이리라. 하지만 우리가 있다. 수룡이 쓰리지지는 않더라도 전투 중에 우리가 끼어들 가능성이 있다. 그것을 경계해 물러난 듯했다.
"바이크가 선장이야?"
"당치도 않다! 나는 단순한 보좌역이다! 수룡은 왕족분들밖에 따르지 않는다."
그러고 보니 그랬다.
즉, 이 배에 시드런 해국의 왕족이 타고 있다?
"이 수룡함, 위슈칼의 주인은 제3왕녀 마르 님이다."
"마르? 누구야?"
프란이 그렇기 중얼거린 순간, 주위 선원들이 크게 수런댔다.
그 시선에는 살짝 위태로운 분위기가 깃들어 있었다.
"마르 전하를 이름으로만 부르다니……."
"저 계집은 뭐야……."
왕족을 경칭 없이 부른 데 반응한 모양이다.
충성심이 높다는 뜻이겠지만, 조금 성가셔지지 않을까?
"여전하군……."
그러나 가장 화를 낼 만한 바이크는 쓴웃음을 지을 뿐이었다.
프란은 세리메어도 밀리엄도 이름만 부른다. 새삼스럽다고 생각했을 것이다.
"이봐, 너희들. 이 소녀는 세리메어 님이나 밀리어 님과 친한 모험가다. 실례하지 않도록."
"네? 바이크 씨, 그거 정말입니까?"
"사실이다. 혁명의 숨은 공로자이기도 하다."
바이크가 그렇게 말한 순간, 선원 몇 명이 소리를 높였다.
"아아! 나 본 적 있는 거 같아!"

"나, 나도야! 확실히 왕녀님들과 같이 있었어!"
"아아! 그러고 보니! 이 늑대도 있었어!"
시드런 혁명 때 세리메어 자매와 같이 싸운 병사도 많은가보다.
그리고 당시에는 아직 왕녀였던 세리메어의 옆에서 호위를 하던 프란과 울시를 기억하는 사람도 몇 명 있었다.
"흐음? 그러면 그 소녀가 언니가 이야기하던 모험가 프란인가?"
"누구야?"
프란이 몸을 돌린 앞에는 자그마한 소녀가 있었다. 그야말로 나이도 키도 프란과 별반 다를 바 없을 것이다.
기척 감지 스킬로 누군가가 갑판으로 올라오는 건 알고 있었지만, 설마 소녀라고는 생각하지 못했다.
시드런 국민 특유의 구릿빛 피부에 제멋대로 자라도록 내버려 둔 듯한 긴 흑발. 미소녀지만 묘하게 박력이 있었다. 그 얼굴에는 옅은 미소가 떠 있었지만 어째선지 사나운 육식동물을 연상시켰다. 커다란 금색 눈동자도 어딘가 맹수 같은 느낌이 들었다.
게다가 입고 있는 옷 때문에 눈에 띄었다. 이른바 군복이다.
목까지 올라오는 검은 옷깃에 챙 달린 모자. 훈장이 달리지는 않았지만 가슴에는 시드런 해국의 문장이 자수되어 있었다. 영화에 나오는 잠수함 함장이 이런 옷을 입었던 것 같다. 내 빈곤한 이미지로는 그 정도 감상밖에 떠오르지 않았다.
하지만 의외로 어울렸다.
헐렁한 군복을 입은 로리 캐릭터가 자주 나오는 애니메이션이 있는데, 이 소녀는 군복을 제대로 소화하는 인상이었다. 적어도 제복에 사람이 파묻히지는 않았다.

허리에 차고 있는 사벨은 의례용으로밖에 보이지 않는데, 이걸로 싸우는 건가?

"나는 마르 아마레로 시드런. 이 수룡함의 주인이다."

"나는 모험가 프란. 마르는 세리메어와 밀리엄의 동생이야?"

"정말 누구에게나 그런 태도로군."

"응?"

"아니, 세리메어 언니가 허락한 것을 내가 비난할 수는 없지. 마르라고 부르는 것을 허락한다."

마치 군인 같은 말투다.

밀리엄도 공주님인 주제에 모습이나 말투가 전사 자체였는데, 이 소녀도 거의 그렇다.

시드런 해국에는 이상한 공주님밖에 없는 건가?

하지만 저쪽이 이쪽을 배려해서 양보하는 말을 꺼낸 건 확실했다.

『프란, 감사 인사해.』

"? 고마워?"

"신경 쓰지 마라. 그런 것보다 좀 묻고 싶은 게 있는데, 괜찮겠나?"

이쪽도 묻고 싶은 건 여러 가지가 있다. 오히려 저쪽에서 먼저 이야기를 꺼내줘서 고마울 정도였다.

"알았어."

"너희 배는 빌어먹을 자식의 발사와 싸운 듯한데, 정보는 없나?"

"빌어먹을 자식? 발사?"

"망나니 오라버니 수아레스에 대해서는 알고 있겠지? 그놈을 빌어먹을 자식이라고 안 하면 누구를 빌어먹을 자식이라 부르지?"

"그러네."

"경애하는 세리메어 언니에게 거역하다니, 빌어먹을 자식! 자존심이 높은 것 말고는 모든 게 언니에게 뒤떨어지는 머저리 주제에 언니의 속을 썩이다니! 지옥 끝까지 쫓아가서 언니를 우습게 본 대가를 받아내 주마!"

얘기하는 동안 열이 올랐는지 작은 손을 휘두르면서 수아레스에게 폭언을 퍼부었다.

어지간히 전 국왕이 싫은지, 그 얼굴은 정말 불쾌해 보였다.

반대로 세리메어에게는 높은 충성심을 가지고 있는 듯했다.

"어험…… 잠시 열을 올렸군."

바로 자신의 추태를 알아차렸나 보다. 마르가 얼굴을 빨갛게 물들이며 헛기침을 했다.

"미안하다."

"괜찮아."

"발사란 녀석의 수룡이다. 참고로 내 수룡은 위슈칼이라 한다. 잠시 기다려라."

마르가 그렇게 말하고 한 걸음 앞으로 나왔다. 그리고 큰 소리로 외쳤다.

"위슈칼! 인사해라!"

"크르르!"

마르의 목소리에 대답하듯이 해면을 가르며 거대한 그림자가 모습을 드러냈다.

확실히 수룡이다. 전에 본 밀리엄의 아큐스와 아주 비슷했다.

다만 동종 마수라 해도 역시 개체차가 있었다.

밀리엄의 아큐스가 진남색, 수아레스의 발사의 비늘이 군청색인 것에 비해, 위슈칼의 색은 남보라색이었다. 체격이나 더 세세한 부분에 대해서는 비교할 수 있을 만큼 다른 두 마리를 찬찬히 본 적이 없기 때문에 아무 말도 할 수 없다.

위슈칼은 노려보는 것도 위압하는 것도 아닌 고요한 눈동자로 이쪽을 응시했다.

거기에서는 분명한 지성과 마르에 대한 친애 같은 것을 느낄 수 있었다.

계약으로 지배하고 있다고 하는데, 수룡들도 결코 마지못해 따르는 건 아닌 듯했다.

"어떤가? 용맹한 얼굴이지?"

용맹하다고 할까, 박력은 있었다. 용이니 당연하다.

다만 그 말에서 마르가 수룡을 소중히 생각하는 마음이 전해져 왔다.

밀리엄도 같은 느낌이었으니 시드런 왕족에게 수룡은 특별한 존재인가 보다.

"응. 멋있어."

마음이 거의 소년 같은 프란은 진심으로 수룡을 칭찬했다. 눈을 반짝반짝 빛내면서 위슈칼을 올려다보고 있었다.

"그렇지? 얘기가 꽤나 잘 통하는군!"

"위슈칼이라고 해?"

"크르르!"

"잘 부탁해."
"크르르르."
수룡이 고개를 꼬아 프란에게 얼굴을 접근시켰다.
그 큰 두 눈으로 프란을 관찰하는 듯했다.
그런 수룡을 앞에 두고도 프란은 두려워하는 기색을 보이지 않았다. 오히려 위슈칼에게 스스로 다가가 그 얼굴을 쓰다듬었다.
"응. 역시 멋있어."
"워후워후!"
프란이 위슈칼을 칭찬하자 울시가 그 발밑에 달라붙었다.
몸을 프란의 다리에 비비면서 뭔가를 어필했다.
"울시?"
"워후후!"
프란이 울시를 내려다보고 고개를 갸웃거리자 울시가 묘하게 야무진 얼굴로 앉았다.
더 나아가 엎드리거나 부들부들 떨리는 뒷다리로만 일어나기도 했다.
"워후……."
아무래도 자신도 멋지다고 말하고 싶은 모양이다.
"호오? 털이 꽤나 좋은 늑대로군. 뭐, 좀 바보 같지만 그게 또 매력이기도 하지."
칭찬하는 거야? 아니면 깎아내리는 거야?
아니, 칭찬하고 있는 듯했다. 마르의 얼굴이 활짝 웃고 있었기 때문이다.
말은 여전히 군인 같지만, 아무래도 귀여운 것을 좋아하나 보다. 그런 부분은 나이에 걸맞은 듯했다.

"잠시 얘기가 벗어났군. 빌어먹을 자식을 얘기하고 있었지. 녀석에 대해 정보를 가지고 있지는 않나?"

"예를 들면?"

"어떤 거든 상관없다. 본거지든 부하의 규모든 뭐든지."

마르 일행은 이 해역에 막 도착해서 자세한 정보를 아직 얻지 못했다고 한다.

"설마 본격적인 탐색을 하기 전에 맞닥뜨릴 줄은 몰랐다."

"왜 이 해역에 왔어?"

"우리나라 상인들에게 정보를 얻었다. 이 해역에서 무시무시하게 빠른 해적선이 출몰하고 있다더군."

수룡함이 출몰한다는 소문은 없었지만, 시드런의 선원이 아주 빠르다고 말할 수준의 배는 그리 많지 않다.

그 소문을 실마리 삼아 찾아와보니 빙고였다는 뜻인가 보다.

도착해서 바로 목표인 상대를 발견했으니 엄청나게 운이 좋은 거 아닐까?

그 덕분에 산 우리도 운이 좋을지도 모르고.

"네가 탄 배는 수인국 직속 상선이지?"

"응."

"흐음……. 일단 네가 탄 배의 책임자와 대화의 장을 만들고 싶은데, 중개해주지 않겠나?"

'스승?'

『괜찮을 거 같아.』

애초에 상대는 왕족에 수룡함의 주인이다. 거절하는 건 좋은 방법이 아니리라.

그녀들과 이야기가 잘 풀리면 호위를 부탁할 수 있을지도 모른다.

"알았어. 그럼 일단 돌아가 제롬에게 전할게."

"잘 부탁하지."

마르의 말을 제롬에게 전하기 위해서 우리는 알기에바 호로 향하는 귀로에 올랐다.

위슈칼이 속도를 줄이면서도 계속 항행했기 때문에 거리가 상당히 가까워져 있었다.

"프란 아가씨! 무사했나!"

"시간이 걸렸는데, 어떻게 됐지?"

전투가 일어나는 기척도 없이 프란이 저쪽 배에 계속 타고 있었기 때문에 이쪽에서는 상당히 걱정했던 모양이다.

"괜찮았어."

"그야 보면 아는데……."

"마르가 선장이야."

"마르?"

"응."

"저기……."

아, 이런. 꽤나 여러 가지 일이 있었으니 프란이 제대로 설명할 수 있다고 생각하는 건 무리다.

『프란, 내 말대로 얘기해.』

'알았어.'

그리하여 어떻게든 내 도움을 받으면서 프란은 수룡함 위슈칼에서 있었던 일을 얘기했다.

마르가 누구라는 것부터 시작하여 시드런 해국에 소속된 배라는 것. 죄인인 전 국왕을 쫓고 있다는 것. 더욱이 왕녀인 마르가 제롬과의 회담을 바라고 있다는 것도 전했다.

"왕녀님? 놀랍군……. 아니, 수룡과의 계약은 왕족밖에 할 수 없다고 했으니 당연하겠지."

"선장님, 어떻게 할까요?"

"어떻게는 무슨, 거절할 수는 없잖나."

"그렇겠죠. 거절하면 여러모로 문제가 생길지도 모르니까요."

제롬과 부선장이 의논했지만 역시 거절한다는 선택지는 없는 듯했다.

상대는 이곳 일대 해역에서 위세를 떨치는 해양 국가의 왕녀이자 최고 전력이다. 그야 거절할 수 없으리라.

"아가씨. 저쪽은 일단 우호적인가?"

"응."

"그런가…… 시드런의 배가……."

시드런이 상대인 게 뭔가 문제가 되나?

그러고 보니 제롬이 수인국과 시드런 해국은 견원지간이라고 말하기는 했는데…….

"문제라도 있어?"

"시드런 해국과 수인국의 관계는 우호적이라고는 말하기 어려워."

수인국의 선대 국왕은 노예 매매를 통해 바다 저편에 있는 레이도스 왕국과 우호 관계에 있었다.

시드런 해국은 마침 수인국과 레이도스 왕국 사이에 있는 위치에 있어서 오랫동안 양국의 압력을 받아왔다. 외교든 군사든 긴장 관계에 있었다고 해도 좋다.

시드런 해국 입장에서 보면 수인국은 아주 성가신 가상 적국 같은 존재라고 한다.

그런 사이의 상대가 제안한 접촉에 경계하지 않을 수는 없을 것이다.

"하지만 지금은 긴급 사태다. 터무니없는 말은 하지 않겠지……. 알았다, 회담 신청을 받아들이지. 내가 저쪽 배로 가겠다. 미안하지만 다시 왕복해주겠나?"

"알았어."

그 후, 프란도 울시도 나도 애썼다. 알기에바 호와 수룡함 위슈칼의 사이를 몇 번이고 왕복해 서로의 말을 전했기 때문이다. 참 힘들었다니까.

어? 나는 그저 등에 매달려 있었던 거 아니냐고?

무슨 소리야, 프란 통역은 꽤나 중노동이라고.

아마 내가 없었으면 왕복하는 횟수가 다섯 배 정도는 됐을 거다.

그렇게 프란이 왕복을 시작하고 30분 후.

알기에바 호와 위슈칼이 접촉할 수 있는 거리로 다가왔다.

처음에는 어느 정도 떨어진 곳에서 작은 배를 이용해 오고 갈 예정이었다.

완전히 동료 사이가 아닐 경우에는 그게 보통이라고 한다. 상대에게 배신당하면 피해가 크므로 당연한 장치이리라. 접근하면 대포의 사정거리에 들어가고 전투원을 투입할 수도 있다.

다만 이번에는 사정이 좀 달랐다.

양쪽의 입장이 너무 다른 것이다.

신분도 무력도. 특히 무력을 말하자면 수룡함이 압도적으로 위였다.

"속도와 원거리 공격력에서 뒤쳐진다. 거리가 떨어져 있으면 오히려 할 수 있는 일이 없어. 그렇다면 저쪽의 제안을 받아들여야지."

이것이 제롬의 생각이었다.

뻔뻔하다고도 할 수 있을 것이다.

배신당하면 어차피 격침된다. 그렇다면 최악의 경우에는 반격할 수 있는 거리까지 다가가는 편이 낫다고 생각한 모양이다.

그리고 두 배가 접근해 뱃전이 맞닿았다. 양쪽의 거리는 1미터 이하일 것이다.

그러자 타륜을 쥐고 있던 선원이 초조한 기색으로 소리를 질렀다.

"서, 선장님! 조타가 안 됩니다!"

"그대로 있으면 돼. 저쪽의 수룡이 충돌하지 않도록 해류를 조작하고 있을 뿐이야."

"예, 옛썰."

그렇다. 경이적인 조선 기술로 접근시키는 것이 아니라 수룡의 해류 조작으로 배가 충돌하지 않는 거리를 유지하고 있는 것뿐이었다.

이것 역시 수룡의 강점이리라. 상대의 배의 침로를 조작할 수 있게 되면 해전에서는 압도적으로 유리하니 말이다.

"다리가 놓였습니다!"
"알았다!"
수룡함에서 트랩이 걸쳐지자 제롬이 기합 들어간 표정으로 발을 내디뎠다.
둘 다 대형함이지만 알기에바 호 쪽이 조금 컸다. 화물선과 전함의 차이이겠지.
제롬이 당당히 트랩을 내려가 수룡함에 탔다.
마르가 맞이했다.
처음에는 마르가 선두에 서서 맞이하는 것에 바이크가 난색을 표했다. 어차피 아직 완벽하게 우호적인지 알 수 없는 상대다.
당연한 경계일 것이다.
프란의 앞에 멋대로 모습을 드러낸 것도 바이크에게 상당히 혼난 모양이다.
그래도 제롬 일행에게 성의를 보이기 위해서 마르가 가장 앞에 서 있었다.
이쪽 멤버는 제롬, 프란, 모드레드 파티다.
백병전 전력이라면 알기에바 호가 우세하리라.
어떤 의미에서 양쪽의 균형은 절묘했다.
"나는 이 배의 주인이자 시드런 해국 제3왕녀, 마르 아마레로 시드런이다."
"저는 수인국 공인 무장 상선 함장, 제롬이라 합니다."
마르와 제롬이 다부지게 웃으면서 악수를 했다.
양쪽 모두 서로를 품평하고 있는 듯했다.

10분 후.

"얘기가 꽤나 잘 통하는군! 마음에 들었다!"

"마르 님도 왕녀님으로 계시기에는 아까운 분이로군요!"

마르와 제롬은 완전히 의기투합했다.

아무래도 마르는 이것이야말로 바다 사나이라는 분위기의 제롬이 어지간히 마음에 들었나 보다.

제롬도 공주님 같지 않은 마르를 인정한 듯했다.

마르가 "후하하하하" 하고 공주님답지도, 어린애답지도 않게 크게 웃으며 제롬의 다리를 팡팡 두드렸다.

양쪽의 키가 더 비슷했다면 어깨동무라도 하지 않았을까? 키가 작은 마르와 덩치 큰 제롬은 아무리 그래도 불가능했다.

그런 두 사람이 앞으로의 항해에 대해 의논을 나눴다.

"그러면 그 수룡함 격파에 힘을 빌려주신다는 말씀입니까?"

"그래. 이 배만으로도 해낼 자신은 있지만, 그대들의 힘을 빌릴 수 있다면 그걸 확실하게 해치우는 게 가능하다."

"호오? 작전이 있으신지요?"

"음."

마르가 작전을 설명해줬다.

원래 수룡함 위슈칼과 수룡함 발사가 싸우면 위슈칼이 유리하다고 한다.

발사는 내가 입힌 부상이 낫지 않은 데다 선체 정비도 완벽하지 않다. 게다가 위슈칼에는 대수룡용 비밀 병기도 탑재되어 있다.

그것을 알기 때문에 발사는 도망을 선택한 것이리라.

"적어도 배끼리 벌이는 원거리전에서는 내 쪽이 유리하다."

하지만 포획하게 되면 또 이야기가 다르다.

수아레스의 배에는 그와 함께 도망친 전사들도 타고 있어서 백병전이 벌어지면 마르 일행이 불리한 것이다.

"최악의 경우에는 격침해 발사를 해치우는 방법도 생각하고 있었다."

"소중한 수룡함을 가라앉혀도 되겠습니까?"

"할 수 없다. 저걸 방치하면 바다의 질서가 크게 흔들린다. 여왕 폐하의 체면 문제뿐만 아니라 수많은 선원들에게 폐를 끼치게 되겠지. 그건 저지해야 한다."

"그렇군요."

"하지만 너희가 있으면 얘기는 다르다."

그렇게 말하고 대담하게 웃는 마르의 눈은 프란과 모드레드에게 향해 있었다.

왕족에게 감정을 쓰는 건 위험하기 때문에 마르의 능력은 정확히 알 수 없다.

그러나 그녀는 상당히 강했다. 강한 마력이 느껴지니 마술도 쓸 수 있을 것 같지만, 전사로서도 나름대로 강했다. 적어도 프란이나 모드레드의 힘을 감지할 정도의 실력은 가지고 있는 듯했다.

"프란뿐만 아니라 랭크 B 모험가라는 전력을 가지고 있는 너희의 조력이 있으면 백병전에서 결착을 낼 수 있을 거다. 탐색은 이쪽에 맡겨라!"

위슈칼로 발사의 움직임을 봉쇄하고, 그동안 프란과 모드레드가 돌입해 수아레스를 붙잡는다. 그것이 마르의 이상이리라.

하지만 제롬이 갑자기 심각한 표정을 지었다.

"으음……."

확실히 수룡함 발사는 위협적이지만 이미 어딘가로 떠났다. 제롬으로서는 이대로 아무 일 없이 수인국에 도착할 수 있다면 만사 OK일 것이다.

굳이 이제부터 수룡함을 찾아 싸움을 거는 리스크 높은 행위에 적극적으로 가담하고 싶지는 않을 터였다.

애초에 프란과 모드레드는 호위로 고용됐을 뿐이라 그의 부하가 아니다.

수룡함에 현재진행형으로 공격받고 있다면 몰라도 마르의 작전에 가담시킬 권한이 있느냐를 따지자면 미묘했다.

예를 들어, 도시에서 도시로 호위하는 의뢰를 받았을 뿐인 모험가에게 지금부터 도적의 거점을 처리하러 가니 도와달라고 하는 것과 마찬가지다. 모험가가 동의할 리가 없다. 계약 외 사정이라며 도망칠 게 뻔했다.

바다 위라 프란이나 모드레드를 비롯한 사람들이 도망칠 일은 없을 것이다. 하지만 그건 그것대로 문제다. 모험가들이 반항해 배를 빼앗을 수도 있다. 그렇지 않더라도 나중에 그 일을 문제 삼는다면 길드와 국가의 사이가 틀어질지도 모른다.

마르도 그건 알고 있는 모양이다.

"물론 무조건 그래야 한다는 건 아니다."

"호오? 예를 들자면?"

"우리나라와 수인국이 정식으로 통상에 관한 교섭의 자리를 여는 건 어떤가?"

"아니……!"

"그 자리에는 대신 지위 이상의 사람이 동석하는 것도 확약하지 않겠나."

"……이 자리에서 그렇게까지 약속해도 괜찮겠습니까?"

"음. 문제없다. 죄인을 체포하기 위해서니까."

현재 국교는 있지만 험악한 사이다.

게다가 그 원인은 수인국 측에 있다고 해도 좋다.

거기서 갑자기 상대가 손을 내밀었으니 제롬이 놀라는 것도 무리는 아니었다.

왕따를 당한 아이가 왕따를 주도한 녀석에게 "일을 도와주면 과거는 용서해줄게"라고 말하는 느낌일까?

뭔가 꿍꿍이가 있다고 의심하는 것도 어쩔 수 없으리라.

그래도 제롬의 마음은 상당히 동요하고 있는 것처럼 보였다.

정치에 대해 잘 아는 건 아니지만, 시드런 해국과의 관계는 바다에 관련된 모든 사항에 영향을 미칠 터다.

제롬은 뱃사람이지만 수인국의 신하이고, 이렇게 큰 배를 맡고 있는 사람답게 상당한 지위에 올라 있을 것이다. 그런 얘기를 들었을 경우에 고민할 정도의 권한이 있는 듯했다.

제롬은 깨닫지 못한 듯하지만, 시드런 해국 측도 수인국과는 양호한 관계를 회복하고 싶을 터다.

현재 시드런은 레이도스 왕국과는 완전히 인연을 끊었고, 크란젤 왕국과는 사이가 깊어졌다. 그 크란젤 왕국과 우호국이자 자국의 배후에 위치한 수인국의 관계는 국교와 국방상 중요할 터였다.

수인국과 우호 관계를 맺으면 레이도스 왕국에만 전력을 쏟는

게 가능해진다.

"어떤가? 귀국에도 나쁜 얘기는 아니라고 생각하는데?"

그런 사정은 내색도 하지 않고 마르가 제롬을 재촉했다.

역시 왕족답게 그런 흥정에 능하다. 이미 수룡함이 수인국 선적인 알기에바 호와 교전했다. 그것 자체를 약점으로 생각하면 그 이상 약점을 드러내는 일은 외교상 불리해질지도 모른다.

그래서 마르는 일부러 강하게 나왔을 것이다.

반면에 제롬은 우수한 뱃사람일지는 몰라도 정치나 장사의 전문가는 아니다. 마르의 의도를 소상히 파악하기는 어려운 듯했다.

"그, 그건 그렇습니다만……."

"선장님, 여기서는 일단 다 같이 의논해보시죠."

아무래도 부선장은 마르의 생각을 이해한 듯했다. 제롬에게 남몰래 중얼거렸다.

그것을 본 마르가 빙긋 웃으면서 다시 입을 열었다.

"빌어먹을 자식의 수룡함의 행방을 모르는 그쪽이 우리와 행동하는 건 이익도 된다고 생각하는데?"

"읏……."

부선장이 괴로운 얼굴로 신음했다.

그렇다.

다음에 수룡함과 접촉하면 알기에바 호만으로 반드시 이길 수 있다고 장담할 수 없다.

우리가 제안한 작전 역시 반드시 성공한다는 보장이 없었다.

그렇게 생각하자 부선장도 강하게 나설 수 없는 모양이다.

저쪽의 기분을 상하게 하면 이 앞을 자신들만 항해해야 한다. 아니, 그뿐 아니라 여기서 이 수룡함과 교전 상태가 될 위험 역시 있었다.

"뭐, 상황이 상황인 만큼 의논하는 건 상관없다."

"감사합니다."

제롬 대신 부선장이 고개를 숙였다. 오랜 경험 때문인지 여기서는 제롬이 자연히 부선장에게 교섭을 맡긴 느낌이 들었다.

"선장님을 대신하여 감사드립니다."

"하나 확실히 해두겠는데, 여기서 그대들이 내 제안을 거절한다 해도 우리가 적으로 돌아서는 일은 없다. 프란은 언니의 은인이기도 하니까."

그 말에 제롬이 안심한 기색을 보였다. 마르가 거짓말을 하는 타입이 아니라고 이해했기 때문이겠지. 적어도 수룡함 두 척이 노리는 사태는 사라졌다.

그러나 마르의 말은 거기서 끝나지 않았다.

"하지만 그 경우에는 여기서 각자 행동한다. 빌어먹을 자식을 발견하는 건 최우선 사항이니까. 그건 유의해주기를 바란다."

제롬이 눈에 보이게 낙담했다. 교섭을 잘 진행해 항구로 바래다주게 할 길이 사라졌기 때문이리라.

부선장이 그것을 보고 한숨을 내쉬었다. 기껏 자신이 포커페이스를 유지하고 있는데 제롬의 반응으로 이쪽의 목표를 마르가 완벽하게 읽었으니 말이다.

"……그러면 일단 배로 돌아가 의논하겠습니다."

"그렇게 하도록."

"자, 돌아가시죠, 선장님."
"아, 그래."
마지막에는 부선장이 제롬을 끌다시피 해서 수룡함을 뒤로 했다.

알기에바 호의 갑판에 돌아오자 부선장 주도로 앞날에 대한 협의가 시작됐다.
"선장님, 아까 이야기, 어떻게 생각하셨습니까?"
"뱃사람으로서는 너무 위험하다고 생각하지만……. 수인국 사람으로서는 무시할 수 없군."
"그렇죠. 되도록 받아들이고 싶습니다."
"하지만 어려운 일이야……. 솔직히 나로서는 받아들이고 싶지만……."
"저도 거기에는 찬성입니다."
그렇게 말하며 두 사람은 나란히 서 있는 프란과 모드레드에게 시선을 돌렸다.
역시 그 부분이 난관이 된다는 것을 알고 있는 것이다.
그러나 제롬은 세세한 잔재주를 부릴 수 있는 성격이 아니다. 결국 정면에서 부탁하기로 결정한 모양이다.
"프란, 모드레드. 나로서는 저쪽의 제안을 받아들이고 싶다. 힘을 빌려주지 않겠나? 너희의 힘이 필요하다! 부탁한다!"
두 사람의 눈을 바라보고 고개를 숙였다.
그에 이어 부선장도 입을 열었다.
"물론 추가로 보수는 지불하겠습니다."

낭만을 추구하는 타입의 제롬과 현실적인 사무관 타입의 부선장. 좋은 콤비였다.
부선장이 제시한 것은 상당한 고액이었다.
뭐, 그런 게 없어도 프란은 의욕이 가득했지만.
'스승, 괜찮아?'
『상대는 수룡함이야. 너무 위험해. 그래도 받아들이고 싶어?』
'진 채로 도망치고 싶지 않아.'
『그렇기는 하지. 녀석들에게 되갚아줘야지.』
'응!'
나로서는 도망치고 싶지만 바다 위에서는 그러기 어렵다.
울시도 전혀 휴식 없이 육지에 도착할 수 있을지 알 수 없었다.
그 선언에 모드레드가 가볍게 눈을 떴다. 그리고 어깨를 움츠리며 손을 들었다.
"그러면 우리도 찬성한다."
아무래도 프란이 참전하면 자신들도 참가하려고 생각했던 모양이다. 그에 따라 작전의 성공률은 확연하게 올라가니 말이다.
동료와 의논한 기색은 없지만, 파티 멤버들이 불만을 터뜨리는 모습은 보이지 않았다. 모드레드의 선택을 완전히 신뢰하고 있는 것이리라.
"괘, 괜찮겠나?"
"응."
"뭐, 흑뢰희가 있으면 승산은 있을 거다. 우리만이라면 거절했겠지."
"나?"

"그래, 네가 하선하면 호위의 질도 떨어져. 위험을 무릅쓸 수는 없다."

모드레드는 프란이 알기에바 호에서 내리는 위험성도 고려하고 있었던 모양이다. 울시의 공중 도약을 본 뒤이니 그 걱정도 확실히 이해가 갔다.

실제로 그렇게까지 긴 거리를 이동할 수 없다는 것을 그들은 모르니 말이다.

"감사합니다. 그러면 다른 호위들에게도 확인을 하죠."

"만약 다른 모험가들이 반대한 경우에는 어떡해?"

"그 경우에는 저쪽의 제안을 거절해야겠죠."

"괜찮아?"

"어쩔 수 없습니다. 시드런 해국과의 관계도 중요하지만 모험가 길드와의 관계도 중요하니까요."

그러나 부선장은 승산이 있는 듯했다. 자신 있게 미소 짓고 있었다.

실제로 불려온 다른 모험가들은 순식간에 새로운 일거리를 받아들였다.

프란의 임시 제자인 수정의 수호 세 사람은 "선생님이 결심하셨다면 저희도 따라가겠습니다"라는 이유로 받아들였다.

붉은 대지 삼형제는 더 간단했다. 추가 보수를 들은 순간 크게 기뻐하며 꼭 참가하고 싶다고 소리쳤다.

부선장은 이 전개를 상정했을 것이다.

그리고 위슈칼과 접촉하기 전부터 수룡함에 올라탈 생각을 품고 있었던 것도 크게 작용한 듯했다. 그 연장선으로 상대가 수룡함이라는 말을 들어도 두려운 마음이 들지 않았던 모양이다.
"알았냐, 녀석들아! 상대는 수룡함이지만, 이번에는 아군에도 수룡함이 있다! 겁먹지 마라!
""""오오!""""
"수룡함이 별거냐!"
""""맞다!""""
"반드시 이긴다!"
""""오오오오오오오!""""
고함 같은 제롬의 격려에 모험가와 선원들이 굵직한 목소리로 대답했다. 이것만 보면 해적선의 한 장면 같았다. 하지만 공포를 느끼는 것보다는 이편이 낫겠지.
"우오!"
프란도 같이 주먹을 치켜들고 즐거워하는 것 같으니 말이다.

*

"수아레스 님, 드래곤 엔핸서의 정비가 끝났습니다."
"왜 이렇게 늦나!"
"죄송합니다."
"흥. 수리 다 됐나?"
"아마도요. 기사가 없기 때문에……."
"또 그거냐! 기사가 없어도 마술사들이 고치면 되잖나!"
"무리입니다. 마술사는 기껏해야 마법진 정비 점검밖에 못 합니다."

"어떻게든 해."

"어떻게든이라니요?"

"기사들이 한 것처럼 수리하란 말이다!"

"불가능합니다. 원래대로 돌아가도 상관없다면 마술사들에게 시켜볼까요?"

"젠장! 어느 놈이든 무능하기만 한 거냐!"

"그리고 바제스와 바르제가 날뛰고 있습니다."

"뭐라고? 녀석들한테는 해적들을 줬을 텐데?"

"요 며칠은 소비가 빠른 듯합니다. 초조함을 다스리기 위해서 필요 이상으로 죽이고 있는 듯합니다."

"쳇! 몇 명 더 골라서 내줘."

"이제 이 배에는 해적이 없습니다만, 괜찮으십니까?"

"고향에서 데려온 병사들이 있잖나."

"괜찮으시겠습니까?"

"뭔가 문제 있나?"

"사기에 연관됩니다."

"어차피 무능한 식충이들이다. 귀중한 식재료를 소비하기만 하던 것들이 죽어서 내게 도움이 될 수 있으니 만족하겠지."

"그러면 이쪽에서 수배하겠습니다."

"적당히 해둬. 그 형제가 날뛰는 것보다는 나아."

"정기적으로 피를 보지 않으면 날뛰는 광인들이지만 실력은 뛰어나니까요. 그걸 무리하게 참으라 하면 상당한 피해가 나겠죠."

"저래 봬도 발더의 후계자들이니 말이야."

"그리고 침로를 앞으로 어떻게 취할까요?"

"섬에는 못 돌아가나?"

"글쎄요……. 위슈칼이 가까이 있는 이상 상당히 위험합니다."

"탐지 장치를 가지고 있다고 생각하나?"

"확실히 있다고 생각합니다."

"젠장! 하지만 잠수 항행을 하느라 발사가 힘을 상당히 소모했다. 휴식하지 않으면 장거리 항행을 할 수 없어!"

"그러면 위험하기는 하지만 그 섬으로 갈까요?"

"아아, 거기 말인가. 뭐, 발사가 무리하면 어떻게든 되겠지."

"네. 저도 그렇게 생각합니다."

"발사의 회복이 늦어지니 어쩔 수 없지. 그러면 크라켄의 소굴을 목표로 한다. 거기서 짧게 정박. 그 후 레이도스 왕국으로 향한다!"

"여기서 발견된 이상 일부러 남하해 원래 목적지를 위장하려 했던 계획도 소용없어졌군요."

"빌어먹을! 찬탈자 놈들! 보고 있어라! 반드시 후회하게 해주마!"

*

"모두 주목! 지금부터 마르 님께서 작전을 설명한다!"

알기에바 호의 관계자들이 다시 수룡함으로 돌아오자 즉시 작전 행동 준비가 진행되었다.

마도구로 발사의 대략적인 위치는 파악했지만 지나치게 거리가 멀어서 반응이 표시되지는 않기 때문에 당장이라도 행동을 개시하고 싶은 모양이다.

"작전은 지극히 간단하다. 하지만 성공 여부는 제군의 분투에 달렸다."

마르가 수룡함의 책임자라고 소개됐을 때 모험가들은 아직 열네다섯 살로밖에 보이지 않는 그녀의 모습에 당황한 듯했다. 하지만 더 어린 프란이 활약하는 모습을 봤기에 그런 일도 있겠다며 의외로 순순히 받아들인 듯했다.

그 뒤로는 특별히 상대를 깔보는 기색도 없이 그 지시에 따랐다.

작전 자체는 마르가 말한 대로 간단했다.

우선 처음에 수룡 위슈칼의 능력과 대수룡함용 마도구를 사용해 발사의 움직임을 봉쇄한다. 그 후, 접현한 알기에바 호에서 모험가가 적함에 올라타 수아레스를 붙잡는 것이다.

프란과 모험가들이 위슈칼에 승선하면 행동 봉쇄와 강습을 원활하게 실시할 수 없는 게 아닌가 싶었는데, 그게 어려운 모양이다.

발사의 움직임을 봉쇄하는 마도구과 효력을 발휘하려면 거리가 조금 떨어져 있어야 한다고 한다. 그러므로 접현하면 발사가 날뛸 우려가 있다고 모양이다. 그것을 막기 위해서도 알기에바 호의 협력이 필요했다.

"그러면 작전 개시다!"

"""""오오!"""""

"나의 친애하는 정예들이여! 상대는 같은 수룡함이다! 상대로 부족함은 없다. 평소 단련했던 성과를 보여라!"

"""""오오!"""""

"우리에게 협력해준 제형들에게 감사한다! 모험가들의 용맹함

을! 그리고 수인국 선원의 난폭함을! 잔뜩 보여줘라!"

""""우오!""""

마르의 격려에 이 자리에 모인 자들이 고함을 질렀다. 아까도 같은 광경을 본 것 같은데.

바다 사나이들이라는 존재는 분위기가 달아올라야 하는 것일지도 모른다.

"우오!"

"우오! 선생님도 의욕이 가득하시군요!"

"선생님, 저희도 열심히 하겠습니다!"

"해봅시다!"

모험가도 똑같나. 프란도 임시 제자들도 의미는 잘 모르더라도 즐거운 기색으로 주먹을 치켜들고 있었다.

행동을 개시하고 약 두 시간 후.

현재 알기에바 호는 위슈칼에 끌려 크라켄의 소굴을 나아가고 있었다.

그 이름대로 대형 마수인 크라켄이 우글우글한 해역이지만, 수룡함이라면 항행이 가능하다. 수룡의 유영 속도가 크라켄을 압도적으로 웃돌기 때문에 할 수 있는 강행 수단이었다.

"보인다! 수룡함이다! 틀림없어!"

"어디?"

"저기다!"

제롬이 가리키는 곳을 보니 확실히 전방에 콩알 만한 배 그림자가 보였다.

나는 여전히 잘 모르겠지만 선원들은 확실히 구분이 가는 듯했다.

"도망치려 하는군. 하지만 속도가 그다지 나지 않는 것 같아."

"어째서?"

"글쎄? 나도 모르겠군……. 하지만 이거라면 확실히 따라잡을 수 있을 거다!"

"모두에게 전투 준비를 시켜야지."

"그래! 녀석들아! 이제 얼마 안 남았다!"

알기에바 호 갑판에서 모험가와 선원들이 허둥지둥 움직이기 시작했다. 방어구 점검을 하는 자나 동료와 격려를 주고받는 자 등 각양각색이었다.

하지만 겁먹는 자는 한 명도 없었다. 오히려 의욕이 가득했다.

두려워할 우려는 없을 듯하지만, 반대로 무모한 돌격을 하지 않을지 걱정됐다.

그사이에도 발사와의 거리가 순식간에 가까워졌다.

"선생님, 이제 얼마 안 남았네요."

"배운 것 바로 시험할 기회임다!"

"저희가 적의 지휘관을 붙잡을게요!"

"무리는 하지 마. 죽지 않는 게 중요해."

""""감사합니다.""""

프란도 꽤나 선생님 같군.

되도록 이 녀석들은 죽지 않았으면 한다. 분명 프란이 슬퍼할 것이다.

"흑뢰희, 지휘는 이쪽에 맡기고 마음대로 움직여도 상관없다."

"모드레드, 고마워."

알기에바 호 측 전투원의 지휘는 모드레드가 담당하게 됐다. 이건 제롬의 제안이기도 했다.

짧은 시간 같이 생활하면서 그동안 프란에게 지휘에 대한 적성이 파멸적으로 없다는 사실을 알았으리라.

덕분에 우리는 자유롭게 움직일 수 있으니 불만은 없다.

"앞으로 몇 분이면 접촉한다!"

"응!"

확실히 육안으로도 똑똑히 보일 거리까지 가까워져 있었다.

"수룡함 위슈칼에서 신호가 왔습니다!"

마르 일행이 발사를 봉쇄하는 데 성공한 듯했다.

하지만 이로써 위슈칼은 움직일 수 없게 된다. 게다가 구속은 오랫동안 유지할 수 있는 것이 아니라고 했기 때문에 신속히 움직일 필요가 있었다.

서로 움직일 수 있게 되면 수룡함끼리 싸움이 벌어진다. 거기에 휘말리면 다들 잠시도 버티지 못할 것이다. 그리고 오랫동안 움직임을 멈추면 크라켄로부터 공격받을 위험도 있다. 크라켄 회피 대책을 시행해도 완벽하지는 않기 때문이다. 역시 신속하면 신속할수록 좋을 것이다.

"적도 확실하게 기다리고 있군."

모드레드가 말한 대로 발사의 갑판에는 무장한 선원들이 줄지어 있었다.

활을 든 자도 있고, 저쪽도 만반의 준비를 끝냈다.

프란이나 모드레드라면 몰라도 다른 사람들에게는 피해가 꽤나 생길지도 몰랐다.

그래도 정면으로 돌격하겠지만 말이다.
"흑뢰희! 부탁한다!"
"응!"
프란이 부른 바람을 두르고 내가 디멘션 게이트를 발동했다.
프란이 뻗은 손 앞에 집의 문 크기의 검은 구멍이 생겼다. 그리고 그 구멍 앞에는 알기에바 호의 갑판이 아닌 다른 배의 갑판이 보였다.
"성공인가?"
"응."
"좋아! 우선 궁병을 처리한다!"
이렇게 정체를 알 수 없는 구멍에 뛰어들면 보통은 주저할 법하지만, 무모함이 특징인 모험가다. 모드레드를 선두로 전투원들이 차원의 구멍으로 밀려들었다.
바로 게이트 저편에서 해적들의 비명이 들리기 시작했다. 적의 수도 많겠지만 모드레드가 있으면 그렇게 밀리지는 않을 것이다.
"우리도 가자."
『그래!』
"웡!"
게이트를 지난 순간, 눈앞에는 당황한 해적들의 모습이 보였다. 모드레드 일행에게서 도망치려 하는 궁병과 검사들이 서로 부딪쳐 대혼란이 벌어져 있었다.
접현한 알기에바 호에서 적이 올라탈 줄 알았는데 뒤에서 갑자기 기습을 당했으니 어쩔 수 없으리라.
"하아압!"

"또 적이다!"

"크아아악!"

휘두르기 한 번에 두 명의 목이 떨어졌고, 차여 날아간 해적이 다른 해적을 끌고 날아갔다.

프란은 혼전 속으로 더욱 파고들어 바로 옆에 있는 적부터 베어 쓰러뜨렸다.

모험가들을 말려들게 할 우려가 있어서 마술은 쓰지 못했지만, 좁은 선상에서는 검만으로도 충분했다.

프란이 해적 사이를 누빌 때마다 비명과 피보라가 일어났다.

적병의 수가 좀 줄었으려나?

『프란, 슬슬 안으로 돌입하자.』

'응.'

『한 명 붙잡아 수아레스가 있는 곳을 알아내고 싶어. 무턱대고 찾아다닐 크기가 아니니까.』

'알았어.'

거기서 프란은 갑판의 지휘관 같은 남자를 주목했다. 확연하게 장비가 호화로웠다. 아마 수아레스의 직속 기사이리라.

혼자 떨어진 곳에서 허둥대던 그 남자를 향해 프란이 달려갔다.

"아——크윽!"

지휘관이라고는 하나 그 능력은 해적보다 살짝 좋은 정도였다. 빠른 움직임에 반응하지도 못하고 눈앞에 나타난 프란에게 놀란 소리를 질렀다.

프란은 남자의 목을 왼손으로 잡고 그대로 갑판에 쓰러뜨렸다. 목이 압박된 괴로움과 등이 강타된 충격에 남자가 심하게 기침했지만 프란은 눈 하나 깜짝하지 않았다. 주먹을 치켜들어 남자의 얼굴을 구타했다. 그대로 몇 번 후려쳤다.

"아아아! 하, 하지 마라!"

평소라면 심문에 다소 수고를 들이겠지만 지금은 시간이 없다.

프란은 처음부터 호되게 몰아세우기로 한 모양이다.

"있지."

"히익!"

영문도 모른 채 얻어맞아 코피를 흘리면서 겁먹은 소리를 내는 남자. 프란은 위압 스킬을 실은 무시무시한 목소리로 남자에게 질문을 던졌다.

"수아레스는 어디 있어? 말 안 하면 죽일 거야."

"너, 너——크으윽!"

"힐. 다음에 쓸데없는 소리를 해도 죽일 거야. 목숨을 구걸해도 죽이고. 수아레스는 어디 있어?"

"아, 아아아아…… 크아아아아악!"

무섭고 아픈 나머지 말이 나오지 않는 모양이다. 그런 남자의 손을 프란이 아무렇지 않게 쥐어 으스러뜨렸다. 가볍게 악수하는 것처럼 보이겠지만, 프란이 온 힘을 발휘하면 철도 으스러뜨릴 수 있을 것이다. 인간의 손을 파괴하는 정도는 힘들지도 않았다.

"힐. 수아레스는 어디 있어? 편해지고 싶으면 말해."

"지, 지, 지령실이야! 배, 배 중앙에 있는!"

"그래. 그럼 편하게 해줄게."

"어——?"

틀림없이 풀려난다고 안심했던 기색을 보이는 남자의 목을 프란이 순식간에 베어 떨어뜨렸다.

해적의 지휘관을 살려둘 필요가 없기 때문이다.

“선생님, 가차 없으시네!”

“비정한 모습도 멋져!”

“우리도 배워야 돼.”

신입들의 교육에는 그리 좋지 않았을지도 모르겠는데? 아니, 적에게 보이는 동정은 자신의 죽음을 초래한다. 그렇다면 사정없이 대응해야 한다고 가르쳐주는 편이 나을 터다. 그렇겠지?

『자 그럼 수아레스를 찾으러 가자.』

“응.”

『지령실은 어디 있는지 알아?』

“몰라.”

『그럼 내가 지시할게.』

다행히 수룡함은 모두 똑같은 구조였고, 마르에게 제공받은 위슈칼의 구조는 머리에 넣어뒀다.

“울시도 수아레스를 찾아.”

“웡!”

아직 지령실에 있는지는 알 수 없다. 여기서는 둘로 나뉘는 편이 낫겠지.

알기에바 호 사람이라면 울시를 알 테니 선내에서 동료에게 공격받을 일은 없을 터다. 반대로 공격해 온다면 적이라는 뜻이다.

『우리는 선수부터. 울시는 선미 쪽에서 돌입해.』

“웡.”

『붙잡아도 상관없지만, 벅차면 돌아와.』

"웡웡!"

"그럼 가자."

울시와 헤어진 프란은 선수 근처 입구로 선내에 들어갔다.

선내에도 보초 병사가 있었지만, 그 녀석들을 순식간에 해치우며 앞으로 계속 나아갔다.

그렇게 선내 탐색을 계속하는데 앞쪽에서 거센 투기가 느껴졌다.

누군가가 싸우고 있는 모양이다.

『프란!』

"응!"

프란은 투기가 느껴지는 방향을 향해 달려나가 한층 큰 문을 걷어차고 안으로 뛰어들었다. 아무래도 빈 창고인 듯했다.

그 창고 중앙에서 모험가 몇 명과 해적들이 마주 노려보고 있었다. 그런 그들 중에서도 특히 강해 보이는 두 사람이 일촉즉발의 모습으로 무기를 겨누고 있었다.

한 명은 모드레드다. 그리고 모드레드와 투기를 부딪치고 있는 남자야말로 우리가 찾고 있던 수아레스였다.

이렇게 가까이서 제대로 관찰한 건 처음이지만 꽤 강했다.

부성술도 가지고 있어서 전사로서 기량은 상당했다.

"바보 같은 녀석들이로군. 배에 올라타면 이길 수 있다고 생각하기라도 한 거냐?"

"수룡함은 최강이라도 그 승조원을 제압하면 어떻게든 되지."

"크하하하! 재미있는 농담이로군! 네놈들은 평소에 붙잡은 사냥감 이상으로 가지고 놀다 물고기 밥으로 줘야겠다!"

즉, 늘 붙잡은 사람을 가지고 놀았다는 건가? 잠깐만? 이 녀석이 탈주해 해적질을 시작하고 아직 그렇게 시간이 지나지 않았지? 그 짧은 시간에 얼마나 지독한 짓을 해온 걸까…….

그런 생각을 하고 있는데 모드레드와 수아레스가 동시에 움직였다.

"으랴아아압!"

"홋!"

수아레스의 전투 도끼가 모드레드의 정수리를 노리고 날아왔다. 상당한 빠르기다. 모험가라면 랭크 C 이상의 실력은 있을 듯했다.

하지만 우리는 전혀 걱정하지 않았다.

"느리군."

"크, 건방지구나!"

모드레드의 창이 수아레스가 휘두르는 도끼의 측면을 두드렸다. 도끼가 튕겨나가 수아레스의 자세가 크게 흐트러졌다. 그래도 바로 버티고는 도끼를 회수한 건 대단했다. 평범한 모험가라면 막지 못했을 것이다.

그러나 모드레드는 평범하지 않았다.

수아레스가 계속 날린 무기(武技)를 어렵지 않게 받아넘겼다.

수아레스는 확실히 랭크 C 모험가에 상당하는 실력자이지만, 모드레드는 틀림없이 랭크 B 모험가였다. 게다가 전투 특화형이었다. 무술 스킬도 스테이터스도 수아레스를 크게 웃돌았다. 일대일 싸움에서 밀릴 리가 없었다.

"빌어먹을!"

그 차이를 인정할 수 없는지 수아레스가 다시 달려들었다.

무모하게도 보이는 공격. 하지만 모드레드에게 덤벼드는 것처럼 보이고 수아레스는 갑자기 그 진행 방향을 바꿨다.

내리쳐진 도끼는 모드레드의 부하 중 한 사람에게 향했다. 술사 타입이라 근접 전투 능력은 수아레스보다 떨어졌다.

"크하하하!"

수아레스의 얼굴이 기분 나쁘게 일그러졌다.

이대로 공격이 먹히면 모드레드의 부하 중 한 사람을 쓰러뜨릴 수 있고, 모드레드가 무리한 자세로 감싸려 하면 중량급 도끼를 쓰는 수아레스 쪽이 유리해진다. 그렇게 생각한 듯했다.

"비열한 놈!"

"크하하하! 자포자기한 거냐!"

모드레드의 행동을 보고 수아레스가 참을 수 없다는 양 크게 웃었다.

얼핏 보기에 부하에게 날아가는 도끼를 막을 수 없다는 것을 깨닫고 자포자기해 팔을 내미는 동작으로 보이기 때문이리라.

내리쳐지는 도끼의 궤도 위에 내밀어진 모드레드의 오른손.

하지만 당연히 자포자기한 것은 아니었다.

"——메탈 컨트롤."

"이, 이건 뭐야!"

"이미 네놈의 도끼는 내 지배하에 있다."

모드레드의 손을 절단하는 것처럼 보였던 거대한 전투 도끼가 그의 손에 닿은 순간 휙 꺾였다. 강철로 만든 전투 도끼가 마치 점토나 뭔가로 바뀐 듯한 광경이었다.

게다가 그게 끝이 아니었다. 끈적하게 변한 전투 도끼가 마치 살아 있는 것처럼 꿈틀대기 시작했다.
“으그그극! 마술이냐!”
“자신의 무기에 붙잡혀봐라.”
모드레드의 용철 마술에 조종당한 도끼가 수아레스의 몸에 휘감겼다.
이것야말로 용철 마술의 진면목이다. 금속을 지배하고 조종하는 능력이다.
“빌어먹으으으으을!”
휘감기는 금속을 뿌리치려고 날뛰는 수아레스였지만, 슬라임 같은 점성을 가진 도끼는 어떻게 하지 못했다. 오히려 그 몸에 더 달라붙는 듯했다.
그리고 상반신과 하반신을 골고루 뒤덮은 전투 도끼는 모드레드의 뜻에 따라 단단한 강철로 돌아왔다. 그렇게 되자 강철 구속구가 완성됐다.
괴력을 자랑하던 수아레스라 해도 도망치지 못했다. 녹아서 모습을 바꿨을 뿐만 아니라 용철 마술로 강화까지 됐기 때문이다.
“크오오오오! 벗겨져라!”
“소용없다. 네놈 따위가 벗어 날 수 있겠냐.”
이로써 포획이 완료됐다.
“수, 수아레스 님!”
“젠장, 보스를 풀어줘라!”
순식간에 잡혀 바닥에 쓰러진 수아레스를 보고 부하들이 달려들었지만――.
“방해돼.”

"크아아악!"
"케에엑!"
그 앞을 가로막은 프란에게 순식간에 베여 쓰러졌다.
"역시 대단하군."
"그쪽이야말로. 나설 기회가 없었어."
"처음에 기습이 잘 먹혔기 때문이다. 뭐, 칭찬은 나중에 하고 지금은 이 녀석에게 수룡을 멈추게 하는 게 먼저다."
"응."
프란과 모드레드가 내려다보자 수아레스는 약간 굳은 얼굴로, 하지만 투지를 잃지 않은 얼굴로 마주 노려봤다.
"얼른 풀어라!"
"어째서?"
"하등한 모험가 놈들이! 이, 이 몸을 누구라고 생각하는 거냐!"
"하등한 해적들의 우두머리잖아?"
"살아 있는 것만으로 민폐가 되는 악인?"
"나는 시드런의 왕이다! 건방지구나!"
"흥."
"이 자식!"
오오, 제법인데, 모드레드. 아우성치는 수아레스의 머리를 발바닥으로 짓밟고 있군. 그걸 따라 하는 건지 프란도 같이 밟기 시작했다.
"이봐! 그만 까불어라! 지금 큰절하며 사과하면 이 몸의 신하로 삼아주마!"
뭐? 머리는 괜찮나? 대체 무슨 말을 하나 했더니 신하로 삼아줘? 상황을 파악하기는 한 건가? 하지만 수아레스의 얼굴은 진지했다.

"나는 시드런의 왕족이자 수룡의 주인이다! 너희는 얌전히 내 신발을 핥아라!"

커뮤니케이션 장애나 분위기를 파악 못 하는 수준이 아닌 것 같다. 용케 지금까지 살아왔구나. 아니, 이러니까 왕좌에서 쫓겨났겠지.

아마 해적이 상대라면 지금 같은 위협도 통했을 것이다. 머리는 좀 떨어지지만 실제로 강하고 수룡함을 조종할 수 있으니 말이다. 밑에 있으면 여러모로 편하게 살 수 있다고 생각해도 이상하지는 않다. 아무리 그래도 이렇게 붙잡힌 상태로 해적과 교섭한 적은 없다고 생각하지만 말이다.

"너는 전 왕. 지금 왕은 세리메어야."

"웃기지 마라! 내가 왕이다!"

"아니야."

"아니지 않다! 나야말로! 이 몸만이 시드런의 왕이다! 세리메어 따위는 천하고 비겁한 찬탈자에 지나지 않는다!"

덩치는 크지만 소리 지르며 날뛰는 모습은 분별 못 하는 어린애처럼 보였다. 아니, 실제로 내용물은 그럴지도 모른다. 적자로서 응석받이로 자란 데다 비뚤어진 성격을 교정받을 기회도 없었을 것이다.

"이제 됐어."

"그래, 이 녀석한테 얘기를 들어봐야 소용없다."

프란과 모드레드는 수아레스의 말을 제대로 상대하지 않기로

정한 모양이다. 무시하고 위협을 하기 시작했다.
"이봐. 수룡한테 저항을 멈추게 해."
프란이 말을 걸고 모드레드가 스킬로 위압하는 식이다.
반대가 나을 것도 같지만, 그건 모드레드가 프란에게 주도권을 양보해서 그렇다.
"흥!"
왕족의 긍지일까. 아니면 전사의 고집인 걸까. 아니, 분위기를 파악 못 하는 것뿐인가. 절대로 가르쳐주지 않겠다는 듯이 수아레스는 반대편으로 고개를 돌렸다.
"흐음."
"크억! 으허허허헉!"
프란이 다시 수아레스의 얼굴에 발을 대고 아까보다 더 강하게 짓밟았다.
"그만 못 하겠냐, 계집!"
이봐, 사람에 따라서는 울며 기뻐할지도 모르는 프란의 발바닥 공격이라고? 뭐, 그쪽 취향이 없는 사람에게는 단순히 굴욕적일 뿐이겠지만.
"이게 최후 통보야. 수룡을 얌전히 시켜."
프란이 지독하게 차가운 표정으로 수아레스를 내려다봤다. 더욱 드러난 살기를 부딪치고 위압했다. 프란과 모드레드, 고위 모험가 두 사람의 위압이다. 제대로 된 인간이라면 여기에 겁먹고 시키는 대로 하게 될 것이다.
하지만 수아레스는 프란을 마주 노려보며 되받아쳤다.
"주절주절 떠들지 말고 나를 풀어라!"

멍청한 놈이다.

"알았어."

"그런가, 그러면 빨리 이──."

"말할 생각이 없는 걸 알았어."

"크아아악!"

장딴지를 찔린 수아레스가 얼굴을 일그러뜨리며 비명을 질렀다.

"힐. 다음에는 다리라도──."

"하, 하지 마라! 하지 말란 말이다아아!"

"하지 마세요, 라고 말해."

"이, 이 자식──."

"흐음."

"크아아아악!"

나를 꽂고 힐을 반복하는 프란. 수아레스는 좀처럼 고분고분해지지 않았지만, 다섯 번이나 반복하자 역시 눈앞의 소녀가 자신의 권력이나 위협으로는 어떻게 할 수 없는 상대라는 것을 이해했나 보다.

"하하, 하지 말아줘~!"

공포에 물든 얼굴로 목숨을 구걸하기 시작했다. 하지만 우리가 듣고 싶은 건 그런 말이 아닌데 말이야.

"수룡을 얌전히 시켜. 선내에서도 명령이 가능한 걸 알고 있어."

"알았다! 얌전히 시킬게! 그러니까 이 이상 지독한 짓은──."

푹.

"끄으으으윽!"

"힐."

"아아아! 하지 말아줘!"

"입 다물고 말한 대로 해."

"알았다!"

격통을 참지 못한 수아레스가 창백한 얼굴로 고개를 끄덕였다.

"나, 나, 계약자 수아레스 아즐 시드런의 이름에——."

"크아아악!"

"웃."

수아레스가 겨우 주문 같은 것을 영창하기 시작했는데, 그 말을 가로막고 비명이 울려 퍼졌다.

프란이 다시 수아레스에게 고통을 준 것이 아니다.

비명의 주인은 모드레드의 부하 중 한 명이었다.

그쪽을 보니 아래쪽에서 뻗어 나온 검에 배를 찔려 쓰러지는 모험가의 모습이 있었다.

검을 찌른 것은 그때까지 바닥에 쓰러져 있던 적병 중 한 명이었다.

"이봐요, 임금님. 그 정도 고문에 소리를 지르다니, 한심한 거 아닙니까?"

"바, 바제스! 거기에 있었나!"

"잠시 상황을 지켜봤습니다."

"바르제는 어디 있나? 뭐, 됐어! 얼른 이 녀석들을 처리해!"

갑자기 수아레스가 기세등등해졌다. 방금 전까지 울먹이던 얼굴이 변해 우쭐한 얼굴이 되어 있었다. 하지만 그 자신감이 무조건 틀렸다고는 할 수 없을 듯했다.

"그리합죠."

수아레스의 부하인 듯하지만 기척이 이상했다.

직전까지는 확실히 의식을 잃은 잔챙이 병사 중 한 명에 불과했다. 감정을 전원에게 사용하지 않아서 스테이터스를 확인하지는 않았다. 하지만 발을 옮기는 기척과 내뿜는 분위기에서 강자의 기세는 전혀 느껴지지 않았다.

그런데 지금 일어선 모습은 어떻지?

갈색 머리와 구릿빛 피부에 키와 몸집이 보통인 수수한 남자였을 터다. 하지만 무시무시한 존재감을 내뿜고 있었다. 그야말로 수아레스가 상대도 되지 않을 정도다.

이 변화만으로도 알 수 있었다. 이 바제스라고 불린 남자는 보통내기가 아니다. 자신을 완벽하게 위장하는 기량을 갖추고 있다.

"뭐, 어디까지 할 수 있을지는 모르지만, 여기서 죽으면 그것도 그것대로 괜찮잖아요?"

히죽 웃고 검으로 자세를 취하는 모습을 보고 나는 기시감을 느꼈다.

이 남자가 내뿜는 분위기는 익숙했다.

그건 프란도 마찬가지였던 모양이다.

무심코 어떤 남자의 이름을 중얼거렸다.

"발더?"

그것은 시드런 해국에서 프란과 격투를 벌인 남자의 이름이었다.

시드런 해국 최강의 전사이자 전투광. 그 기량과 경험은 프란을 막다른 곳까지 밀어붙일 정도였다. 아니, 녀석이 든 마검 소울드레인의 특수 능력에 내가 폭주하지 않았다면 어떻게 됐을지 모른다. 그 정도 수준의 전사였다.

녀석과의 싸움을 경험함으로써 프란은 한 단계 높이 성장했을 것이다.

"호오? 혹시 네가 스승님을 쓰러뜨렸다는 소녀인가?"

"발더의 제자야?"

"뭐 그렇지. 좋군. 계집애한테 죽었다고 들었을 때는 실망했는데, 너한테 진 거라면 어쩔 수 없지."

"뭘 꾸물대고 있어! 날 얼른 구해라!"

수아레스의 명령에도 바제스는 반쯤 웃으며 대답했다. 부하이기는 하지만 심복은 아닌 듯했다.

"풍류가 전혀 없어. 기껏 싸우기 전에 즐거운 대화를 나누고 있는데 말이야."

"딱히 즐겁지는 않아."

"그렇게 말하지 마. 지금부터 목숨을 빼앗을 상대와 시시한 대화를 나누는 상황이 못 견디게 좋지 않아? 안 그래?"

그렇게 말하고 미소 짓는 바제스의 눈동자는 한층 선명하게 탁해져 있었다. 이 녀석의 스승인 발더는 전투광이었지만, 이 녀석의 취향은 좀 더 음험 쪽에 속한 듯했다. 어두컴컴한 잔학심과 살인에 대한 강렬한 흥분. 그런 깊은 업보를 느낄 수 있었다.

『프란, 얼른 구해주지 않으면 모드레드의 부하가 죽을 거야.』

"응……. 모드레드."

"그래."

"이봐, 일대일로 안 싸우는 거야?"

"지금은 너와 놀고 있을 시간 없어."

"아아, 이 녀석 말이야? 받으시지."

"크헉!"

바제스가 바닥에 쓰러져 있던 모드레드의 부하를 이쪽을 향해 걷어찼다.

그 기세에 피가 잔뜩 흩날렸다. 하지만 프란은 개의치 않고 남자를 안아 멈추고 즉시 회복 마술을 걸었다. 그러나 이미 안색이 나빴다. 강한 독에 중독된 듯했다. 그것도 해독 마술로 제거했다.

"오오, 회복 마술까지 쓰는 거냐."

"흑뢰희, 고맙다."

"응. 하지만 잠시 쉬게 해야 해."

"알았다."

모드레드 일행이 감사 인사를 했지만 독과 실혈로 소모가 극심하다. 남자는 한동안 전력이 되지 않으리라.

"제법인데? 조금만 더 있으면 이 녀석들의 동료가 늘어났을 텐데 말이야."

바제스가 그렇게 중얼거린 직후 그 발밑 부근에 여러 마법 진이 생겨났다.

거기에서 여러 그림자가 기어 나왔다.

""""그어어어어어어어."""""

그는 사령술사였다.

좀비 솔저 무리다. 평범한 전사 정도의 신체 능력에 좀비의 튼튼함을 겸비한 몬스터다. 한 마리는 대단하지 않지만 수가 많아지면 성가신 상대다.

이 바제스라는 남자, 무술뿐만 아니라 사령술 실력도 뛰어나다. 레벨 7이면 중급 마술사라 봐도 무방했다. 지금 시전한 마술도 바닥에 누워 있는 동안 영창해 그대로 발동을 늦췄던 것이다.

근접 전투 능력으로는 발더에게 뒤지지만, 마술 실력까지 포함하면 더 성가실지도 모른다.

뭐, 발더는 상대의 능력을 흡수하는 마검을 소지하고 있었기 때문에 마술은 싸움의 결정타가 될 수 없다. 그렇게 되면 순수하게 근접 전투 능력이 승패를 가르기 때문에 바제스는 발더에게 미치지 못했을 것이다.

『모드레드와 같이 싸워서 얼른 이 녀석을 쓰러뜨리자. 어쨌든 시간이 없어.』

다시 무기를 든 프란과 모드레드를 보고 바제스가 시시한 표정을 지었다.

"그 녀석을 돌려보냈잖아. 일대일로 맞붙는 거 아니었어?"

"그런 약속은 안 했어."

"그렇다."

"키히히. 아쉽네. 하지만 괜찮을까? 내 동생 바르제가 슬슬 저쪽 배에 도착했을 거다. 너희 중 누군가가 가지 않으면 대처 못하지 않을까?"

"뭐라고?"

모드레드는 프란과 자신들을 나누기 위한 거짓말이라고 의심한 모양이다. 그러나 허언의 이치가 가르쳐줬다. 지금 한 말은 거짓이 아니었다. 정말로 이 녀석의 동생이 움직이기 시작한 듯했다.

"지금쯤 왕녀님을 회 뜨며 즐기고 있을지도 모르겠는데?"

전력을 나눠야 할까? 아니면 이 녀석을 합동 공격으로 쓰러뜨리고 다 같이 돌아갈까?

우리가 순간 고민하고 있는데 모드레드가 입을 열었다.

"흑뢰희, 네가 가라."

"괜찮겠어?"

"우리만으로는 수룡함에 건너갈 수 없어."

"알았어."

"그리고──."

거기서 말을 끊은 모드레드가 분노한 표정으로 바제스를 노려봤다.

그 살기를 받은 바제스가 진심으로 기쁜 듯이 웃었다. 프란과 싸우기 전에 발더가 띤 웃음과 똑같다.

"키히히히히히! 댁도 마음에 들어!"

"부하가 당했다. 갚아줘야지."

『프란, 모드레드라면 그렇게 간단히 지지는 않을 거야. 우리는 위슈칼로 가자.』

"응. 이쪽은 맡길게."

"그래. 내가 맡지."

*

"갔나."

흑뢰희가 방을 뛰쳐나간 후 나는 바제스라는 광인과 마주 섰다.

이런 상대는 몇 번이나 본 적이 있다. 전쟁 생존자에게 많이 볼 수 있는 타입이었다.

이유는 다양하지만 피를 탐닉하고 사람의 목숨을 가지고 노는 데서 쾌락을 느낀다. 그리고 그사이 자신의 목숨마저 노리개 중 하나가 된다.

이런 타입이 힘을 가지면 자신도 주변도 파멸시키는 성가신 존재로 변한다.

"헤헤헤. 댁도 마음에 들어! 찌릿찌릿해."

바제스가 검을 들자 주위의 좀비들이 동시에 무기를 들었다.

"일대일이라고 하지 않았나?"

"이 녀석들은 내 술법으로 움직이니까 일대일이나 마찬가지잖아?"

결국 이 녀석이 말하는 일대일은 녀석에게 유리한 거였나 보다.

"혀, 형님……."

"너희는 수아레스의 확보를 우선시해. 저 남자는 내가 상대한다."

"알겠습니다!"

내가 부하에게 지시를 내리는 것을 확인하자 바제스가 움직이기 시작했다.

"헤헤헤, 그럼 간다!"

기묘한 형태를 한 검을 눈앞으로 내밀 듯이 쥐었다.

기본은 곡도지만 등이나 칼날 부분에서 얇은 가시 같은 부분이 갈라져 있었다. 곡도 본체를 피했다 해도 그 얇은 칼날이 상대에게 부상을 입히는 구조이리라. 그리고 얇은 칼날에 발라져 있는 독으로 상대를 해치우는, 그런 목적으로 만들어진 검이었다.

"으라차아아!"

팔의 휘어짐을 이용해 검을 휘두르는 특수한 검술이었다. 불규칙한 궤도를 그리며 날아오는 검은 매우 피하기 힘든 움직임을 보였다.

"받아라아아!"

"하지만 어설퍼!"

확실히 혼란스럽기는 하지만 보이지 않을 정도는 아니다. 주변 좀비들의 참격을 피하면서도 방어가 뚫리는 일은 없었다.

녀석들의 공격을 막으면서 영창했다.

"——메탈 컨트롤."

"이렇게 격렬하게 공격을 주고받으면서 영창을 완성하다니, 놀랍군! 하지만 어설퍼! 으랴!"

"쳇!"

바제스의 검은 마검류였던 모양이다. 내 마술이 튕겨나갔다.

"수아레스 님의 도끼를 녹인 건 봤다. 용철 마술사 같은데, 소용없어! 자! 수수한 용철 마술 좀 더 써보시지!"

불 마술과 흙 마술은 이곳에서 쓰기 어렵다. 주위에 불이 붙으면 우리도 위험해질 가능성이 높고, 조종할 대지가 없는 이곳에서는 흙 마술의 효과가 현저하게 떨어지기 때문이다.

그런데 용철 마술이 수수해? 제대로 모르는군.

"——."

"이보셔, 질리지도 않고 또 마술이야? 전투 상황이면 변변한 술법을 쓸 수 없을 텐데!"

"——."

"좀비병! 해라!"

"!"

바제스가 자기 부하인 좀비를 일제히 보냈다. 방어를 무시하고 달려드는 좀비들의 목적은 내 움직임을 봉쇄하는 것이었다.

"이야호오!"

바제스가 내 창에 달라붙은 좀비까지 베기 위해 그 뒤에서 검을 휘둘렀다.

역시 이 타이밍에서는 회피할 수 없다.

"잡았다아아!"

일류의 기량을 가졌기 때문에 자신이 휘두른 검의 궤도나 내 회피의 한계를 파악할 수 있었던 모양이다.

그리고 자신이 휘두른 칼이 나를 가르는 것을 확신했으리라.

하지만 이겼다고 의기양양하는 건 아직 이르지 않을까?

내 무기는 창만이 아니다.

"——하드니스 커쿤."

"으엉?"

하드니스 커쿤은 금속을 실 모양으로 변화시켜서 임의의 형태로 형성하는 술법이다. 금속 고치는 참격과 타격에 모두 강하고 방어력이 높다. 원래 금속이 무르면 그 효과도 낮지만, 나는 이 술법을 위해서 대응하는 갑옷을 입고 있었다.

내 마력과 잘 어울리는 마동제 갑옷은 목표대로 금속 고치가 되어 내 온몸을 감싸며 바제스의 공격을 받아냈다.

보기에는 부드러워 보이는 고치다. 하지만 거기로 달려든 바제스가 놀란 소리를 질렀다. 상상했던 감촉과 달랐기 때문이겠지.

"확실히 용철 마술은 수수하지만, 사용 방법에 따라서는 화려한 마술보다 훨씬 강하다."

"아, 안 빠져……!"

금속 실에 칼날이 휘감겨서 바제스는 검을 쉽사리 뽑지 못했다. 가시가 달린 형태의 기검(奇劍)이 도리어 화가 됐군.

"그어어어!"

"그어어어!"

좀비들도 일제히 달려들었지만, 그쪽 역시 모두 금속 고치에 막혔다.

"잘난 듯이 지껄이기나 하고, 수비를 굳히는 거북이냐! 아니면 그 안에서 창이라도 푹푹 찌를 셈이야?"

"수비를 굳혀? 확실히 이 술법은 단단하지만, 그게 끝이라고 생각하면 오산이다."

떠드는 바제스를 무시하고 나는 다시 주문을 영창했다.

"——라이징 메탈."

대상은 금속 고치다.

새로운 용철 마술 라이징 메탈의 효과에 의해서, 마동 갑옷이 변형한 금속 고치가 다시 모습을 바꾸기 위해 꿈틀대기 시작했다.

금속 고치의 표면이 살아 있는 것처럼 물결치고—— 폭발했다.

"크아아아아아아아아아아아아악!"

뻗어 나온 아주 가느다란 금속 실에 온몸이 꿰뚫린 바제스가 귀에 거슬리는 비명을 질렀다.

마술로 강화된 금속 실은 인간의 몸을 쉽게 꿰뚫는다.

동시에 좀비들이 그 움직임을 멈췄다. 마력이 담긴 실이 온몸을 휘저어서 그 몸을 움직이는 마력 회로를 파괴했기 때문이다.

게다가 이 술법은 이게 끝이 아니다. 강철 실이 그 몸속으로 들어가려는 듯이 크게 꿈틀댔다.

이미 바제스는 빈사 상태지만, 나는 적에게 슬픔 따위는 품지 않는다.

"히기기이이이이이이이이이이이이이익!"

머리카락 정도 굵기의 실이 몸속을 유린하는 고통에 바제스가 울부짖었다. 강자이기 때문에 의식을 잃을 수도, 즉사할 수도 없을 것이다.

그저 견디기 힘든 격통에 몸을 비틀 수밖에 없는 듯했다.

"실컷 몸부림치다 죽어라."

*

바제스의 상대를 모드레드를 비롯한 철신의 숨결에 맡기고 우리는 갑판으로 서둘러 움직였다.

"웡!"

"울시."

도중에 좁은 선내를 고속으로 달리면서 울시가 합류했다. 벽을 차며 속도를 줄이지 않고 모퉁이를 도는 모습은 닌자 같았다.

우리가 갑판으로 돌아오는 기척을 알아채고 지시를 받으러 왔을 것이다.

『수룡함으로 돌아가자! 이쪽은 모드레드한테 맡기면 돼.』

"웡!"

"그런데 어떻게 마르한테 갔지?"

『작은 배를 타도 되고, 마술이나 스킬일 가능성도 있어.』

발더는 수면 보행이라는 스킬을 가지고 있었다. 그게 있으면 바다를 건너 선박에 올라타는 것도 가능하리라.

설마 공격당하는 상황에서 수아레스를 지키기보다 공격을 우선할 줄은 몰랐다. 방심했던 이쪽의 잘못이다.

갑판으로 나오니 이미 수아레스 측 병사들은 쓰러지거나 체포당해 있었다.

바제스의 동생인 바르제가 날뛴 흔적은 없었다.

『위슈칼에 이변은…….』

"모르겠어."

"워후."

이건 돌아가 보지 않으면 모르겠군.

"울시."

"웡!"

프란을 등에 태운 울시가 총알처럼 날기 시작했다.

거리가 좀 있다 해도 백 미터 정도다. 순식간에 위슈칼에 도착했다. 즉, 바다 위를 이동하는 능력이 있으면 적이 발사에서 위슈칼에 올라타는 것도 가능한 일이었다.

"스승, 사람이 쓰러져 있어!"

『젠장! 늦지 마라!』

하지만 바로 우리는 경악해 움직임을 멈추고 말았다.

위슈칼의 갑판에 내려 보니 이미 전투는 끝나 있었다.

갑판 여기저기에 피가 고여 있고, 부상당한 병사들이 간호받고 있었다.

그리고 갑판 중앙에는 두 사람이 마주 보고 있었다.

한쪽은 이 수룡함의 주인이자 왕녀인 마르.

무표정하지만 크게 뜨인 눈만은 호전적으로 빛내고 있었다. 말은 없어도 그녀가 미친 듯이 화가 나 있다는 것을 알 수 있었다.

그 마르와 대치하고 있는 것이 바제스와 닮고 검은 옷을 입은 남자였다. 아니, 갈색 머리와 구릿빛 피부만 그렇다. 얼굴은 너무 많이 변한 바람에 잘 알 수 없었다.

이 사람이 바르제이리라. 하지만 그 모습은 비참했다.

"아, 아아…… 아아아아아……."

두 무릎을 꿇은 상태로 온몸을 떨면서 가느다란 신음소리를 내고 있었다.

하반신은 커다란 얼음에 뒤덮였고, 뭔가를 움켜쥐려는 듯이 앞으로 내밀어진 양팔도 어깨에서부터 앞이 얼음투성이가 되어 있었다.

혈류가 나빠진 탓에 온몸이 보라색으로 변색되어 도저히 산 사람으로 보이지 않았다.

눈물이 얼어서 눈꺼풀이 굳어진 바람에 눈이 감기지 않는 듯했다. 드러난 안구는 안쪽부터 얼어붙었고, 표면에는 미세한 금이 가기 시작했다.

"아아아……."

"흥. 큰소리를 치기에 어느 정도 되나 했더니."

"죽여……라……."

"아까 네놈이 뭐라 했지? 내가 아무리 목숨을 구걸해도 죽이지 않고 영원히 가지고 논다고 하지 않았나? 아아, 병사들 앞에서 범한다고도 했지?"

"죽……라…… 죽…………."

"자. 왜 그러지? 아까 보인 기세는 어디로 간 거냐. 내 부하를 가지고 놀던 그때의 기세는!"

"아아아…… 그아아아아……."

편하게 해달라고 애원하는 바르제에게 마르가 냉철하게 되받아쳤다.

자신이 처할 운명에 절망했는지 그 입에서는 희미한 신음소리만 들렸다. 아니, 혀가 얼어서 움직이지 않을 뿐인가. 이제 말을 할 수조차 없어진 듯했다.

"……흥. 사실은 내 부하의 천 배는 괴롭힐 생각이었지만……. 흥이 깨졌다. 그러면 바라는 대로 편하게 해주마."

직후, 마르가 팔을 수평으로 휘둘렀다.

그러자 한 박자 늦게 바르제의 목이 갈라져 대량의 피가 뿜어져 나왔다. 하지만 그 피도 바로 얼어붙어 새빨간 오브제 같은 모습으로 바뀌었다. 인간의 목에서 붉은 피의 오브제가 나오고 있는 광경은 전위 예술 같기도 했다.

프란의 파트너인 내가 할 말은 아니지만, 어린아이치고는 상당히 처참한 살해 방식이다.

부하가 다친 게 어지간히 참을 수 없었던 모양이다.

그러나 프란을 알아차리고 고개를 돌린 마르는 헤어졌을 때와 다르지 않은 태연한 태도를 보였다. 직전까지 적을 가지고 놀았다고는 생각할 수 없었다.

"어라? 프란, 왜 그러지? 작전 종료 보고를 하러 왔나?"

"적이 위슈칼에 잠입했다는 소식을 들어서."

"오오, 원군으로 와준 건가. 하지만 한발 늦었군. 이미 보는 대로야."

"마르가 쓰러뜨렸어?"

"그래. 나는 이래 봬도 꽤 강하다."

그런 듯했다.

나는 마르의 실력을 낮게 봤던 모양이다. 그 몸놀림을 보고 멋대로 수준이 그저 그런 전사라고 단정했다. 실제로 일반적인 마술사처럼 지팡이도 들지 않았고, 허리에는 검을 차고 있었다. 그래서 착각했다.

그러나 그녀는 전사가 아니라 무술도 어느 정도 할 줄 아는 상급 마술사였다.

"그래서 저쪽 상황은 어떻지?"

"수아레스는 붙잡았어. 지금 모드레드가 마지막 적을 쓰러뜨렸을 거야."

"그런가. 참 만족스럽군. 그러면 수고가 들겠지만 다시 한번 저쪽으로 가서 상황을 확인해주지 않겠나?"

"이쪽은 괜찮아?"

"문제없다. 부상자도 이미 구호가 끝났어."

죽기 직전에 감정을 해봤는데, 바르제는 상당히 강했다. 검술 실력은 발더에 조금 못 미치지만 신체 능력은 압도적으로 뛰어났다. 바제스와 달리 완전히 근접 특화형인지, 각성한 수인 못지않은 민첩성을 가지고 있었던 것이다.

그런 상대에게 기습을 당했는데도 사망자도 없이 제압할 줄이야……. 게다가 마르는 다친 곳도 없었다.

역시 그 실력은 무시할 수 없었다.

제6장 짐승들

수룡함 위슈칼에서 수룡함 발사로 돌아가려고 프란이 다시 울시에 올라탔다.

그때였다.

"응?"

『지금 흔들렸——어어?』

"워후?"

위슈칼이 미세하게 흔들리나 싶더니 그 직후에 더 엄청난 진동이 선체를 덮쳤다.

확연하게 파도로 인한 것이 아니었다.

주위 해면은 잔잔했기 때문이다.

『선수 방향에서 느껴졌어…….』

진동의 발생원은 배 앞쪽이다.

"위슈칼이 이상해."

프란의 말대로였다.

수룡 위슈칼의 기척이 흔들리고 있었다. 아무래도 수룡 위슈칼이 날뛰자 쇠사슬을 통해 선체에도 그 진동이 퍼진 듯했다.

"이, 이건……!"

"마르?"

프란이 마르를 돌아보니 아주 초조한 모습이었다.

안 지 얼마 되지 않았지만 이 냉정한 소녀가 이렇게까지 초조한 모습을 보이다니, 믿을 수 없었다. 그만큼 위험한 사태가 일어나고 있다는 뜻일까?

"위슈칼이 괴로워하고 있어!"

수룡이 괴로워해? 무슨 일이 일어난 거지?

『프란, 날 바닷속으로 던져!』

"응! 하아압!"

프란의 손에서 던져진 나는 위슈칼의 이상을 확인하기 위해 바닷속을 돌진했다.

몇 초 후, 앞쪽에 커다란 그림자가 보이기 시작했다. 수룡 위슈칼이다.

그러나 그 형태가 이상했다.

몸에 뭔가 이렇게 거대한 혹 같은 게 생긴 것이다.

더 다가가보니 전체 모습이 확실히 보였다. 거기에 있던 것은 이상한 광경이었다.

수룡 위슈칼의 배 부근에 몸의 절반 정도 크기의 혹 두 개가 달려 있는 것처럼 보인 것이다.

『저건…… 크라켄이구나!』

혹처럼 보인 것은 크라켄의 몸통이었다. 검붉고 문어와 비슷하게 생긴 대마수다.

그 두꺼운 촉수를 위슈칼에게 감고 몸통에 달라붙어 있었다.

게다가 두 마리.

같은 곳에 너무 오래 머물러 있었을지도 모르겠다.

수룡 발사를 봉쇄하기 위해 움직이지 못하고 있다가 크라켄에게 공격을 받은 것이다. 반격도 하지 못하고 당한 모양이다.

이거 위험하겠어! 일단 크라켄을 떼어내자!

하지만 어떻게 할까. 저렇게 달라붙어 있으면 쓸 수 있는 공격이 한정된다.

화염 마술의 폭발도, 뇌명 마술의 전격도 위슈칼을 말려들게 할 것이다.

마도구로 강화된 위슈칼의 방어력이라면 문제없을지도 모른다. 실제로 동등 이상의 방어력을 가졌던 발사에게는 대미지를 입히지 못했다.

하지만 크라켄에게 공격받고 있는 상태에서 이 이상의 부담을 주기는 조금 두려웠다.

내 물 마술이 크라켄의 거구에 통할 것 같지 않았고, 바람 마술은 바닷속에서 쓰기 힘들다.

『그렇다면 염동 캐터펄트로군.』

나는 서둘러 위슈칼이 휘말리지 않는 위치를 찾아 염동 캐터펄트를 발동했다.

바닷속에 굉음이 울리고, 물을 가르며 내가 어뢰처럼 돌진했다.

크라켄은 전혀 반응하지 않았다. 나를 눈치채지 못한 걸까, 아니면 안중에 없는 걸까. 회피 행동은커녕 요격조차 하려 하지 않았다.

하지만 공격을 날려보고 그 이유를 알았다.

크라켄의 피부는 그 유연해 보이는 겉모습과 반대로 방어력이 아주 높았던 것이다.

두꺼운 고무 같은 피부와 그 속을 뒤덮은 유연한 근육에 충격이 흡수당했다. 더욱이 마력에 의한 신체 강화 능력까지 있는지 내 염동 캐터펄트는 위력이 크게 줄어들었다.

『치잇!』

그 몸통을 관통할 생각이었지만 나의 움직임은 그 몸속에서 강제로 멈춰졌다.

하지만 이건 기회이기도 했다.

나는 수룡에게 피해가 생기지 않을 강도로 몸속에서 공격을 하기로 했다.

『크라켄 구이를 만들어주마!』

화염 마술로 주위를 태워갔다.

수분을 잔뜩 머금고 있었지만 마술 불꽃에 저항할 정도는 아니었다.

이대로 몸속을 이동해 마석을 흡수하려고 했지만――.

크라켄이 지금까지 이상으로 몸을 비틀었다. 나를 싸고 있던 크라켄의 살이 사라지고 대량의 바닷물이 흘러들어왔다.

『무, 무슨 일이 일어난 거야?』

소용돌이 같은 격류에 휩쓸려 나는 바닷속으로 팽개쳐졌다.

위험하다. 세찬 물의 흐름에 농락당해 위아래조차 구분이 안 간다.

세탁기에라도 들어간 듯이 구겨지고 있는데 한순간 하얀빛이 시야에 들어왔다. 바닷속에 비쳐든 햇빛이리라. 나는 그 빛을 의지해 황급히 전이했다.

『어, 어떻게든 탈출했나.』

전이한 곳은 바다 위 몇 미터에 해당하는 장소였다.

『그렇군, 위슈칼이 반격한 건가!』

주위를 둘러보고 겨우 무슨 일이 일어났는지 알았다.

움직일 수 있게 된 위슈칼이 크라켄에게 반격한 것이다.

마르가 위슈칼을 구하기 위해 제한을 풀었는지, 크라켄에게 공격받아 풀렸는지는 알 수 없지만 말이다.

자유를 되찾은 위슈칼이 자신을 휘감은 기분 나쁜 크라켄을 그 날카로운 이빨로 물어뜯었다.

내가 공격을 시도한 개체의 구속이 약해지자 그쪽을 공격한 것이리라. 장소가 조금 어긋났으면 나 역시 물렸을 게 틀림없다. 뭐, 위슈칼은 내가 아군이라는 걸 모르니 어쩔 수 없기는 하다.

내 공격과 위슈칼의 공격에 한 마리는 숨이 끊어진 듯했다. 생명력이 높아도 몸통의 절반과 마석을 잃으면 살아남을 수 없기 때문이다.

위슈칼은 다른 크라켄을 다시 물어뜯어 삼켰다. 이러면 문제는 없을 것이다.

다만 위슈칼이 풀렸다는 건 발사의 구속도 풀렸다는 뜻이다.

그쪽으로 시선을 돌리니 수룡 발사가 굳었던 몸을 풀듯이 목을 높이 뻗어 날카로운 포효를 지르고 있었다.

"크르르오오오오오오오오오오오오오오오오오오!"

이건 여러모로 위험하지 않을까? 이대로는 수룡과 크라켄이 뒤섞인 싸움이 시작될 것이다.

일단 프란에게 돌아가자!

나는 전이해 프란의 앞으로 돌아갔다. 갑자기 나타난 나를 프란이 순간적으로 쥐었다. 주위에는 프란이 스스로 시공 마술을 사용해 끌어당긴 듯이 보이겠지.

‘어서 와, 스승.’

『그래. 좀 위험한 사태가 일어났어.』

내가 돌아온 직후, 지금까지 냉정했던 마르가 표정을 바꾸고 다가왔다.

“프란! 수룡 발사가 자유의 몸이 됐다!”

“응. 어떻게 하면 돼?”

“빌어먹을 자식에게 명령해 얌전히 만들던가, 드래곤 엔핸서라는 마도 장치를 파괴하면 어떻게든 된다!”

드래곤 엔핸서라는 것이 수룡을 강화하는 장치의 이름인가 보다.

지금까지는 기밀로 취급해 자세한 사항을 가르쳐주지 않았지만, 이 마당에 와서 그러고 있을 수는 없었다. 마르에게 드래곤 엔핸서의 형태나 설치된 장소의 정보를 얻을 수 있었다.

최악의 경우에는 이 장치를 파괴하고 발사를 쓰러뜨려야 한다.

“부탁한다, 프란.”

“응!”

이미 자유를 되찾은 발사의 공격에 알기에바 호가 데미지를 입었다.

돛대 하나가 브레스에 부러진 것이다. 빨리 대처하지 않으면 격침될 듯했다.

“울시! 서둘러!”

“크릉!”

서둘러 발사에게 향했다.

“크르르르르…….”

『이쪽을 눈치챘나!』
하지만 그건 오히려 대환영이다. 발사가 우리를 신경 쓰는 동안에는 알기에바 호가 가라앉을 위험이 사라진다.
“크로오오오오오!”
『울시! 피해!』
“워후!”
발사가 드래곤 브레스를 토했다.
용의 숨결이라는 말을 듣고 떠오르는 불꽃 브레스는 아니었다.
고압으로 발사된 물의 브레스였다.
마치 실처럼 가느다란 물의 선이 초고속으로 울시를 덮쳤다. 가까이서 보면 좀 더 굵다는 것을 알 수 있지만, 그래도 끈이나 로프에 비유할 수 있는 정도의 굵기였다.
직격하면 울시의 몸이 간단히 산산조각날 정도의 무시무시한 위력이 있을 것이다. 하지만 이런 직선적인 공격에 맞을 만큼 울시는 둔하지 않다.
가볍게 옆으로 도약하는 것만으로 간단히 피했다.
그게 어지간히 마음이 들지 않았는지 발사가 연속으로 브레스를 날렸다.
그러나 울시는 몇 십 발이나 되는 물 폭풍을 간단히 피했다. 빠르다고는 하나 이 정도 공격이 맞을 리도 없었다.
“워후!”
“크르르르!”
울시가 발사에게 암흑 마술을 날렸다. 대미지는 없지만 얼굴을 공격당해 발사의 분노 게이지가 더욱 상승한 듯했다. 물 마술도 사용해 더욱 세찬 공격을 날렸다. 하지만 울시는 그것도 모두 피하고 다시 얼굴을 향해 암흑 마술을 날렸다.

그렇게 도발을 반복하는 울시에게 발사의 상대를 맡기고 나와 프란은 몰래 갑판으로 전이했다.

"크르르르르르!"

"카르르르르!"

좋아, 발사의 시선은 완전히 울시에게 향해 있군.

"흑뢰희! 돌아왔나!"

"응. 괜찮아?"

수룡함 발사의 갑판에는 모드레드 일행의 모습이 있었다. 무사히 바제스를 쓰러뜨린 듯했다.

아직도 금속 구속구에 구속된 상태의 수아레스도 있었다.

하지만 그 몸은 만신창이라고 해도 좋았다.

모드레드가 창을 치켜들고 있는 것을 보아 그들이 수아레스를 몰아세우고 있었던 모양이다.

괴롭히며 기뻐하는 취미가 있다고도 생각할 수 없으니 뭔가 이유가 있으리라.

"이 자식! 되도 않는 짓을 했어!"

"크, 크크……."

안심한 모습에서 돌변해 모드레드가 분노한 표정으로 수아레스를 노려봤다. 수아레스의 얼굴은 처참하게 부어올라서 감정하지 않으면 정말 수아레스가 맞는지 알 수 없을 정도였다.

그러나 부은 눈꺼풀 사이로 어렴풋이 보이는 눈은 아직 빛을 잃지 않았고, 심지어 이 상황에 와서 이쪽을 도발하는 듯한 웃음을 흘리고 있지 않은가.

"모드레드, 대체 무슨 일이 있었어?"

"실은 말이야――."

모드레드는 당초의 예정대로 수아레스에게 명령해 수룡의 움직임을 멈추려 했다 한다. 하지만 수아레스가 여기서 일을 저질렀다.

놀랍게도 수룡에게 마음대로 날뛰라고 명령했다고 한다.

그 후 모드레드가 아무리 고통을 줘도 자포자기한 수아레스가 명령을 철회하는 일은 없었다. 다 같이 죽자고 생각한 듯했다.

수룡이 풀려나면 위험하기 때문에 정말 포로 상태로 살려둘 생각이었는데 말이다.

하지만 사태는 거기서 끝나지 않았다.

발사를 봉쇄하고 있던 위슈칼의 구속이 풀린 것이다.

즉, 지금의 발사는 완전히 자유롭게 날뛸 수 있다는 뜻이다.

"어떡해?"

"가장 좋은 건 이 남자의 입으로 얌전해지도록 다시 명령하는 거겠지."

"그러네."

그러나 그게 잘될지는 알 수 없었다.

"그럼 나는 그동안 드래곤 엔핸서를 찾을게."

"그게 수룡을 강화하고 있는 도구의 이름인가?"

"응. 장소도 들었어."

"알았다. 그러면 수아레스는 이쪽에서 맡지."

"응!"

모드레드 일행이 잘 풀리면 그것으로 좋다. 안 풀리면 마도 장치를 파괴해 발사를 쓰러뜨린다.

"그럼 그쪽은 부탁할게."

"그래. 그쪽도 조심해라."

프란은 모드레드 일행과 헤어져 다시 선내로 돌입했다.

이미 적의 모습은 보이지 않아서 나아가는 건 간단했다.

그리고 몇 분도 지나지 않아서 목적인 방에 도착했다. 때때로 배가 세차게 흔들릴 때마다 긴장감이 커졌다.

『여기다!』

"여기야? 아무것도 없어."

그 방은 얼핏 보기에 아무것도 없는 창고지만 이 방의 비밀 문으로 마도 장치가 놓인 방으로 들어갈 수 있다고 한다.

마르에게 들은 비밀 문이 있는 벽을 살펴보니 확실히 반대편에 공간이 있었다.

열려면 수아레스의 인증이 필요한 모양이지만, 지금은 그런 짓을 하고 있을 여유가 없었다.

게다가 마르에게 간단히 방에 들어갈 수 있는 방법을 들었다.

"하압!"

프란이 나로 벽을 몇 번 베었다.

마르의 "벽은 결계로 강화되어 있지만 그대의 힘이라면 문제없을 것"이라는 보증은 사실인 듯했다.

다소 단단하기는 했지만, 문제없이 가를 수 있었다.

그리고 가볍게 앞차기를 먹이자 벽이 반대편으로 쓰러졌다.

"이상한 게 있어."

『그래, 틀림없어! 이거야!』

방에 들어가니 들던 것과 똑같은 모습을 한 거대한 기계가 자리하고 있었다.

그것은 마도와 기계가 융합된, 이 세계에서는 상당히 기발한 모습의 장치였다.

우선 눈에 들어온 것은 커다란 수정 같은 물체와 그것을 지탱하는, 정교한 조각이 새겨진 하얀 대좌였다.

대좌는 무슨 뼈인 듯했다. 갈비뼈인지 상아인지는 알 수 없지만, 여섯 개의 뼈 갈고리에 지탱된 아름드리 푸른 수정이 빛을 내뿜고 있었다.

이것만 보면 완전히 판타지다.

그러나 그 대좌나 수정을 에워싸듯이 울퉁불퉁한 금속 조각이 잔뜩 달려 있었다. 내가 퍼뜩 떠올린 것은 스포츠카의 엔진이었다. 몇 개 튀어나온 금속 파이프 같은 것이 개조차의 머플러처럼 보였다.

판타지와 사이버펑크가 융합된 하이브리드 마도 기계였다.

"읏……."

『엄청난 마력이야.』

아무래도 이 방에 마력을 차단하는 듯한 처리가 되어 있는 모양이다. 그 덕분에 밖에서는 느낄 수 없었지만, 여기까지 오니 그 마력의 강대함을 이해할 수 있었다.

이거 우리가 받을 수 없나? 파괴하기에는 너무 아깝다. 차원 수납에 넣으면 마력이 차단되어 수룡은 약해질 텐데, 안 되려나? 하긴 안 되겠지. 뭐니 뭐니 해도 시드런 해국의 국가 기밀이다.

우리에게 빼앗길 바에는 파괴하라고 할 것이다.
몰래 가져가도 되겠지만, 나중에 들키면 시드런 해국에서 우리를 노릴 수도 있다.
애초에 지인으로 인정한 밀리엄과 세리메어가 싫어할 짓을 프란이 허락할 리도 없겠지만 말이다.
『일단 비컨을 설치하고 갑판으로 돌아가자.』
"응."
차원 마술의 비컨만 있으면 다시 이 방으로 정확히 도약할 수 있다.
수아레스의 꼴을 확인해 도저히 어쩔 수 없을 것 같으면 돌아와 장치를 파괴해야 할 것이다.
비컨을 어디에 설치할까 생각하고 있는데 갑자기 선체가 크게 흔들렸다.
벽의 나무가 끽끽 소리를 냈다.
게다가 흔들림은 한 번이 아니라 단속적으로 계속됐다.
"……지진?"
『그럴 리가! 여기는 배 안이야! 갑판으로 서둘러 가자. 무슨 일이 있었던 건 확실해!』
"응!"
우리는 갑판으로 서둘러 돌아갔다. 이 대형선이 이렇게까지 흔들렸으니 어지간한 사태가 일어났을 것이다.
프란이 배 안을 달려 올라가는 동안에도 선체를 덮치는 무시무시한 진동은 계속됐다.
그리고 갑판에 도착한 우리의 눈에 상상을 뛰어넘는 사태가 뛰어들었다.
『저, 저건 뭐야!』
"커다란 문어 다리?"
『아니, 크라켄의 촉수야!』
"그렇구나."
크라켄이 발사도 노린 듯했다.
"크르르르오오오오오오오!"
발사의 등과 목에 길고 두꺼운 촉수가 무수히 휘감겨 그 몸을 조이고 있었다.
게다가 한 마리가 아닌 것 같았다.
"기척이 잔뜩 있어."
『다섯 마리는 있군.』
'못 쓰러뜨려?'
『쓰러뜨릴 수는 있다고 생각하는데…….』
아까 전투로 크라켄 개개의 힘은 수룡에 미치지 못한다는 것을 알았다. 위협도 C이기는 하지만 그 위험함은 무리 짓는 습성과 높은 생명력. 그리고 호전적인 성질에 있는 것이리라. 몇 마리라면 쓰러뜨릴 자신은 있었다.
하지만 여기서 전력을 다하면 앞일이 걱정이었다. 이 해역은 크라켄의 소굴이라고 불리는 장소이기 때문이다. 크라켄이 더 나타나지 않는다고 할 수도 없었다.
아니, 저 상태라면 확실히 근처에 있는 크라켄이 모이기 시작하겠지.
『이대로 내버려둬서 서로 지쳤을 때 도망치는 게 낫겠어.』

발사는 놓치겠지만 수아레스의 신병만 확보하면 문제없다.
“알았어. 그럼 알기에바 호로 돌아갈게.”
“부탁할 수 있겠나? 이쪽 사람은 이미 갑판에 모여 있다.”
준비성이 좋군. 모험가는 모두 있었다. 임시 제자들도 무사한 듯했다.
알기에바 호의 선원 숫자가 조금 줄었지만, 그건 어쩔 수 없다. 아무리 그래도 백병전을 시도했는데 전원이 무사히 돌아올 수는 없었다. 안타깝기는 하지만.
나는 디멘션 게이트를 알기에바 호의 갑판을 향해 열었다.
모두가 안심한 얼굴로 게이트를 지나갔다.
마지막으로 남은 것은 프란과 모드레드였다.
“모드레드도.”
“잠깐, 발을 더 묶고 오겠다.”
“뭘 하려고?”
“보고 있어.”
모드레드는 그렇게 말하고 품에서 작은 병을 꺼냈다. 안에는 칙칙한 적자색 액체가 들어 있었다. 어떻게 봐도 독 같았다. 독이 아니라도 절대로 맛있지는 않으리라.
감정해보니 몇 분 동안 마력과 용철 마술의 위력을 폭발적으로 높여주는 마법약인 모양이다.
“여기에 1년 치 벌이가 담겼다.”
“그렇게 비싸?”
“부작용도 없고 효과도 엄청나게 높은 일급품이니까.”
랭크 B 모험가의 1년 치면 가격이 얼마나 나갈까? 아마 500만

골드 밑은 아니겠지. 하지만 확실히 그만한 가치는 있을지도 모른다. 그만큼 효과가 뛰어났다.

작은 병에 든 포션을 단숨에 마신 모드레드의 마력이 다섯 배 정도 팽창했다. 그리고 그 상태로 모드레드가 영창을 개시했다.

길다.

영창 단축 스킬을 가진 모드레드가 이렇게 긴 영창을 필요로 할 줄이야……. 확실히 고위 마술인가 보다.

몸속의 마력이 일정한 방향성을 띠고 변화해가는 것을 알 수 있었다. 그리고 그 마력이 가장 높아졌을 때.

"——불카누스 오더!"

모드레드의 힘 있는 말과 함께 용철 마술이 발동했다.

대상은 이 배에 설치된 직경 10미터에 가까운 초대형 닻이다.

마술에 거대 닻 두 개가 순간적으로 모습을 바꿨다.

원래 부드러운 소재로 만들어졌다고 생각했을 정도다. 모드레드가 펼친 마술의 영향 아래 있는 닻은 가느다란 모습으로 변형되어갔다. 두 개의 긴 막대 형태로 모습을 바꾼 닻이 이번에는 나선형으로 뒤얽혔다.

그리고 뒤섞인 두 닻은 마치 움직이는 큰 뱀 같은 모습으로 변신을 마쳤다.

길이 20미터가 넘는 금속제 뱀이다.

저렇게 거대한 닻을 순식간에 다룬 제어력은 포션에서 나온 것이리라.

금속 뱀은 모드레드의 뜻대로 모습을 바꿔 수룡과 크라켄들에게 달려들었다. 모드레드는 강철 뱀으로 크라켄들을 휘감아 움직임을 봉쇄할 생각인 듯했다.

비단뱀처럼 두껍고 긴 금속이 수룡과 크라켄들을 모아 휘감아 강력한 구속구로 변했다.

강도는 거대한 마수들도 쉽게 부술 수 없을 만큼 엄청난 듯했다.

원래 단단한 합금으로 만들어진 닻이 마술로 더욱 강화됐다. 그것도 당연했다.

"약간의 족쇄는 될 것 같군."

"용철 마술 대단해."

"그렇지? 하지만 저 마수들이라면 그리 길게 버티지는 못할 거야. 얼른 도망치지."

"응."

프란과 모드레드가 유지하던 게이트로 들어가 탈출에 성공했다.

돌아온 두 사람을 보고 선원들도 환성을 질렀다.

"좋았어! 녀석들아! 전속력으로 탈출한다!"

제롬이 소리를 드높이자 알기에바 호가 바로 움직이기 시작했다. 돛대는 부러졌지만 추진 장치는 건재했다. 움직이지 못하지는 않을 것이다.

『어떻게든 탈출할 수 있을 것 같군.』

수룡함을 돌아보니 괴수 대격전의 전모를 볼 수 있었다.

발사가 물어뜯고 브레스를 날려서 달라붙은 크라켄을 어떻게든 떼어내려고 날뛰고 있었다. 하지만 불카누스 오더로 인해 구속구로 변한 거대 닻 때문에 제대로 움직일 수 없는 듯했다.

게다가 공격이 성공했다 해도 끊어진 크라켄 옆에서 새 크라켄의 촉수가 바닷속에서 뻗어 올라와 그 몸에 휘감겼다. 몸이 부드러운 크라켄은 수룡과 용철 마술의 구속을 괴로워하지 않는 듯했다. 뭐, 문어나 오징어 같은 생물이니 말이다.

"크르르르르르르!"

발사가 괴로운 표정으로 비명으로도 들리는 포효를 내질렀다.

저 숫자가 모여들면 제아무리 수룡도 고전을 면치 못할 것이다.

그리고 배와 연결하기 위한 쇠사슬이 수룡의 움직임을 방해하는 탓에 수룡의 장점인 기민한 몸놀림이 발휘되지 못했다.

"크라켄, 또 늘었어."

『저기에 휘말리면 아무리 이 배여도 잠시도 못 버틸 거야.』

수룡함의 선미에 달라붙은 새로운 크라켄의 모습이 보였다. 아무래도 소동을 듣고 모이는 듯했다.

전속력으로 이 해역을 떠나기 위해 제롬이 큰 소리로 선원들에게 지시를 내렸다.

'저기, 스승. 저거 봐봐.'

프란이 또 다른 방향을 가리켰다. 뭔가를 발견한 모양이다.

『뭔데── 뭐야뭐야뭐야뭐야!』

그 방향을 무심코 보니 악몽 같은 광경이 눈에 들어왔다.

『위, 위험해!』

왜 저게 여기 있는 거야!

이 해역은 수심이 얕고 크라켄 외에 위협도가 높은 마수는 없다고 했잖아!

『프란! 모두에게 경고해!』

"응. 큰 게 왔어!"

"큰 거라니――에에에에엑?"
프란의 말에 반응해 나와 같은 방향을 본 선원들도 나와 같은 반응을 보였다.
"뭐라고?!"
"진짜야?"
"진짜야!"
"케에엑!"
『이런 데서 재회할 줄이야!』
저 모습을 잊을 리가 없다.
불그스름한 다갈색 피부. 이빨이 나란하고 말미잘처럼 그로테스크한 머리. 사람의 근원적인 공포심을 자극하는 추악한 모습.
바다의 골칫거리, 미드가르드오름이었다.
『젠장! 산 넘어 산이잖아!』
거구를 꿈틀거리며 무시무시한 속도로 바닷속을 헤엄치고 있었다. 그 목적지가 알기에바 호가 아닌 것만이 위안인가.
미드가르드오름은 확연하게 수룡함 발사로 향하고 있었다. 그대로 수룡과 크라켄에게 달려드나 싶었지만――.
"어라? 미드가르드오름의 모습이 사라졌어."
『바닷속으로 잠수한 건가……?』
수룡과 크라켄에게 향한 게 아니었나?
고개를 갸웃거리고 있는데 미드가르드오름이 다시 모습을 드러냈다.
"캬고고고고오오오오오오오오오오오오!"
수룡과 크라켄을 바로 아래에서 올려다보듯이 바닷속에서 달려든 것이다.

미드가르드오름의 힘을 증명하듯이 아직도 뒤엉켜 있던 수룡과 크라켄의 거구가 10여 미터는 들려 올라갔다. 어떤 것이라도 삼킨다는 입이 한꺼번에 수룡과 크라켄을 집어삼켰다.

게다가 바다 위로 뛰쳐나온 미드가르드오름의 거구가 그대로 수룡함을 덮쳤다. 아무리 최대급 대형선이라고는 하나 훨씬 거대한 미드가르드오름을 받아낼 수 있을 리도 없었다. 선체가 비명을 지르며 두 동강 났다.

"우와와와!"

"절대 바다로 떨어지지 마라!"

미드가르드오름의 몸이 해면에 부딪친 충격에 높은 파도가 발생해 알기에바 호가 폭풍 속에 있듯이 크게 흔들렸다.

"추진 장치를 전개해라!"

"예, 옛썰!"

"저런 괴물이 왜 이런 데 있는 거야!"

"또 나온다!"

선원들이 떠드는 대로 미드가르드오름이 다시 해면에 나타났다. 말미잘 비슷한 입은 원래 크기의 두 배 이상으로 부풀어 있었다. 그 입에서는 크라켄의 촉수와 수룡의 목만이 모습을 보이고 있었다.

"크워워워……."

때로는 대도시조차 순식간에 없애는 대마수라고는 생각할 수 없는 가느다란 울음소리가 발사의 입에서 새어 나왔다. 저렇게 되면 아무리 수룡이라 해도 어쩔 방법이 없을 것이다.

"쿠오오오오오오오!"

승리해 의기양양한 듯한 미드가르드오름의 포효가 바다 위에 울려 퍼졌다.

"위험하군…… 이봐, 얼른 이 해역에서 이탈한다!"

"옛썰!"

"선장님, 미드가르드오름에게서 도망칠 수 있겠습니까?"

"모르겠다. 속도는 상대가 안 되지만, 녀석이 이쪽이 아니라 다른 크라켄에게 덤벼든다면 시간도 벌 수 있을 거야……."

미드가르드오름은 씹지 않고 삼켜 몸속에서 소화하는 타입의 구조를 가지고 있다. 그렇기 때문에 사냥감을 먹는 동안 움직임이 멈추는 일은 없다고 한다. 그 자리에 있는 사냥감을 잇달아 먹어치워 배 속에 넣고 나서 천천히 모두 소화시키는 것이다.

이 부근에 모인 크라켄이나 바다에 던져진 수룡함 발사의 선원들에게 먼저 향한다면 조금은 시간을 벌 수 있을 것이다.

그러나 그렇게 형편 좋게 흘러가지는 않는 듯했다.

"이쪽을 봤어."

『큰 쪽을 향해 오는 건가.』

미드가르드오름이 머리를 돌려 주위를 둘러봤다. 그리고 그 머리를 이쪽으로 향했다.

이 주변에서 가장 큰 사냥감. 그것은 알기에바 호다. 미드가르드오름의 본능이 이 배로 향하는 건 어쩔 수 없는 일인 듯했다.

아니, 수룡함 위슈칼도 있지만 저쪽은 항행 속도가 빠르다. 둔중하고 더 가까이 있는 알기에바 호 쪽이 좋은 사냥감으로 보였을 것이다.

순식간에 미드가르드오름과의 거리가 좁혀졌다.

"프란! 또 날아 줬으면 한다!"

제롬이 황급히 다가왔다. 그 뒤에는 커다란 나무통을 짊어진 선원들이 있었다.

"어쩌려고?"

"이 통에는 미드가르드오름이 좋아하는 냄새를 내는 약품이 들어 있다."

그런 아이템이 있을 줄이야.

"이걸 알기에바 호의 침로와 반대편에 던져주길 바란다."

"알았어."

"이것으로 녀석의 시선을 돌릴 수 있으면 좋겠는데."

제롬이 말하길, 원래는 더 먼 상태에서 사용한다고 한다. 그런데 수룡함과 크라켄에게 정신이 팔려 있는 동안 접근을 허용하고 말았다. 제롬도 이 상태에서 어디까지 효과가 있을지 알 수 없는 듯했다.

『아무튼 이 통을 떨어뜨려 보자.』

"응. 울시, 가자."

"웡!"

프란은 통을 수납한 뒤 울시를 타고 전속력으로 미드가르드오름의 뒤로 돌아갔다. 그리고 상공에서 통을 바다로 던졌다. 해면에 낙하한 충격에 통이 부서져 안의 약액이 바닷속으로 흩어졌다.

나는 알 수 없지만 이 거리에서도 프란이 얼굴을 찌푸릴 만큼 강렬한 냄새를 내는 듯했다.

『어때?』

"음…… 틀렸어."
하지만 미드가르드오름은 눈길도 주지 않았다.
『칫.』
아무래도 약품 냄새보다 가까이 있는 알기에바 호의 기척 쪽이 마음에 들었나 보다.
미드가르드오름은 그 거구를 꿈틀대면서 알기에바 호에 일직선으로 향하고 있었다. 위에서 보니 진짜 대괴수로구나.
『공격으로 주의를 끌어볼까?』
"응! 선더 볼트."
"크르르르!"
『플레어 블래스트!』
미드가르드오름의 등을 향해 우리는 연속해 마술을 날렸다.
이렇게 녀석의 주의를 끌어 통의 냄새를 의식하게 만드는 것이다.
그렇게 생각했지만――.
『그냥 무시하는 거냐!』
저 거구에 약간의 공격은 의미가 없는 모양이다.
『그러면 이거다! 토르 해머!』
쿠와아앙!
전격이 미드가르드오름의 등에 직격해 폭발이 일어났다. 살이 파이고 명백하게 대미지가 들어갔다. 하지만 그래도 그 진격이 멈추는 일은 없었다. 적의 간섭보다 식욕이 우선한 걸까?
'스승, 어떡해?'
『나라고 뾰족한 수는……. 이판사판으로 녀석에게 달려드는 것밖에 없나?』

미드가르드오름을 쓰러뜨린다고 단언할 수는 없지만, 이제 그 것밖에 방법이 없다. 무시할 수 없을 정도로 큰 대미지를 줘서 멈추게 하는 것이다.

전에 미드가르드오름과 마주쳤을 때는 온 힘을 다 쏟아부어도 잠시 멈추게 하지도 못했다. 그러나 더 성장한 지금의 우리라면 그때보다 더 잘 싸울 수 있을 터다.

우리는 서둘러 배로 돌아갔다. 그리고 미드가르드오름에게 공격을 시도한다고 전했다. 그 대신 프란이 힘을 다 써서 한동안 전투에 나설 수 없다는 것도.

“터무니없는 소리 하지 마! 미드가르드오름한테 무슨 수로 이기겠다는 거냐!”

“멈추는 정도는 할 수 있을지도 몰라.”

“하지만…… 아니, 지금은 프란에게 의지할 수밖에 없나…….”

“맡겨줘.”

“……반드시 살아서 돌아와라.”

“모험가는 자신의 목숨이 제일이야.”

“크하하, 그렇지! 그럼 부탁한다!”

“응!”

할 일은 단순하다. 온 힘을 담은 최강의 공격을 날린다. 그리고 울시를 타고 도망쳐 돌아가면 된다.

『울시는 프란을 무사히 돌려보내는 것만 생각해.』

“웡.”

최악의 경우, 나만이라면 자력으로 어떻게든 될 테니 말이다.

미드가르드오름의 바로 위에 도착한 우리는 한계까지 마력을 모았다.

여기서 모든 힘을 다 쓸 생각으로 전심전력을 다할 것이다.

『좋아, 시작한다!』

“응! 각성! 섬화신뢰!”

프란이 각성했다. 거기다 섬화신뢰도 사용해 완전히 전력 모드에 들어갔다.

프란의 온몸에서 뿜어져 나오는 흑뢰에 울시의 털이 잔뜩 곤두섰다.

『우선 녀석을 도발해 고개를 들게 하자.』

“알았어.”

“월.”

『그리고 입을 연 순간 쾅 터뜨리는 거야.』

“응! 울시.”

“월월!”

울시는 속도를 떨어뜨려 일부러 미드가르드오름의 앞쪽에 자리 잡았다. 그리고 바닷속에 있는 머리를 향해 마술을 몇 발 날렸다.

『바닷속은 나한테 맡겨.』

나는 단숨에 바닷속으로 잠행해 미드가르드오름의 머리 아래로 가라앉았다. 거기서 화염 마술과 뇌명 마술을 연발했다.

바다 위와 바닷속 양쪽에서 도발을 계속하자 역시 무시할 수 없어진 듯했다.

그 거구가 몸을 꿈틀거리는 것이 보였다.

『성공이군.』

나는 마지막에 염동 캐터펄트로 미드가르드오름의 머리로 돌진했다. 대미지는 그리 기대할 수 없다. 전에도 이것으로 쓰러뜨리지 못했다. 그러나 도발은 될 것이다.

하지만 미드가르드오름의 반응은 무시무시했다.

염동 캐터펄트를 먹은 직후, 그 자리에서 움직임을 멈추고 엄청난 포효를 내질렀다.

"쿠오오오오오오오오!"

미드가르드오름이 낸 소리가 충격파가 되어 바닷속을 세차게 휘저었다.

『우오오오오?』

내게 대미지는 없지만 물속에서 휘말려 위아래를 알 수 없어졌다. 조금 놀랐다.

그건 그렇고 꽤나 화가 난 것 같군.

마술 대미지 쪽이 고통스러웠을 거라고 생각하는데, 왜 갑자기 화를 낸 거지?

나는 급히 프란에게 돌아갔지만 미드가르드오름은 완전히 이쪽을 추적하고 있었다.

바다 위로 머리를 치켜들고 나와 나를 장비한 프란을 쳐다봤다. 눈이 없는데도 이쪽을 노려보고 있는 것처럼 느껴졌다.

미드가르드오름이 보내는 적의가 그만큼 크고 깊다는 뜻이겠지.

"뭐 했어?"

『염동 캐터펄트를 한 발 먹였더니 갑자기 화를 내던데?!』

왜 이런지 모르겠다. 그러나 프란은 그 설명만으로 납득이 간 모양이다. 손뼉을 치며 고개를 끄덕였다.

"아아, 전에 싸운 걸 떠올렸나?"

『전에 싸운 거라니?』

"응? 전에 염동 캐터펄트에 머리가 날아갔을 때의 기억을 떠올린 거지."

『뭐? 저게 전에 싸운 녀석과 같은 개체라는 거야?』

"응"

요, 용케 알았군. 수인 특유의 감각인가? 감정을 해도 전혀 모르겠는데. 생명력도 전보다 상승했고 말이다.

뭐, 무한하게 성장한다고 했으니 그때부터 이것저것 먹고 성장했나 보다.

그건 그렇고, 그렇구나. 이 녀석은 전에 바위를 먹여준 그 미드가르드오름인가.

『단세포 멍청이 주제에 나는 기억하고 있었구나.』

어떤 생물이든 원한은 잊지 않는다는 건가?

『뭐, 상관없어. 볼일이 남은 건 이쪽도 마찬가지야.』

저번에는 결국 도망칠 수밖에 없었다.

그때로부터 얼마나 성장했는지 뼈저리게 느끼게 해주마.

『프란, 큰 기술을 쓰기 전에 잠시 여기서 버티자.』

"알았어."

이 미드가르드오름이 우리를 노리고 있다면 우리가 오히려 미끼가 되어 미드가르드오름을 끌어들일 수 있을지도 모른다. 알기에바 호로 귀환하는 건 울시가 있으면 어떻게든 되니 말이다.

"고고오오오!"

"하아아압!"

위협하듯이 포효하는 미드가르드오름을 향해 프란이 돌진했다.

공중 도약을 사용해 하늘을 달려 엇갈리면서 그 머리를 베었다.

"쿠오오!"

내 칼날을 통해 흑뢰가 그 살을 때렸다.

방어력이 낮아서 흑뢰에 저항하지 못하고 살의 일부가 전격에 내부에서부터 터져 날아갔다.

섬화신뢰를 발동한 지금의 프란을 미드가르드오름은 붙잡지 못했다.

『해! 프란!』

"하아아아아아아압——이얍!"

때로는 하늘을 차고, 때로는 미드가르드오름의 몸을 찼으며, 때로는 내 염동을 발판 삼아 프란은 종회무진 하늘을 돌아다녔다.

멀리서는 미드가르드오름의 머리가 검게 빛나는 그물에 둘러싸인 듯이 보일지도 모른다.

날아간 참격은 얼마나 될까. 적어도 2백 회는 밑돌지 않을 것이다.

미드가르드오름의 머리는 프란의 공격에 무참한 모습으로 변했다.

참격과 흑뢰에 절반 정도의 살이 파여서 그 머리는 울퉁불퉁해져 있었다. 그 모습을 뭐라고 하면 좋을까. 갯솜? 산호? 아무튼 구멍이 잔뜩 뚫려서 표면이 울퉁불퉁했다.

그러나 이런 상태라도 미드가르드오름은 멀쩡했다.

세차게 몸을 꿈틀대며 집요하게 프란을 공격하려 했다.

게다가 속도가 느리기는 하지만 상처가 부풀어 올라 재생을 시작했다.

'스승, 어때?'

『틀렸어.』

모든 생명력의 10퍼센트도 줄지 않았다. 역시 약한 공격을 반복한다고 치명상을 입힐 수는 없는 듯했다.

'스승, 참함검을 쓰자.'

『알았어.』

내가 거대화 상태를 참함검이라고 부르자 프란도 그렇게 부르게 된 모양이다.

뭐, 알아듣기 쉬우니 상관은 없다.

나는 그 지시에 따라 형태 변형을 발동시켰다.

해적선을 한 번에 가른 참함검 모드다.

"자잘한 공격이 안 통하면 베겠어."

『그래!』

지금까지는 자잘한 공격을 연속으로 펼쳤지만 이번에는 일격필살의 공격을 날릴 생각인 모양이다.

프란은 거대화한 나를 머리 위로 치켜들고 단숨에 하늘 높이 달려 올라갔다.

펼치려는 것은 하늘에서 달려 내려오는 공기 발도술——천공발도술이리라.

게다가 휘두르는 건 참함검 모드로 변한 나다.

『천공 참함 발도술이란 건가! 하하!』

"야아아아아아아압!"

프란이 하늘에서 아래를 향해 달려 내려가면서 내 무게를 이용해 참격을 날렸다. 당연히 공기 칼집을 이용한 발도술도 발동했다.

"쿠오오오오오오오!"

미드가르드오름에게서는 마치 하늘에서 거대한 검이 떨어지듯이 보였을지도 모른다.

아무튼 프란이 펼친 그 참격은 검의 크기로는 상상도 할 수 없을 정도의 속도로 미드가르드오름의 머리를 직격했다.

그러나 누구나 상상했을 머리가 부서지는 광경은 전혀 일어나지 않았다. 둔탁한 파열음도 없었고, 검과 살이 부딪치는 둔탁한 소리 역시 들리지 않았다.

대검처럼 짓이기는 참격이 아니기 때문이다. 그것은 베는 데 특화된 참격이었다. 그 증거로 미드가르드오름의 머리는 순식간에 둘로 갈라졌다.

깨끗하게 중심이 베인 미드가라드오름의 머리가 좌우로 나뉘어갔다.

그야말로 일도양단이다.

수룡 역시 대형 마도 장치에 의한 강화가 없었다면 쓰러뜨릴 자신이 있었다.

"스승, 괜찮아?"

『괜찮아. 바로 회복할게!』

예상에서 조금 벗어난 건 참함검 모드의 부하가 지나치게 큰 점일 것이다. 내 내구도가 전부 깎였다. 자기 수복으로 회복하기까지 상당한 시간이 걸릴 듯했다.

찍찍 소리를 내며 금이 가는 나의 도신을 프란이 불안한 얼굴로 보고 있었다.

『그럼…… 해냈나? 라고 말하고 싶지는 않지만…… 어떻게 됐지?』

"……아직 움직이고 있어."

『움직이고 있네.』

"재생, 하고 있어?"

『하고 있네!』

잠깐만이라도 기뻐하고 싶었다.

그러나 눈앞에서 상처가 재생해 아물기 시작하는 모습을 보니 아무래도 그런 기분으로 있을 수 없었다.

보기에는 머리를 베여 큰 데미지를 받은 것처럼 보이지만 미드가르드오름에게는 큰 부상이 아니었다는 뜻이다. 역시 단순한 물리 공격으로는 미드가르드오름에게 심한 타격을 줄 수 없는 모양이다.

"으으……."

프란은 진심으로 분한 듯했다.

이번 공격은 지금의 우리가 펼칠 수 있는 최고의 공격이었다. 그것이 약간의 시간 벌기 정도밖에 되지 않았던 것이다.

프란이 분해하는 것도 당연하다.

그러나 녀석의 눈길을 끌어 우리로 목표를 고정한다는 목적은 달성했다.

『쓰러뜨리기는 어렵지만 이대로 공격을 계속하자!』

"응……!"

이 녀석을 조금 더 붙잡아두면 알기에바 호가 안전지대로 탈출할 수 있을 터다.

그러나 다음에 미드가르드오름이 취한 것은 예상 밖의 행동이었다.

“크로오오오오오오오!”

“! 기다려!”

『여기서 우리를 무시하는 거냐!』

공격이 맞지 않으니 우리를 쓰러뜨리는 것을 포기한 걸까? 아니면 복수심이나 분노보다 식욕이 앞선 걸까? 아무튼 미드가르드오름은 확연하게 우리를 내버려두고 알기에바 호의 뒤를 쫓기 시작했다.

황급히 마술과 참격을 날렸지만 미드가르드오름은 멈추지 않았다.

『틀렸어! 완전히 목표가 저쪽으로 옮겨갔어!』

“어떡해?”

『이렇게 되면 처음 작전대로 쓰러뜨릴 생각으로 최강의 공격을 펼치자.』

“응!”

결국 이렇게 됐나.

천공 참함 발도술도 자신이 있었지만 다음 공격의 위력은 그에 비할 바가 아니다. 틀림없이 지금의 우리가 펼칠 수 있는 최강의 공격이다.

우리는 마력을 집중시키면서 미드가르드오름의 앞쪽으로 돌아갔다. 그리고 타이밍을 기다렸다.

일부러 공격의 기색을 최대한 눌러 해면 위에 섰다.
이대로 가면 미드가르드오름에게 부딪쳐 날아갈 것이다.
그리고 양쪽의 거리가 10미터까지 줄어들었을 때 미드가르드오름이 그 거대한 입을 단숨에 벌렸다. 이미 갈라진 상처는 아물어 있었다. 정말 싫어지는군.
"크오오!"
목표를 알기에바 호로 옮겼다 해도 입을 벌리는 것만으로 삼킬 수 있는 위치에 사냥감이 있으면 잡아먹으려 하지 않을 리가 없다고 생각했다. 어떤 물건이든 모조리 삼키는 세계 제일의 대식가이기 때문이다.
커다란 동굴이 다가오는 듯한 광경이었다.
"쿠아아아아아아아아!"
『지금이다아!』
"하아아압!"
단숨에 프란이 뛰어올랐다. 눈앞에서 사라진 사냥감을 쫓아 미드가르드오름이 몸을 꿈틀거렸다.
바로 밑에서 거대하고 무시무시한 미드가르드오름의 입이 쫓아왔다.
하지만 이것이야말로 우리가 노리는 것이었다.
눈앞에 벌려진 거대한 그 입안을 겨냥해 우리는 전력을 담은 일격을 날렸다.
『칸나카무이이이이!』
"흑뢰초래!"
하얀 번개로 이루어진 용과 프란에게서 쏘아진 칠흑의 번개가 뒤얽혀 크게 벌어진 미드가르드오름의 입안으로 들어갔다.

폭발하기 직전까지 마력을 실은 혼신의 칸나카무이와 역시 모든 마력을 실어 쏜 프란의 흑뢰다.

초절한 위력의 뇌격으로 인해 바다 위로 나와 있던 50미터 정도 되는 몸이 대폭발을 일으켜 산산조각났다. 미드가르드오름이었던 것은 산산이 부서져 튕겨 날아갔고, 주위에 피와 살과 재의 먼지가 흩날리며 떨어졌다.

뇌격뿐만 아니라 수증기 대폭발도 합쳐졌으리라.

그야말로 미사일의 폭심지라도 된 듯한 무시무시한 폭발과 충격이었다.

바로 장벽을 치지 않았다면 우리도 틀림없이 크게 날아갔을 것이다.

우리의 공격에 일어난 십 수 미터는 되는 높은 파도가 알기에바 호의 선체를 크게 들어 올리는 모습이 보였다.

『위험해! 괜찮나? 괜찮은 것 같네.』

미드가르드오름의 두꺼운 살 안쪽에서 폭발이 일어났기 때문에 어느 선에서 그친 듯했다. 만약 해상에서 쐈다면 알기에바 호가 전복됐을지도 모른다. 어느 의미에서 미드가르드오름이 살려줬다고 봐야 할지도 모르겠다.

그건 그렇고 비참한 모습이었다. 보통은 이런 상태로 살아 있는 생물은 없다. 몸의 위쪽 3분의 1이 소멸했기 때문이다. 생명력이 강하다는 뱀이나 지네라 해도 치명상일 것이다.

하지만 상대는 위협도 A라는, 인간의 상상의 범주 밖에 있는 마수다.

마법 방어는 최저 레벨. 육체의 방어력도 대단치 않다.
그저 크다. 그렇기만 한 생물이다.
그런데 죽일 수가 없다.

이름 : 미드가르드오름
종족 : 바다뱀
Lv : 62
생명 : 28117/39823　마력 : 591　완력 : 4139　민첩 : 108
스킬 : 흡수 2, 재생 2, 포식

이 얼마나 말도 안 되는 생물일까. 이 상태로도 생명력의 3분의 1도 줄지 않았다. 게다가 이미 재생이 발동해 생명력이 회복되기 시작했다.
『쳇. 괴물 자식…… 하지만 시간을 버는 임무는 완수――어엉?』
"위, 험해……."
이봐, 머리가 없잖아? 보통 그 자리에서 재생이 끝나기를 기다리잖아? 어째서 움직이는 거야! 게다가 알기에바 호를 향해!
뇌가 머리에 없는 걸까. 애초에 그런 게 없는 걸까. 아니면 심장처럼 뇌가 여러 개인 걸까.
아아, 진짜! 지금 할 생각이 아니잖아!
『울시! 다시 한 번 녀석의 앞으로 나서!』
"웡!"
이렇게 되면 할 수 없다. 남아 있던 모든 마력을 써서 다시 한 방을 날리는 수밖에 없다. 그래도 움직임을 멈추지 못하면――

어떻게 할까?

"하, 하자. 괜찮아?"

『그래, 프란은 천천히 해. 괜찮으니까.』

"응."

나는 마력을 다 쓴 탓에 움직일 수 없어진 프란을 울시에게 맡기고 혼자 날아올랐다.

그대로 의식을 집중시켜 칸나카무이를 준비했다. 솔직히 지금 마력으로 그 정도 위력은 나오지 않겠지만…….

『이게 안 통하면 일단 알기에바 호로 돌아가야지.』

그리고 배를 버릴 결단을 제롬과 사람들에게 강요할 수밖에 없으리라.

위슈칼은 이쪽을 버리고 자신들만 도망칠 생각은 없는지, 알기에바 호를 이끄는 듯한 위치를 잡고 항행하고 있었다.

저 거리라면 디멘션 게이트로 옮겨탈 수 있을 것이다.

제롬과 선원들에게는 고뇌의 결단이 된다. 하지만 전멸하는 것보다는 나을 터다.

디멘션 게이트에 필요한 마력을 남기고 모든 것을 쏟아붓는다. 그렇게 생각하고 집중하던 나는 오늘 몇 번째일지 모를 얼빠진 목소리를 내고 말았다.

『어?』

뭐지? 멀리서. 정말 먼 곳에서 무시무시한 존재감을 가진 뭔가가 이쪽으로 다가오고 있는 것이 느껴졌다.

수 킬로미터 이상 떨어져 있을 텐데도 그 힘을 감지할 수 있었다.

그만큼 강대한 존재감이었다.

마왕이나 사신이라 해도 납득할 수 있을 만큼.
게다가 엄청나게 빠르다.
무려 몇 킬로미터가 떨어져 있다고 생각했던 동안에 벌써 바로 저기까지 다가온 것이다. 시속 500킬로미터 정도는 나오지 않을까?
더욱이 놀라운 사실이 있었다.
『크다!』
그런 진부한 말밖에 나오지 않을 만큼 그 존재감의 주인은 거대했다.
바다 위로 솟아나와 있는 등지느러미로 보이는 부분만 해도 높이 20미터를 넘고, 길이도 100미터 이상 됐다. 뭐, 내 어림짐작이 그렇게 틀리지는 않을 것이다.
마수인 건 확실하다고 생각하지만……. 정말로 그 범주에 들어가는 존재인지 자신은 없다.
『울시, 아무튼 떨어져!』
"워, 워웅!"
나는 서둘러 프란에게 돌아가 도망치도록 지시했다.
울시도 의문의 마수가 내는 위압감에 겁먹고 있었다. 꼬리를 다리 사이에 말고 막 태어난 강아지처럼 떨고 있었다. 그래도 어떻게든 네 다리를 움직여 알기에바 호를 향해 달리기 시작했다.
"스승? 저거 뭐야?"
『모르겠어……. 등지느러미만 나와서 감정이 안 돼.』
하지만 예상은 할 수 있었다.
위협도 A의 미드가르드오름을 더 웃도는 마력과 존재감. 그리고 그 거대함.

어떻게 생각해도 그 이상의 마수라고밖에 생각할 수 없었다.

"스승, 저거."

『역시인가!』

의문의 대마수가 미드가르드오름을 따라잡았다. 그리고 미드가르드오름에게 덤벼들었다.

"크오오오오오오오오오오오!"

미드가르드오름의 거구의 중간쯤을 물어 그대로 하늘 높이 들어올렸다.

바다 위로 나온 것은 머리 부분만 해도 100미터에 가까운, 용과도 뱀과도 비슷한 형태의 마수였다.

연마된 비취처럼 아름다운 비늘에 자수정을 깎아 만든 듯한 뿔. 그 눈동자는 홍옥을 동그랗게 갈아 끼워 넣은 듯했다.

하지만 그 아름다움에 감탄하기 전에 온몸에서 발산되는 성스럽고도 강렬한 존재감에 숨을 쉬는 것도 잊고 바라봤다.

이름 : 리바이어던

종족 : 해신룡 · 신수

Lv : 87

생명 : 92336 마력 : 36887 완력 : 18139 민첩 : 3123

스킬 : 불명

설명 : 불명

『하, 하하하하──.』

이제는 웃음밖에 나오지 않았다.

이것이 위협도 S 마수. 세계를 멸망시킬 힘을 가졌다고 인정받는 존재인가.

너무나도 수준이 달라서 전부 다 감정할 수 없었다.

가까스로 본 부분만 해도 차원이 아예 달랐다.

뭐야 이거? 어떻게 할 수도 없잖아? 싸울 마음조차 들지 않는다.

과연 신수다.

신의 짐승이란 말에 어울리는 압도적인 힘이었다.

나는 최악의 경우에는 알기에바 호도 버리고 프란만 도망치게 하는 것을 생각하기 시작했다. 리바이어던이 뭔가를 하려 한 순간 전이로 도망친다.

그렇게 생각했지만――.

신기하게도 이쪽에 대한 적의는 전혀 느껴지지 않았다. 우리 같은 왜소한 존재는 상대할 필요도 없다는 뜻일까? 아니면 내버려두기로 한 걸까?

그렇게 생각한 직후였다.

『응……?』

뭘까. 마음속에서 솟아나는 이 신기한 감각은.

공포를 너무 느낀 나머지 이상해진 건가?

스스로도 잘 모르고 뭐라 말할 수 없는 감정이 내 마음을 차지했다.

조바심, 초조, 감상, 적막. 말로 표현할 수 있을 것 같지만 표현할 수 없었다. 그래도 가장 가까운 단어를 꺼낸다면 회고가 아닐까?

만약 내게 눈물샘이 있다면 눈물을 흘렸을지도 모른다.

내가 갑자기 솟구친 감정에 곤혹스러워하고 있는데 리바이어던의 시선이 나를 꿰뚫었다.

어떻게 생각해도 나를 보고 있었다. 그렇게밖에 생각할 수 없었다. 하지만 어째서?

너무 혼란스러워서 어떻게 해야 좋을지 알 수 없었다.

말을 꺼내지 못하고 그저 리바이어던의 눈을 응시했다.

그러자 리바이어던은 그 몸을 뒤집었다.

그대로 바닷속으로 가라앉아갔다.

마지막에 리바이어던의 눈이 한순간 웃은 것 같은데, 기분 탓이겠지. 공격당하고 싶지 않다는 나의 바람이 그렇게 보이게 만들었을지도 모른다.

리바이어던은 격렬하게 몸부림치는 미드가르드오름을 아랑곳하지 않고, 그 거구를 문 채 바닷속으로 끌고 들어갔다. 그리고 천천히 모습을 감췄다.

파도치는 해면이 잔잔해지고 정숙이 되돌아올 무렵. 겨우 우리는 다시 움직였다.

『산, 건가……?』

"응……."

"끄응……."

정신적으로도 육체적으로도 파김치가 된 프란과 울시는 입을 열 여유도 없는 모양이다.

말없이 알기에바 호를 목표했다.

울시가 비틀거리는 발걸음으로 배로 돌아오니 이쪽도 좋은 상태는 아니었다. 모두가 광란 상태였다.

충격을 너무 받은 탓에 생각이 정상적으로 돌아가지 않는 것이리라.

갑판에 있는 모두가 리바이어던이 떠난 방향을 바라보며 제각기 다른 반응을 보이고 있었다.

어떤 자는 넋이 나갔고, 어떤 자는 큰 소리로 웃었으며, 어떤 자는 하늘에 기도를 드리고 있었다.

제롬과 부선장은 함께 메마른 웃음을 짓고 있었다.

리바이어던이 일으킨 파도에 어떻게든 전복되지 않았구나.

아니, 잠깐만? 저런 거구가 날뛴 것 치고는 파도는 그다지 일지 않았는데. 혹시 알기에바 호를 전복시키지 않기 위해서 파도를 일으키지 않은 건가?

에이, 설마.

아마 고속으로 헤엄치기 위해서 물의 저항을 약하게 하는 술법을 썼고, 그 효과 덕분에 파도가 그다지 일어나지 않았겠지. 정말 운이 좋았군.

그런 와중에 가장 먼저 정신을 차린 것은 모드레드였다. 다음으로 제롬과 부선장도 움직이기 시작했다. 뭐, 프란이 흔들어줬으니 말이다.

모드레드는 요 몇 십 분 동안 일어난 사건이 상당한 트라우마가 된 듯했다. 평소의 냉정함이 거짓말처럼 거친 목소리를 냈다.

"평생 흘릴 식은땀을 다 흘렸어……. 심장이 안 멈춘 게 이상할 정도야……. 이런 일은 두 번 다시 사양한다! 한동안 배의 호위 의뢰는 받지 않겠어!"

수룡, 크라켄, 미드가르드오름, 끝내는 위협도 S인 리바이어던 등 만나면 즉사한다 해도 과언이 아닌 대마수와 연속으로 마주치고 격렬한 싸움에 휘말렸다.

제아무리 모드레드라 해도 상당한 공포를 느낀 듯했다.

스트레스로 인해 초췌해져 있었다. 뺨이 살짝 홀쭉해진 듯이 보이는 건 기분 탓일까?

"이봐이봐이봐이봐! 봤어? 봤냐고? 이봐!"

"네. 하지만 설마 이런 곳에서……. 아니, 하지만……."

제롬은 엄청나게 흥분해 있었다. 갑판 가장자리에서 몸을 내밀고 리바이어던이 사라진 바다를 바라보고 있었다. 부선장은 아직도 믿지 못하는 듯했다. 뭔가를 중얼대고 있었다.

그런 제롬과 부선장에게 프란이 질문했다.

"리바이어던은 마해에만 있는 거 아니었어?"

그러자 제롬은 떨떠름한 얼굴로, 그러나 단호하게 말했다.

"과거는 과거다."

그렇게 말할 수밖에 없으리라. 애초에 상대는 마수다. 이쪽이 생각하는 대로 움직여준다고 할 수 없다.

지금까지는 마해에서만 목격됐지만, 미래에도 계속 그런다고 할 수 없는 것이다. 어차피 인간의 척도로는 잴 수 없는 전설의 생물이니 말이다.

이번처럼 먹이를 구하러 이동하는 일도 있을 테고, 거주지를 바꾸는 등 여러 가지 이유가 있을 것이다.

애초에 리바이어던의 저 속도라면 이동 범위가 상당할 테다. 실은 마해에서만 목격됐을 뿐 해저에서는 마음대로 움직이고 있을지도 모른다.

다만 이 해역이 리바이어던이 살기 힘든 곳이라는 건 확실하리라.

얼굴만 해도 그렇게 거대하다. 목에서 코끝까지 100미터에 가까웠고, 정수리에서 턱밑까지만 해도 40~50미터 정도는 될 것이다.

반면에 이 주변 바다의 깊이는 300미터 정도. 아니, 깊은 곳이 300미터라면 얕은 곳은 100미터도 되지 않는 곳도 많겠지.

그렇게 거대한 리바이어던에게는 결코 활동하기 쉬운 해역이 아닐 터다. 자칫하면 배나 턱이 긁힐지도 모른다.

그렇게 생각하면 우리는 기적적인 체험을 했다고 할 수 있을 것이다.

"좋아, 당장 이 해역을 떠난다!"

"리바이어던이 무서운지 그렇게나 많던 크라켄이 한 마리도 안 보이게 됐군요. 기회입니다."

듣고 보니 주위에서 크라켄들의 기척이 완전히 사라졌다. 미드가르드오름, 리바이어던 등 상위 마수가 잇달아 나타나는 바람에 일제히 도망간 모양이다.

『저쪽 배도 건재하네.』

"응."

알기에바 호의 약간 앞을 위슈칼이 항행하고 있는 모습이 보였다.

"그래서 이 남자는 어떻게 하지?"

부활한 모드레드가 발치에 쓰러진 남성을 발끝으로 가볍게 툭툭 찼다.

모드레드의 심문에 고생하다 의식을 잃은 수아레스다.

"내가 위슈칼로 데려갈게."

"뭐, 그게 좋겠군."

"프란 아가씨, 부탁한다."

타국의 왕족. 게다가 전 국왕이다. 제롬 일행에게는 골칫거리밖에 되지 않을 것이다.

평범하게 생각하면 살려둘 의미는 적다.

어차피 이 녀석의 최대 가치는 수룡에게 명령할 수 있다는 점이었다. 그 수룡이 미드가르드오름의 배 속에——아니, 지금은 리바이어던인가. 아무튼 먹혀서 그 가치도 사라졌다.

그 혈통 때문에 정치적인 이용 가치는 있을지도 모르지만, 화근에 될 가능성도 있다. 그렇게 생각하면 플러스 마이너스 제로 아닐까? 아니, 마르가 말하길 "빌어먹을 자식"이니까 그런 인간을 잡는 데 드는 노력을 생각하면 마이너스 쪽이 클지도 모른다.

프란이 수아레스의 발목을 잡고 들어 올려 울시의 등에 타 다시 위슈칼로 향했다.

역시 거꾸로 매달려 운반되면서 의식이 돌아왔나 보다.

"뭐, 뭐냐 이건! 이봐! 계집! 무슨 짓을 하는 거냐!"

"……."

"무시하지 마라! 계집!"

이 녀석과 대화를 하는 것조차 싫은가 보다. 프란은 완전히 무시했지만 수아레스는 계속 떠들었다.
그러자 프란이 갑자기 수아레스의 발목을 붙잡고 있던 손을 놨다.
당연히 수아레스는 머리를 아래로 하고 해면으로 낙하했다.
"으아아아악!"
"스승."
『알았어.』
해면에 닿기 직전에 내가 염동을 발동했다. 앞으로 수십 센티미터만 더 가면 바다에 부딪칠 타이밍에 수아레스의 낙하가 멈추고, 거꾸로 재생하듯이 프란에게 돌아왔다.
"……."
다시 프란이 발목을 잡아 공중에 매달았지만 수아레스가 불만을 부리는 일은 더 이상 없었다.
위슈칼에 도착하자 초췌한 기색의 마르가 맞이해줬다.
"잘 왔다……."
"괜찮아?"
"이런저런 일이 있어서 말이야."
리바이어던과 맞닥뜨린 일뿐만 아니라 국가의 수호신인 수룡함을 한 척 잃은 것도 그녀의 마음고생의 한 원인이 됐으리라.
어깨를 늘어뜨린 그 모습은 나이에 걸맞게 연약해 보였다.
"너는! 마르! 찬탈자에게 가담한 배신자 년!"
"……입 닥쳐, 빌어먹을 자식."
"뭐라고! 애초에 누구 허락을 받고 네놈 따위가 수룡함에 타고 있는 거냐! 시드런의 왕인 나의 허가를 받지 않고 수룡함을 움직이는 건 중죄다!”

우와, 이 녀석 대단하네.

질리지도 않는다기보다 학습 능력이 없는 걸까?

이 마당에 와서 왕이라는 말을 꺼냈다.

강한 멘탈과 분위기를 파악 못 하는 능력은 인류 최고 수준일지도 모른다.

“전 왕이다, 지금은 단순한 죄인에 지나지 않아.”

“웃기지 마라! 이놈! 누구에게 그런 말을 하는 거냐!”

“너야말로 웃기지 마. 뭐, 이런 단세포 근육 멍청이와 얘기해봐야 시간 낭비지.”

“뭐라고! 나는 시드런의 왕! 수아레스 님이다! 너는 사형이다!”

“칫. 진짜 시끄럽네. 이런 멍청한 광인이 잠시라고는 하나 왕좌에 있었다고 상상하는 것만으로도 오한이 들어.”

그리고 마르가 조용히 주문을 영창했다. 다음 순간, 마구 떠들던 수아레스의 입가가 하얀 얼음으로 뒤덮였다.

“——! ——!”

“입 다물고 있어.”

숨 쉬는 건 괜찮을까 싶었지만, 코가 있으니 괜찮을 것이다.

“그런데 이 빌어먹을 자식의 신병을 넘겨주는 것으로 여겨도 되겠나?”

“응. 필요 없어.”

“크크. 그렇겠지. 솔직히 나도 여기서 버리고 가고 싶지만, 그럴 수도 없지. 일단 선창에라도 가둬둘까. 아아, 보초는 잊지 말고.”

“네!”

마르가 바이크에게 지시해 수아레스를 끌고 가게 했다.

"이번에는 여러모로 신세를 졌군. 특히 저쪽과 이어준 데는 감사하고 있다."

"응……."

"발사를 잃은 건 뼈아프지만 빌어먹을 자식을 체포한 건 크다."

"응……."

"언니도 기뻐하실 거다. 프란에 대해서도 보고하지."

"응……."

마르가 이런저런 말을 걸었지만 프란은 고개를 좌우로 흔들 뿐, 듣는지도 미심쩍은 상태였다.

전력을 다한 흑뢰초래로 인해 체력과 마력을 상당히 소비했으니 말이다. 졸음이 한계까지 밀어닥쳤을 것이다.

지금 말하는 상대가 마르가 아니었다면 이미 졸고 있을지도 모른다.

그러나 프란은 마르가 마음에 들어서 되도록 얘기를 하고 싶은 것이리라.

하지만 이제 한계였다.

"프란이여. 그쪽이야말로 괜찮은가? 상당히 지친 듯한데."

"응…… 괜찮아."

절대로 괜찮지 않다.

"하고 싶은 얘기는 이것저것 있지만 지금은 배로 돌아가 쉬도록 해라."

"고마워."

"빌어먹을 자식의 신병은 내가 책임지고 맡겠다."

"응."

"그러면 나중에 보자."

저쪽은 목적을 달성했으니 여기서 헤어져도 이상하지는 않았는데, 아무래도 잠시 동안 알기에바 호와 행동을 함께할 생각인가 보다.

프란은 마르의 전송을 받으면서 알기에바 호로 돌아갔다.

제롬을 비롯한 사람들이 맞이해줬지만 프란은 이미 대화를 나누는 것도 버거운 듯했다.

졸음이 한계에 달한 것이다.

"선장. 흑뢰희는 상당히 지친 것 같아. 지금은 쉴 수 있도록 해 주는 게 좋겠군."

그것을 알았는지 모드레드가 거들어줬다.

"이런! 그거 미안하군!"

"그만한 공격을 날렸으니 당연하겠군요. 어차피 지금 이대로는 마수가 나와도 전력으로 칠 수 없을 테니 방으로 돌아가 쉬세요."

"응……."

그 대신 울시를 갑판에 두고 가기로 했다. 울시의 색적 능력과 모드레드가 있으면 마수에게 패하는 일은 그리 없을 것이다.

『울시, 부탁한다.』

"부탁해."

"웡!"

방으로 돌아간 프란은 마음에 들어 하던 침대로 다이빙했다.

출렁하는 둔탁한 소리가 난 후, 바로 프란의 귀여운 숨소리가 들렸다.

"쿨쿨."

벌써 잠에 빠진 모양이다.

『으음, 어쩌지.』

나, 등에 여전히 메여 있는데.

아니, 나는 전혀 상관없지만, 이래서는 뒤척이지 못하는 거 아닐까? 그리고 무거운 검에 눌린 채로 엎드리면 잠을 제대로 못 잘 것 같은데. 분명 꿈자리가 사나울 것이다.

나는 전이를 사용해 칼집에서 빠져나왔다.

프란이 미약하게 몸을 뒤척였다. 등에 실린 무게가 변화했기 때문이리라.

『깨웠나?』

"쿨쿨."

다행이다. 기분 좋게 자고 있었다.

『잘 자, 프란.』

에필로그

리바이어던과 만나 죽음을 각오한 날로부터 이틀 후.

"좋아, 닻을 내려라!"

"옛썰!"

"누가 대관소에 가서 사람을 불러오세요. 타국과의 국교에 관한 중대한 요건이 있다고 전하시고요."

"알겠습다, 부선장님!"

알기에바 호는 무사히 크롬 대륙에 도착했다. 입항한 곳은 수인국의 그레이실이라는 항구 도시였다.

바르보라 정도는 아니지만 상당히 큰 도시인 듯했다. 항구도 바르보라보다 한 둘레 작은 정도였다.

모험가들은 특별 보수를 받고 이미 배에서 내렸다. 도중에 거둔 수입은 그리 없었지만 미드가르드오름과 같은 흉악한 마수와 전투한 상황도 고려해 좀 더 쳐줬다고 한다. 프란은 10만 골드 정도의 특별 보수를 받았다.

지금은 배 앞에서 신참 삼인조와 작별의 인사를 나누고 있었다.

"선생님, 감사했습니다."

"유익했습니다."

"다음에 만날 때는 더 성장한 모습을 보여드리도록 정진하겠습니다!"

"응."

"안녕히 계세요!"

"감사함다!"

"실례하겠습니다."

고작 며칠 동안 제자였지만 그래도 그들에게는 유익했을 것이다. 프란에게도 좋은 여가 시간이었고. 하지만 프란이 그들을 제자로 인지하고 있는지는 미묘하다. 작별 때도 외로움은 전혀 느끼지 않았다.

그들은 프란이 이름을 기억할 수 있도록 했을까?

『프란, 우리도 갈까?』

내가 프란을 재촉하자, 프란이 떠나려 한 임시 제자들에게 말을 걸었다.

"잠깐만. 미겔, 나리아, 리딕."

"어?"

"선생님이 처음으로 이름을 불러줬어?"

"이, 인정받은 건가?"

"또 봐."

프란이 손을 살짝 흔들자 세 사람이 희색 가득한 얼굴로 직립부동 자세가 되어 힘차게 고개를 숙였다.

"""네!"""

이렇게 90도 인사는 처음 보는군. 프란에게 이름을 불리는 게 그만큼 기뻤나 보다.

그들의 대답에 만족했는지 프란은 등을 보이고 걷기 시작했다. 더 이상 돌아보려는 기색은 없었다.

『프란, 기억하고 있었구나.』

'응. 제자잖아.'

왠지 프란의 성장을 본 듯한 기분이 들어서 기쁘다. 그리고 다행이구나, 루키즈. 일방통행이 아니었던 것 같네.

"프란, 여기서 작별이구나."

다음에 말을 건 것은 수룡함 위슈칼의 주인, 마르였다.

"도움을 많이 받았다. 감사한다."

"그건 이쪽도 마찬가지야."

"하지만 내 협력 요청 때문에 이번 사태에 휘말리게 하고 말았다."

확실히 거기서 마르의 요청을 거절하고 수인국으로 곧장 향했다면 그렇게 격렬한 싸움을 겪지 않았을지도 모른다.

하지만 그러지 않았을지도 모른다.

어쩌면 수룡함 발사와 다시 만나 격침됐을지도 모르고, 알기에바 호만 미드가르드오름과 만나 잡아먹혔을지도 모른다.

결국에는 만약에 불과한 이야기다.

"나는 무사히 수인국에 도착했어. 그거면 돼."

"그런가."

"응."

프란이 말한 대로 그게 전부다.

오히려 항해 후반에는 수룡함의 호위를 받았다.

"나는 이제 가야 한다. 빨리 나라로 돌아가야 하거든."

"그래?"

"시드런 해국에 왔을 때는 꼭 찾아줘라. 언니들도 기뻐할 거다. 나 역시."

"알았어. 꼭 놀러갈게."

"후후후. 그렇군. 놀러 와라."

마르가 내민 손을 프란이 세차게 쥐었다.
작별이라는 말을 듣고 쓸쓸해진 거겠지.
"또 봐."
"음, 작별이다."
프란과 마르가 순간 눈을 마주 보고 활짝 웃었다.
냉정한 마르와 무표정한 프란이 얼굴을 구기며 마주 웃는 모습은 진정으로 마음을 연 친구 사이처럼 보였다.
"또 보자. 친구여."
"응!"
그리고 마르는 마지막으로 경례를 하고 떠나갔다.
프란은 그 등이 보이지 않을 때까지 계속 전송했다.
"흑뢰희, 끝났나?"
"응. 기다렸지?"
실은 조금 전부터 옆에 있었지만 프란을 배려해 기다려줬다.
강한 데다 배려심까지 있다니……. 분명 인기 있을 거다.
"신경 쓰지 마라. 그럼 갈까."
실은 모드레드에게 모험가 길드까지 길을 안내받기로 약속했다.
이번 호위 보수를 받기 위해서다. 하지만 처음 온 도시라서 길드가 있는 곳을 알지 못했다.
"저기다."
"크다."
"나름대로 큰 항구 도시이니까."
그레이실의 모험가 길드는 항구에서 조금 걸어간 곳에 있었다.

건물은 상당히 컸다. 아무래도 선박 호위 의뢰를 받는 모험가가 꽤나 많아서 나름대로 힘이 있는 길드라고 했다.

안에 들어가니 술집이 같이 있고, 꽤 많은 수의 모험가가 모여 있었다.

들어온 프란을 보고 좋지 않은 생각을 한 자도 있는 듯했지만, 그 뒤에 나타난 모드레드를 보고 바로 눈길을 돌렸다.

랭크 B 모험가인 모드레드는 이 길드에서도 유명인인가 보다. 그의 동행인에게 손을 댈 멍청이는 없는 듯했다.

어리고 흑묘족에 귀여우니까 분명히 누군가 시비를 건다고 생각해서 몇 명은 때려눕힐 각오를 하고 있었는데, 이 길드에서는 그런 걱정을 할 필요가 없을지도 모르겠다.

하지만 웅성대는 모험가들 사이를 빠져나와 다가오는 남자가 있었다.

"이봐…… 모드레드 씨."

히죽거리는 웃음을 띤 남자가 놀리는 듯한 말투로 말을 걸었다.

수염이 덥수룩한 중년 남자다. 모험가치고는 조금 말랐나?

역시 멍청이는 있는 법이구나――라고 생각했는데, 아무래도 아닌 모양이다.

"어디서 그런 실력 좋은 소녀를 찾아온 거지? 마치 댁이 끌려다니고 있는 것 같은데?"

"리로이인가. 우연히 같은 배의 호위를 맡은 것뿐이야. 이 도시가 처음이라 안내해 왔지."

"호오. 나는 리로이. 이 주변에서 활동하는 모험가다."

"랭크는 D이지만 기억력이 좋아. 지도 없이 이 근처에서 활동할 때 자주 조력을 부탁하고 있지."

모드레드가 조력자로 고용할 정도이니 경박한 외모와는 반대로 신뢰할 수 있는 모험가이리라.

"응. 랭크 C 모험가인 프란."

"그 나이에 랭크 C인가! 상당히 강하다고는 생각했지만 그거 대단하군."

프란의 자기소개를 듣고 리로이는 눈을 크게 뜨며 놀랐다. 하지만 모드레드는 쓴웃음을 지었다. 불과 얼마 전에도 랭크 사기라고 했었고, 프란의 실력이 랭크 C에 상당한다고 믿은 리로이에게 애도의 시선을 보내고도 있었다.

"그 자기소개는 그만두는 편이 낫지 않을까?"

"어째서? 거짓말 아냐."

"뭐, 그렇기는 하지만……. 적어도 자신이 흑뢰희라고 밝히는 건 어떤가?"

모드레드가 프란을 흑뢰희라고 부른 순간, 리로이가 몸을 젖히며 놀란 소리를 내질렀다.

"뭐?! 이 아가씨가 소문의 흑뢰희야?"

"아아, 그래."

"그럼 나보다 엄청 강하잖아! 랭크 C라고 해서 틀림없이 수준이 살짝 높은 정도라고 생각했는데……."

흑뢰희의 소문은 상인에 의해 그레이실까지 퍼진 모양이다.

모드레드가 무슨 말을 하고 싶은 건지도 안다. 실제로 리로이는 바로 프란의 정체를 알아차렸다. 확실히 흑뢰희라고 밝히면 단숨에 실력도 알아줄 테고, 업신여김도 불식할 수 있을 것이다.

하지만 그 대처는 커다란 위험을 품고 있다. 뭐가 위험하냐고? 만약 상대가 알아주지 않는다면? 프란이 스스로 이명을 밝히는, 자칭 이명 보유자로 보이는 것이다! 내가 무시당하는 건 몰라도 프란이 무시당하는 건 참을 수 없다.

그러므로 한동안은 랭크 C 모험가라고 소개하게 될 것이다.

다만 이 길드에서 '흑뢰희'라는 이명은 충분한 효과를 가지고 있었나 보다.

"진짜야?!"

"저게 흑뢰희 님이라고?"

"흑뢰희 님이 있어? 어디?"

"에엑?!"

"정말이야?!"

모험가 전체에 흑뢰희의 이름이 퍼졌는지 술집 안 모험가들이 떠들어대기 시작했다. 개중에는 일어나 프란을 응시하는 자나 모드레드의 압력에 지지 않고 다가오는 자마저 있었다.

바르보라에서도 이렇게까지 큰 반응은 없지 않았나? 자세히 보니 수인 모험가가 90퍼센트 이상을 차지하고 있었다. 내 상상 이상으로 흑뢰희에 대한 관심이 높은 듯했다.

아무튼 진화할 수 없는 최약체 종족이라 불리던 흑묘족인데 진화를 달성했다. 게다가 수인국에서는 모르는 자가 없는 영웅인 랭크 A 모험가 고드다르파에게 승리했다.

"저 소녀가 진짜 고드다르파 님에게 이긴 건가?"

"그렇다더군. 애초에 왕궁 상인이 한 얘기야. 거짓말일 리 없잖아."

“그러면 고드다르파 님이 승리를 양보한 거겠지?”
“그렇군. 영광을 넘긴 건가.”
“아니지, 그 고드다르파 님이라고.”
“맞아. 저런 어린애한테 일부로 져서 자기 이름에 흠을 낼 리가 없잖아.”
“그게 아니지. 그 사람이 대충 싸울 리가 없잖아?”
“그래그래. 모의전이라면 몰라도 어엿한 대회라고.”
모험가가 속닥대는 이야기를 들어보니 고드다르파가 힘을 조절해 승리를 양보했다는 의견도 많은 듯했다. 직접 보지 않고서는 믿을 수 없을 테니 그건 어쩔 수 없겠지.
퀘스트 완료 수속 중에도 모험가들이 잇달아 다가와 멀리서 프란을 관찰하고 갔다.
“진짜 진화했나?”
“그래, 틀림없어.”
“어떻게 한 거지?”
“그러고 보니 상인이 사인을 쓰러뜨리느니 하지 않았어? 수상쩍어서 흘려들었는데.”
사실 진화 은폐는 이미 풀렸다.
이제부터는 흑묘족이 진화할 수 있다는 사실을 널리 알려갈 생각이다.
수인족 귀족이나 상인에게는 수왕의 입으로 진화 조건이 조금씩 퍼지고 있는 모양이다. 프란이 진화했다는 것을 보여주면 더 빠르게 사실이 퍼질 것이다.
보수를 받고 길드를 나올 때도 몇 십 개나 되는 시선이 프란을 뒤쫓고 있었다.

『일단 숙소를 잡을까. 왕도로 가는 법도 조사해야 하니.』

'응.'

그럼 이 나라에서는 어떤 만남이 기다리고 있을까?

되도록 프란에게 좋은 만남이 있기를――.

작가의 말

"저기, 부인. 들으셨어요?"

"어머, 뭘요?"

"작가의 말이 글쎄, 세 페이지나 된대요!"

"네에? 진짜예요?"

"틀림없어요. 편집자 I 씨가 작가에게 보낸 메일에 세 페이지라고 똑똑히 적혀 있었다지 뭐예요!"

"믿을 수가 없네요!"

"사실이에요."

"그런데 저번 권 작가의 말에서 페이지 수를 조절해서 쓰기 힘든 작가의 말을 짧게 줄인다고……. 작가가 그렇게 적었잖아요!"

"그게, 이번에도 실패했대요!"

"어머나! 뭐 이렇게 무능한 작가가 다 있대요?!"

"그러게요! 짜증 나요!"

"그렇죠?"

"——헉! 이, 이건……!"

"왜, 왜 그러세요, 부인?"

"이 작가, 이 촌극으로 페이지를 때울 생각이에요!"

"어머나! 우리를 이용한다는 거네요! 어쩜 이리 교활한지!"

"무능하면서 치사하기까지! 저질이에요!"

"이러는 동안에도 벌써 이렇게나 행수를 낭비했어요!"

"그만둬! 이 이상 우리를 이용해 쓸데없이 행수를 늘리지 마!"

"짐승! 이 작가는 짐승이야!"
"싫어! 더 이상 하지 마!"

아니, 그렇지 않아요.

수정 등 이런저런 일이 있었더니 어느새 필요한 작가의 말이 늘어나는 사태가…….

그리하여 또다시 페이지 조정에 실패해 작가의 말로 끙끙대고 있는 타나카 유입니다.
아아, 참고로 부인 A, B는 본편과는 전혀 상관없습니다.
아마도요.

이번에는 다시 바다가 무대가 됐고, 인터넷판과는 다른 오리지널 요소가 강해졌습니다. 새로운 캐릭터도 있답니다.
쓰느라 상당히 고생했으니 즐겁게 봐주시면 행복하겠습니다.

그건 그렇고 벌써 7권이네요~.
이렇게까지 이어갈 수 있는 것도 많은 분이 지탱해주고 계시기 때문이라고 최근에 새삼 느끼고 있습니다.
여기서 늘 하는 인사말을 적겠습니다.
편집자 I 씨. 이번에는 마감에 아슬아슬하게 작업을 진행해서 정말 죄송합니다. 그래도 든든하게 함께 해주시는 당신에게 정말 감사하고 있습니다.

멋진 일러스트를 그려주신 Llo 님. 당신이 신입니다.

권말 만화를 그려주신 마루야마 선생님. 최고입니다.

또한, 하잘것없는 작가를 지지해주는 친구, 지인, 가족들. 여러분이 있기에 제가 있을 수 있습니다.

그리고 이 작품의 출판에 관계된 모든 분과 응원해주시는 독자 여러분.

정말 감사드립니다.

참고로 아만다도 전에 시도했지만 공략하지 못했다
난 어른에게는 흥미 없어
역시 어린아이가 아니면 무리인가.
와장창
갑작스럽지만 결혼해줘, 프란 씨!
뭐?!
분신 녀석아. 건방떨지 마!
프란은 쉽게 못 넘긴다!

HERE COMES NEW CHALLENGER!
오? 격투 게임 모드인가?!
붙어 보자고!
울끈
까딱까딱
음냐 음냐.
스승, 진짜 짜증나. 시끄러워….
음….
넘겨서 스턴 볼트에서 큰손 취소. 진공 칸나카 무이로….
에잇. 에잇.
으헉.
콤보 지식이 오래돼서 힘들어…
아… 죄송합니다.
음냐…. 더는 못 먹어.
뒤척…

특별기고
게임에서 투나잇
원안/타나카 유
만화/마루야마 토모오
미안해 스승 군.
네가 밥 주는 사람 이상으로는
보이지 않아….
디잉
스승은 차였다!

망상 패널
젠장. 역시 프란은 벅차네.
나는 지금 머릿속에서 한창 연애 게임 중이다

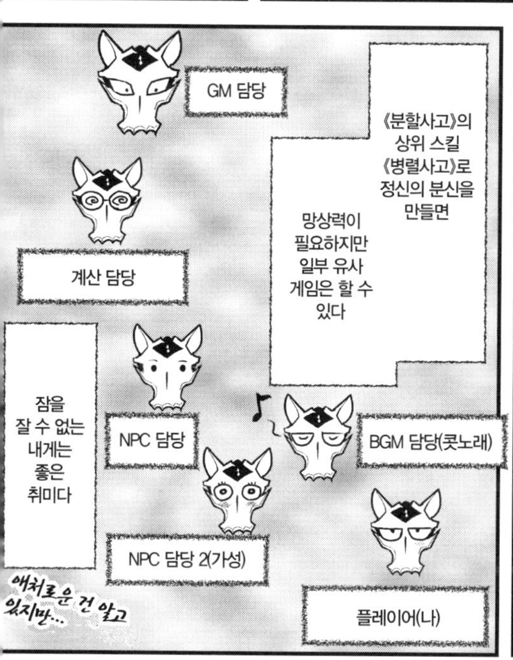
《분할사고》의 상위 스킬 《병렬사고》로 정신의 분신을 만들면
망상력이 필요하지만 일부 유사 게임은 할 수 있다
GM 담당
계산 담당
잠을 잘 수 없는 내게는 좋은 취미다
NPC 담당
BGM 담당(콧노래)
NPC 담당 2(가성)
플레이어(나)
애처로운 건 알고 있지만…

전생했더니 검이었습니다 7

2020년 1월 8일 1판 1쇄 인쇄
2020년 1월 15일 1판 1쇄 발행

저 자 타나카 유
일러스트 Llo
옮 긴 이 신동민
발 행 인 유재옥
본 부 장 조병권
담당편집자 김민지
편집 1팀 정영길 김민지 조찬희 이성호
편집 2팀 김다솜 이본느
편집 3팀 박상섭 김효연
미 술 강혜린 박은정
라이츠담당 박선희 김슬비
디 지 털 전준호 박지혜
물 류 허석용 최태욱 김희민
발 행 처 ㈜소미미디어
등 록 제2015-000008호
제 작 처 코리아피앤피
주 소 서울시 마포구 토정로222, 403호(신수동, 한국출판콘텐츠센터)
판 매 ㈜소미미디어
마 케 팅 한민지, 한주원
전 화 편집부 (070)4164-3962, 3963 기획실 (02)567-3388
판매 및 마케팅 (070)4165-6688, Fax (02)322-7665

ISBN 979-11-6507-196-7 04830
ISBN 979-11-5710-608-0 (세트)